요리의 향연

교양으로 읽는 중국 생활 문화

| 일러두기 |

＊ 본문에 등장하는 인명(人名)과 시문, 희곡, 소설 등의 등장인물 이름은 한국어 발음대로 표기함.

＊ 책 · 가(歌) · 시문 · 희곡은 「 」으로, 그림 · 신문 · 잡지는 《 》로 표기함.

＊ ( )안의 한국어 설명은 역주임.

요리의 향연

교양으로 읽는 중국 생활 문화

야오웨이쥔 지음
김남이 옮김

산지니

차
례

1. 세계 문화에 공헌한 미식왕국 · 11

|백성이 먹는 것을 하늘로 여기다|

2. 명절 음식 풍속 |사시사철 성대한 기념일 축하| · 21

부엌에 찾아든 봄바람 – 춘절 음식 · 22

새해의 첫 보름달 – 원소절 음식 · 31

모두 함께 꽃떡을 먹는다 – 중화절 음식 · 34

봄 냉이의 아름다움 – 상이절 음식 · 36

청명절에 먹는 푸른 경단 – 청명절 음식 · 37

쟁반에 담아놓은 쭝쯔 – 단오절 음식 · 39

둥근 달을 닮은 웨빙 – 중추절 음식 · 41

떡과 술로 맞는 중양절 – 중양절 음식 · 45

납팔죽을 끓여 함께 즐긴다 – 납팔절 음식 · 47

3. 중국 각 지역의 미식기행 |동서남북 각 지역의 맛| · 51

남방의 단맛과 북방의 짠맛

    – 구미가(口味歌)와 중국 요리 계통의 특성 · 52

어디서도 찾지 못할 맛 – 사천 요리 · 59

향토적 분위기가 물씬 풍기는 사천 요리 – 파오차이와 삼중구구 연회 음식 · 63

독특한 재료를 즐기는 광동 사람들 – 광동 사람들의 음식 · 65

파와 마늘이 들어가야 제 맛 – 산동 사람들의 음식 · 68

아침 식사는 집밖에서 – 무한 사람들의 아침식사 · 70

4. 종교와 관련된 음식 문화 · 75

|맛있는 음식으로 제사를 지내면 신령이 오셔서 맛있게 잡수시네|

담백한 맛이 으뜸이다 – 불교의 음식 문화 · 76

비린내 나는 음식은 적게 섭취하라 – 도교의 음식 문화 · 84

깨끗하지 않은 것은 먹지 않는다 – 이슬람교의 음식 문화 · 88

5. 음식 금기의 비밀 · 95

|다른 마을에 가면 먼저 그 곳의 금령을 물어보라|

상서로움을 위한 금기 – 음식 금기의 의미와 유래 · 96

기쁜 일이 있을 땐 배를 먹지 않네 – 각양각색의 음식 금기 · 100

천자(天子)도 다른 지방에 가면 그 지방의 풍속을 따라야 한다
    – 음식에 관한 복잡하고 다양한 금기 · 103

음식을 만드는 방법에도 법도가 있다 – 요리 과정에 얽힌 금기들 · 108

6. 중국의 잔치 음식 |술잔이 오가며 분위기가 무르익네| · 113

고대의 음식 문화 – 개인 그릇에 똑같이 나누어 담아 먹는다 · 114

연회의 뿌리 탐구 – 연회 문화의 생성과 발전 · 119

예의를 준수하라 – 연회의 예의와 풍속 · 122

각양각색의 지방 연회 – 각 지역의 특색 있는 연회 풍속 · 126

7. 혼례 음식 문화 |영원한 사랑을 굳게 맹세하다| · 135

마음에 드는 상대와 손을 잡고 술집에 가서 술을 마신다

    – 연애와 맞선 음식 풍습 · 136

찻잎, 술, 닭, 양을 보내 정혼하다 – 결혼 예물로 보내는 음식 · 139

호박씨, 대추, 콩, 밤을 보낸다 – 시집갈 때 들고 가는 음식 · 143

봉황이 허리춤에 다섯 가지 향을 끼고 있다 – 신부를 맞이할 때의 음식 · 145

용과 봉황은 상서로움을 상징한다 – 결혼 피로연 음식 · 148

합환주를 마시면 금슬이 좋아진다 – 신방에 들여가는 음식 · 151

신혼 셋째 날 아기 돼지를 구워 친정에 간다

    – 친정에 돌아갈 때 준비하는 음식 · 155

8. 임신 · 출산과 관련된 음식 문화 · 159

|신 음식은 아들, 매운 음식은 딸, 박을 훔쳐 자식 점지를 빈다|

간절하게 자식 낳기를 빈다 – 자식 점지를 비는 음식 · 160

임신 기간에는 음식을 주의해야 한다 – 임신했을 때 먹는 음식 · 162

아기를 낳으면 부엌이 바빠진다 – 분만기에 먹는 음식 · 164

닭과 양으로 아기의 탄생을 축하한다 – 출산 후 3일째 되는 날의 음식 · 167

9. 민족별 음식 습관 |천태만상 각양각색| · 173

천산 사막 서역풍 – 위구르족의 음식 · 174

초원에 바람이 불면 소양을 굽어보네– 몽고족의 음식 · 178

장백산과 흑룡강이 있는 설국(雪國)의 풍속 – 만주족의 음식 · 182

장족 마을에 귀한 손님이 오셨네 – 장족(壯族)의 음식 · 186

찹쌀과 신맛을 좋아한다 – 묘족의 음식 · 190

토속적인 향기가 물씬 풍기는 유차 – 요족(瑤族)의 음식 · 193

첩첩산중 토가족 마을 – 토가족(土家族)의 음식 · 195

10. 음식에 관한 여러 가지 상식 |식사하는 모습이 정겹고 정취있구나| · 201

맛의 일인자 '상식낭자' – 고대의 전문 요리사 · 202

군자는 부엌을 멀리하라 – 옛날 요리사들의 지위 · 206

요리 이름은 요리사 맘 내키는 대로 – 재미있는 음식이름과 그 뜻 · 209

주나라 천자의 명요리 – 팔진(八珍) · 216

솥에 손가락을 넣어 분쟁이 일다 – 중국 고대인들의 식사방법 · 218

11. 전통 식기 |맛있는 음식은 예쁜 그릇에| · 225

고풍스럽고 우아하며 무늬가 정교하다 – 청동으로 만든 식기 · 227

색채가 아름다우면서도 튼튼하다 – 옻칠한 식기 · 233

정교함과 화려함의 극치 – 금은 식기 · 236

훌륭한 명성을 자손만대에 남기다 – 도자기 · 241

12. 중국 전통 음식의 표준 양식 |음식과 보양에는 법도가 있다| · 247

음식에 예의를 담는다 – 음식의 배합 규칙 · 249

오곡으로 영양하며, 오과로 보조한다 – 음식을 통한 과학적 보양 방법 · 252

군자는 배불리 먹지 않는다 – 음식 절제에 얽힌 사상들 · 255

13. 전통적 식습관을 새롭게 계승하자 · 261

|여러 가지 장점을 널리 받아들이면 필히 발전한다 |

채식이 주가 되고 육식으로 보충한다 – 전통적인 음식습관 · 262
식기와 음식은 필히 양식이어야 한다 – 근대 식습관의 변화 · 265
전통을 계승하고 외국 문화의 정수를 널리 받아들이자
    – 현대의 음식 문화가 나아가야 할 방향 · 268

|부록|

중국의 문화적 요리의 향연을 보면서 · 272

    – 이천효 (동부산대학 호텔외식조리과 교수)

1

세계문화에 공헌한 미식왕국

백성이 먹는 것을 하늘로 여기다

중국 고대 경전 『예기(禮記)』에 보면 "식욕과 성욕은 인간의 가장 원초적인 욕구다"라는 말이 있다. 이로부터 음식을 먹는 일은 시대를 불문하고 사회나 개인의 삶에서 가장 중요한 일이라는 것을 알 수 있다. 따라서 음식을 귀하게 여기는 태도와 음식에 대한 연구, 음식관은 한 국가의 문화 소양을 가늠할 수 있는 척도일 뿐만 아니라 물질문명과 정신문명의 상징이라고 할 수 있다. 기예가 출중한 중국요리는 중국민족 역사문명의 산물이다. 오늘날 중국요리가 전 세계를 풍미하고 있는 현실에 비추어 볼 때 중국음식은 세계 문화에 걸출한 공헌을 했다고 말해도 과언이 아니다.

일찍이 선진(先秦) 시대 중국의 각 민족은 중원 지방의 화하족(華夏族)을 중심으로 음식 문화 교류 활동을 펼쳤다. 화하족의 곡물은 북방의 유목민족에게 공급되었고, 연(燕)나라의 물고기, 소금, 대추, 밤 등은 동북지역 소수민족들에게 부동의 인기품목이었다.

한(漢)대에 이르러 장건(張騫)이 서역에 외교사절로 파견되면서 중국과 서역간의 음식문화 교류가 촉진되었다. 서역의 거여목, 포도, 석류, 파, 마늘, 당근 등의 특산물과 포도주가 차례로 중국으로 전래되면서 중국민족의 식생활은 더욱 다채롭고 풍요로워졌다. 한편, 중국의 연회 요리가 서역 주민들 사이에서 인기를 끌게 되었으며 각종 요리법이 전파되었다. 이처럼 각 민족이 서로 교류하며 장점을 받아들이고 단점을 보완하는 과정 속에서 중국의 음식문화가 탄생하게 되었다.

세계적으로 보았을 때 중국 음식문화의 영향을 비교적 많이 받은 나라는 단연 일본이다. 일찍이 4세기 일부 중국인들이 한반도를 경유하여 일본으로 이주했다. 이들을 중국 초기의 화교로 보아도 무방한데, 그 중에는 요리사와 식기를 만드는 장인도 여럿 있었다. 당(唐)대에 이르러 감진대사(監眞大師)는 중국의 불학, 의학, 양조, 요리기술 등의 문화예술을 일본에 전파했다. 또한 일본은 학문승과 유학승을 중국에 대거 파견했으며, 이들이 귀국하면서 당나라의 궁정과 민간의 진미가 일본에 전래되었다. 이리하여 중국의 선진적인 음식문화는 일본의 궁정과 민간의 식생활에 막대한 영향력을 끼치게 되었다. 예컨대 일본 궁정음식 조리법은 당나라 제도를 본뜬 것이며 궁정연회의 요리는 중국의 요리기술을 개량하여 만든 것이었다. 뿐만 아니라 지속적으로 중국에 사람을 파견해 요리법을 배우고 연구하도록 했다.

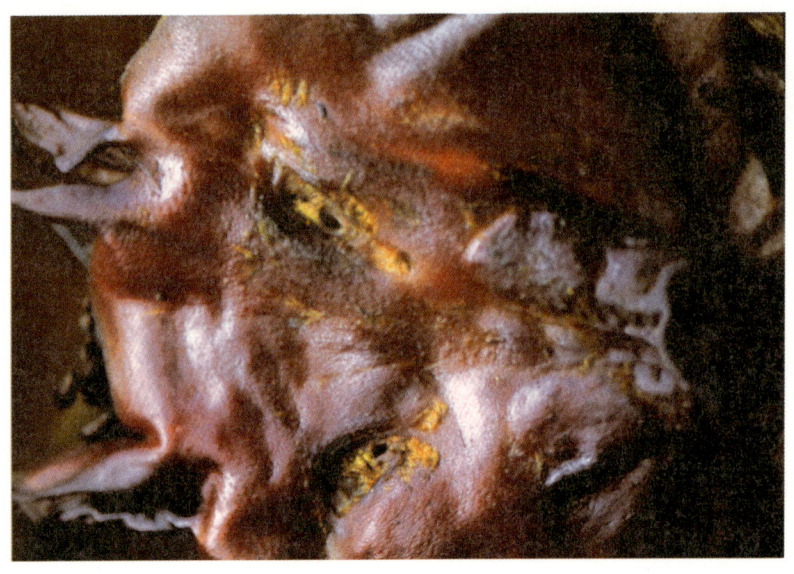

● 호남성 서쪽 일대의 건어물 제작 방법은 매우 특색 있다.

당대 이후 중국의 요리와 과자가 일본에서 유행하기 시작했다. 대표적인 것으로 환빙(環餅, 환병:꽈배기)과 쭝쯔(粽子, 종자:찹쌀 주먹밥)를 들 수 있다. 중국의 환빙은 밀가루 반죽을 기름에 튀겨 만든 꽈배기와 유사한 음식이다. 이미 전국시대부터 만들어지기 시작한 환빙은 진한(秦漢)시기 이후 한식절(寒食節)에 빠져서는 안 될 음식이 되었다. 환빙은 일본에 전래된 후에 '망카리(萬加利)'라고 불리며 장신(藏神)을 기리는 공물이 되었다.

　유구한 역사를 가지고 있는 쭝쯔는 중국의 단오절 전통음식으로, 굴원(屈原, 초나라의 애국시인)을 기념하려고 먹기 시작했다는 전설이 전해진다. 쭝쯔는 일본으로 전래된 후에 '치마키(茅卷)'로 불렸다. 고쇼 치마키(御所粽), 도우키 치마키(道喜粽), 쿠주 치마키(葛粽), 앙 치마키(飴粽)와 같은 오늘날 일본 특색의 쭝쯔는 중국식 쭝쯔를 바탕으로 발전한 것이다. 일본인 학자 기미야 야스히코(木宮泰彦)는 저서 『일중문화교류사(日中文化交流史)』에서 다음과 같이 기술하고 있다.

　"명청(明淸)시기 검은깨 두부, 은원(隱元) 두부, 만터우(饅頭, 만두: 소가 없는 찐빵) 등 각종 중국 특색의 음식이 일본에 전래되었다. 또한 주인과 손님이 식탁에 둘러앉아 함께 식사를 하는 중국의 방식을 따르게 되었는데, 이는 일본의 요리법과 회식 방식에 어느 정도 영향을 주었다."

　중국의 요리와 과자가 일본에 전래됨과 동시에 중국의 절기별 음식 풍속도 일본에서 유행하기 시작했다. 예컨대 1월 1일 간탄(元旦, 일본의 양력설 - 일본은 음력설을 지내지 않음)의 도소주(屠蘇酒, 설에 마시는 술), 1월 7일의 일곱 가지 반찬, 5월 5일의 창포주(菖蒲酒), 9월 9일의 국화주(菊花酒) 등이 크게 유행했다. 일본인 학자 모리 가쓰미(森克己)는 『일송문화교류제문제(日宋文化交流諸問題)』에서 다음과 같이 지적했다.

　"대륙과 우리나라 사이에는 원시시대부터 시작하여 문화 교류가 전개되었다. 이리하여 선진적인 대륙문화가 끊임없이 유입되었는데, 우리나라는 이러한 대륙문화를 부지불식간에 흡수하여 토착화시켰다."

　또한 기미야 야스히코도 다음과 같은 견해를 내놓았다.

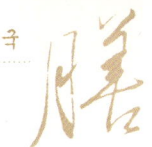

"사람들은 일본 중고(中古, 794년~1192년)시대의 제도가 대부분 일본의 독창적인 산물인줄 아는데, 일단 당나라 역사를 찾아보면 대다수가 당제(唐制)를 모방했다는 사실을 알 수 있다."

"중국은 동양문화의 모국이다……왜인(倭人)은 중국에서 건너왔다. 이들은 일본 땅에 새로운 지식을 전파하고, 중국문화를 매우 흠모했다."

● 연해 주민의 음식은 해산물이 매우 큰 비중을 차지한다.

중국은 아프리카와도 근 천년간의 교류가 있었다. 최근 소말리아 등의 동아프리카 국가에서 당, 송, 명 세 왕조의 자기와 화폐가 출토되었다. 이밖에 오늘날 아프리카의 낙타 통구이와 당(唐)대의 궁정요리 훈양모후(渾羊歿忽, 혼양몰홀)는 형태와 요리방법에서 놀랄 만한 유사점이 있다. 『식진록(食眞錄)』에 훈양모후에 관한 기록이 있다. "훈양모후는 진미 중의 진미이다. 거위의 배를 갈라 그 속을 찹쌀, 고기, 여러 가지 조미료로 채운 후 그것을 다시 양의 뱃속에 집어넣고 봉합한 뒤 구워낸다." 아프리카의 낙타 통구이 역시 뱃속에 계란을 채운 물고기를 닭 속에 집어넣은 뒤, 닭을 구운 양의 뱃속에 집어넣고 마지막으로 구운 양을 낙타의 뱃속에 집어넣고 구워낸다. 중국의 한 요리 연구가는 이것이 중국과 아프리카가 음식문화 영역에서 역사적인 교류가 있었음을 알 수 있는 증거라고 말한다.

실크로드가 생기면서 중국과 중아시아, 서아시아, 유럽의 경제 교류가 날로 밀접해졌다. 이 길을 통해 중국의 음식문화는 끊임없이 서방으로 소개되었다. 『송회요(宋會要)』의 기록에 따르면 1070년 대식국(大食國, 지금의 이란)에서 사자를 파견해 오면 자기, 의복, 음식을 하사했다고 한다. 이러한 교류의 예는 역사서 중에서 쉽게 찾아 볼 수 있다. 중국 요리는 오늘날에도 그리스, 즉 지중해 문화권에서 여전히 상당한 인기를 얻고 있다.

수천 년에 달하는 세월동안 중국 전통문화는 줄곧 세계 선두 자리를 지켜왔으며, 중국문화가 이룩해낸 금자탑은 오늘날까지도 여진히 경탄을 자아내게 한다. 그러나 15, 16세기 이후 세계정세의 변화로 말미암아 이러한 중국문화의 선두적 지위가 점차 약화되고 있다. 이러한 상황 속에서도 유일하게 중국의 음식문화만은 끊임없이 세계로 뻗어나가고 있는데, 이는 마땅히 해외에 있는 화교의 공으로 돌려야 할 것이다.

위대한 혁명가 손문은 『건국방략(建國方略)』에서 다음과 같이 지적했다. "중국 근대 문명의 진화는 모든 영역에서 다른 나라보다 뒤쳐졌는데, 유일하게 음식만은 진보했으며 이 분야에서 현재까지도 아직 중국에 필적할 만한 문명국이 없다. 중국이 발명한 음식은 이전부터 서양에서 크게 유행했다. 그러나 중국의 요리 기술은 구미국가들과는 비견할 수 없을 정도로 우수하다……과거 중국이 서양과 통상을 시작하기 전까지만 해도 서양인들은 요리 기술에서는 프랑스가 세계 제일이라고

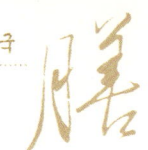

생각했다. 하지만 중국 음식을 맛본 다음부터는 모두들 중국을 최고로 여기기 시작했다." 청(淸)대 말기 이후 중국은 줄곧 서양 열강의 침략을 받았다. 당시 중국 음식문화는 세계 여러 나라보다 훨씬 앞서 있었지만 서양 각국은 프랑스야말로 세계 요리 왕국이라고 하며 이를 인정하려 들지 않았다. 손문의 『건국방략』이 출판된 후 중국 요리 기술의 세계적 지위는 현저히 높아졌으며 세상 사람들은 중국이야말로 손색없는 요리 왕국이라고 여기게 되었다.

반여 세기 이후 모택동(毛澤東)은 민족 자긍심으로 가득 찬 목소리로 말했다. "중약(中藥)과 중국요리는 중국이 세계에 공헌한 두 가지 업적이라고 생각합니다." 중국요리를 먹어 본 외국 인사들은 모두 칭찬을 아끼지 않았으며 이로 말미암아 중국문화에 대한 경외감을 불러일으켰다. 많은 외국인들은 음식의 조리기술 방면에서 중국의 업적이 여타국가와는 비교할 수 없을 정도로 뛰어나다고 생각한다.

필리핀의 《동방일보(東方日報)》는 1977년 11월 21일 '파리를 정복한 중국요리'라는 표제의 기사를 실었다. "파리에서 중국요리로 고객을 불러 모으는 음식점은 약 천여 곳으로 추산된다. 음식점마다 장사가 잘 되고 일정 수의 단골손님이 있는데, 매주 휴일이 되면 음식점 앞이 장사진을 이룬다. 중국요리만이 프랑스인들을 줄을 서서 기다려 밥을 먹게 만드는 매력을 가지고 있다……이처럼 중국요리가 파리에서 붐을 일으키고 미식가인 프랑스인들의 환영을 받는 것은 결코 일시적인 현상이 아니다. 피가 뚝뚝 떨어질 것 같은 스테이크와 겨잣가루를 잔뜩 묻힌 달팽이 요리를 먹던 프랑스인들은 색과 향이 조화를 이룬 중국 요리를 맛본 뒤 '먹는' 문화에서 5천 년 역사를 가진 중국을 당해낼 길이 없음을 깨달았다."

현재 세계 거의 모든 나라에 중국 음식점이 있다. 《경제참고(經濟參

1990년 12월 8일 보도에 따르면 "중국인들이 세계 각지로 뻗어나 감에 따라 중국 음식문화 열풍이 전 세계 방방곡곡을 강타하고 있다. 통계에 따르면 세계 각국에 약 3천 명의 화교가 살고 있으며, 약 16만 개의 중국음식점이 있다. 그 중에서 영국에 4천여 개, 프랑스에 3천여 개, 오스트레일리아에 6천여 개, 독일과 벨기에에 각각 천여 개, 이탈 리아와 스웨덴에 각각 5백여 개가 있으며, 미국에는 세계 중국 음식점 의 10%에 달하는 만 6천여 개의 중국음식점이 있다." 이처럼 중국의 음식문화가 외국에 전파되면서 중국문화 수출을 어느 정도 촉진시키고 있다. 즉, 중국문화에 대한 외국인들의 감성적인 인식은 대부분이 중국 의 음식에서부터 시작하고 있다.

미국의 한 잡지는 '어느 나라 요리가 가장 맛있을까?' 라는 질문으로 설문조사를 실시한 바 있다. 그 결과 대부분 사람들이 중국요리가 가장 맛있다고 응답했다. 이리하여 미국에서는 '미국인 돈은 유태인이 쥐락 펴락하고 있고 유태인 입맛은 중국인이 좌지우지하고 있다' 라는 우스 갯소리가 나오기도 했다. 이는 중국의 음식문화가 세계인들의 열렬한 사랑을 받고 있다는 사실을 입증한다.

중국의 음식문화가 전 세계적으로 사랑받고 있는 데에는 깊은 역사 적 배경이 있다. 일찍이 선진(先秦)시기 성(性)문제에서 보수적인 전통 을 고수한 중국 선조들은 음식을 통해 인생의 카타르시스를 만끽했다. 이와 반대로 성문제에서 매우 자유분방한 서양인들은 음식에 있어서 비교적 융통성이 없고 보수적이었다. 이리하여 중국의 음식문화는 고 도의 발전을 이룩했으며 음식에 풍부한 사회적 의의를 부여했다. 이와 동시에 유구한 역사를 가진 중국의 요리 기술은 무한한 창조정신을 갖 춘 중국민족의 재능과 지혜를 한층 더 계발시켰다.

중국의 음식은 과학성뿐만 아니라 예술성을 중시한다. 즉, 음식을 통해 맛을 향유할 뿐만 아니라 문화지식을 넓힐 수 있다. 따라서 중국의 음식문화는 중국 물질문명과 정신문명의 상징이자 중국 민족 문화의 풍부한 유산이라 할 수 있다. 손문의 말은 이러한 사실을 뒷받침한다. "요리 기술은 문명을 바탕으로 탄생한다. 문명화가 덜된 민족은 맛을 분별하는 데 정통하지 못하며, 맛을 분별하는 것에 정통하지 못하면 요리 기술이 신통치 못하다. 뛰어난 중국의 요리 기술을 통해 문명 진화의 깊이를 엿볼 수 있다." 이는 한 나라의 음식문화가 어떻게 그 나라나 민족의 문화적 소양을 나타내는지를 잘 설명하고 있다.

지난 수천 년간의 역사 속에서 중국민족은 전 인류의 음식문화에 이바지해왔으며 이러한 문화를 끊임없이 계승하고 발전시켰다. 민족문화를 중시하는 오늘날, 중국의 음식문화 그리고 더 나아가서는 중국 문화 전체가 더욱 번영하고 눈부신 성과를 거둘 수 있기를 기대한다.

그럼 이제부터 다함께 중국 음식문화 기행을 떠나 아름다운 중국 문화의 향연에 빠져보도록 하자.

● 절강성 제갈촌의 간식거리

2 명절 음식 풍속

사시사철 성대한 기념일 축하

모든 민족은 고유의 명절을 가지고 있고 이러한 명절은 특색 있는 풍습과 행사로 구성되어 있다. 그중에서 음식은 중국 전통 명절 문화의 핵심이자 중요 구성 요소이다. 중국의 거의 모든 전통 명절은 각기 그에 상응하는 음식이 있다. 춘절(春節)에는 퇀위안판(團圓飯, 단원반 : 섣달 그믐날 밤 일가족들이 단란하게 모여서 먹는 밥)을, 원소절(元宵節)에는 탕위안(湯圓, 탕원 : 소가 들어있는 새알심을 넣은 탕)을, 음력 2월 2일을 '용대두(龍擡頭)'라 하여 룽쉬몐(龍鬚麵, 용수면 : 용의 수염처럼 가느다란 면)을, 음력 3월 3일에는 삶은 계란을 넣은 냉이탕을, 단오절(端午節)에는 쭝쯔(粽子, 종자 : 찹쌀로 만든 작은 주먹밥)를, 중추절(中秋節)에는 웨빙(月餠, 월병 : 둥근 달 모양의 과자)을, 중양절(重陽節)에는 중양가오(重陽糕, 중양고 : 중양절에 먹는 떡)를, 동지절(冬至節)에는 자오쯔(餃子, 교자 : 한국의 만두와 유사함)를, 납팔절(臘八節)에는 납팔죽(臘八粥)을 먹는다. 이러한 명절 음식 습속 덕분에 중국의 명절은 더욱 다채롭고 흥미로워졌다.

부엌에 찾아든 봄바람 – 춘절 음식

구세대들의 기억 속에서 '신년'하면 맨 먼저 떠오르는 것은 단연 먹는 일이다. 속담에도 이르기를 "1년을 가난하게 살지언정 춘절만은 가난하게 보내지 않는다."라고 했다. 예전에는 평소에 허리띠를 졸라매고 절약하며 살아가던 가난한 사람들도 춘절에는 거하게 배불리 한 끼 식사를 했다. 가난한 집의 아이들은 춘절에 찐빵을 먹고 폭죽을 터뜨릴 수 있었기 때문에 이 날을 목이 빠지게 기다렸다. 평소에 좋은 옷을 입고, 진수성찬을 먹으며 호사스러운 생활을 하던 부유한 사람들

도 춘절을 매우 중시했다.

『홍루몽』 제53회를 보면 음력 섣달 29일 영부(寧府)와 영부(榮府) 두 집이 모두 문신(門神, 음력 정월에 집집마다 좌우 문짝에 붙이는 두 신의 상), 대련(對聯, 한 쌍의 대구의 글귀를 종이나 천에 쓰거나 기둥 따위에 새긴 대구), 팻말을 갈아 달고, 도부(桃符, 옛날 정월에 복숭아나무로 만든 2장의 판자에 문신을 그려서 문짝에 붙여 악귀를 쫓던 부적)에 새로 기름칠을 하여 면모를 일신했다. 30일 가부(賈府)의 사람들은 사당에서 제사를 지냈다. 가경(賈敬)은 제주(祭主)가 되고, 가사(賈赦)는 배제(陪祭, 제주를 도와 제사를 지내는 사람)가 되며, 가진(賈珍)은 제주(祭酒)를 올렸다. 또한 가

● 홍루의 화위야연

련(賈璉)과 가종(賈琮)은 비단을 바치고, 보옥(寶玉)은 향(獻香)을 피워 올렸으며, 가창(賈菖)과 가릉(賈菱)은 모포를 깔고 분향의 시중을 들었다. 우선 조상들을 정성껏 대접하는데, 맛있는 음식이 차례로 탁자 앞으로 전달되면 대부인에 의해 탁자 위에 올려졌다. 반찬, 밥, 탕, 과자, 술, 차가 모두 건네지면 대부인은 분향을 하고 절을 했으며 다른 사람들도 일제히 무릎을 꿇어앉았다. 조상께 맛있는 음식을 대접한 뒤 자손들은 연회를 벌여 도소주(屠蘇酒), 합환탕(合歡湯), 길상과(吉祥果), 여의고(如意糕)를 즐기며 술잔을 건네고 즐겁게 노래하며 담소를 나눴다.

춘절의 음식 풍속은 아주 오래 전부
터 전승되어 왔기 때문에 여러
차례 변화를 겪었다. 현재
중국 대다수의 지역에서
유행하는 가장 대표적
인 춘절 습속을 꼽자면
자오쯔(餃子) 빚기, 녠
가오(年糕, 연고 : 설떡)
찌기, 퇀위안판(團圓飯)
먹기가 있다.

● 자오쯔

춘절에 자오쯔를 빚는 것은
주로 북방 지역에서 유행하는 풍속
이다. 일부 지역에서는 자오쯔를 '줴쯔(角子,
각자)', '펜스(扁食, 편식)', '수이뎬신(水點心, 수점심)'이라고도 한다.
문헌기록에 따르면 초기의 자오쯔는 '훈툰(餛飩, 혼돈)'이라고도 불렸
다. 북제(北齊)의 안지추(顔之推)는 "지금의 훈툰은 형태가 반달모양이
며 세상 사람들이 모두 즐겨 먹는다"라고 말했다. 일찍이 5세기에 자오
쯔는 이미 황하 유역에서 가장 보편적인 밀가루 음식이 되었다.

훈툰은 각진 모양 때문에 '줴쯔(角子)'라는 이름이 붙었다. 그런데
북방 사람들은 '줴(角, jue)'를 '자오'라고 읽기 때문에 '자오쯔(餃子)'
라는 이름이 탄생하게 되었다.

자오쯔는 명(明)대 이전에는 춘절 음식이 아니었으나 명 중기 이후
점차 북방의 춘절 음식으로 자리 잡았다. 그 원인을 살펴보면, 첫째, 자
오쯔의 형태가 원보(元寶, 중국 역대 왕조의 화폐)와 비슷하여 사람들은
춘절에 자오쯔를 먹으면 재운을 불러온다고 생각하게 되었다. 둘째, 자

오쯔는 여러 가지 상서로운 음식을 소로 넣고 빚기 편리한데, 사람들은 자오쯔에 이러한 소를 넣고 새해 소망을 빌었다. 예를 들어 꿀과 설탕을 넣고 새해의 생활이 달콤하고 즐겁기를 소망하거나 대추를 넣고 새해에 빨리 아들을 낳을 수 있기를 빌었다(대추는 중국어로 '棗子'라고 하며 '자오즈'라고 읽는데, 이것의 발음이 '아들을 빨리 얻다'라는 의미의 '早子'와 같기 때문에 대추에 이러한 의미가 부여되었다). 혹은 몇몇 자오쯔에 동전 한 닢을 넣어두고, 동전이 든 자오쯔를 먹는 사람의 재운이 트인다고 믿었다. 이로부터 자오쯔는 단순히 먹기 위한 음식일 뿐만이 아니라 사람들의 이상과 희망이 담겨진 음식이었음을 알 수 있다. 셋째, 춘절에 처음으로 먹는 자오쯔는 반드시 묵은해의 마지막 날 밤 자시(子時, 밤 11시에서 1시 사이)에 모두 빚어야 하는데, 이때에 자오쯔(餃子)를 먹어 '해가 바뀌어 묵은해와 새해의 자시가 교차되다(중국어로 '자시가 교차되다'라는 의미의 '交子'는 자오쯔와 발음이 같다)'라는 송구영신의 의미를 나타내고 길상을 상징하게 되었다.

● 자오쯔

매년 춘절이 채 되기도 전에 녠가오(年糕, 설떡)는 일찌감치 시장에 나와 손님들을 기다리고 있다.

춘절에 녠가오를 먹는 것은 중국 남방에서 비교적 성행하는 풍속이다. '가오(糕, 고)'는 '높다'라는 뜻의 '高'와 발음이 같다. 춘절에 녠가오를 먹는 주된 목적은 햇곡식을 맛보는 것 외에도 이를 빌어 '해마다 나아진다('녠, 年'은 '해'를 의미하고 '가오, 糕'는 '高'와 발음이 같아 이러한 의미가 부여되었다)'라는 덕담을 하기 위해서였을 것이다. 이는 청(淸) 말에 지어진 녠가오의 우의를 설파한 다음의 시에서 말하는 바와 같다.

사람들의 마음에 품은 포부가 어찌나 큰지
동음어를 사용하여 음식을 만들었네.
해마다 나아진다는 의미를 취해서 새해의 염원을 표현하네.

새해에 녠가오를 믹는 풍속은 순조로운 생활에 대한 사람들의 동경과 염원을 반영한다.

녠가오와 관련하여 민간에는 이러한 전설이 전해내려 온다. 춘추(春秋) 시기 오(吳)왕 합려(闔閭)는 적의 침략에 대비하기 위해서 오자서(伍子胥)에게 명하여 합려성을 쌓도록 했다. 합려성이 완성되자, 오왕은 신하들을 불러 모아 크게 연회를 베풀었고, 나라 전체가 기쁨에 술렁였다. 그러나 이때 성 축조의 공을 세운 오자서는 오히려 마음이 답답하고 울적했다. 어느 날 오자서는 측근의 부하 무관에게 말했다.

"내가 죽은 후 만약 오나라가 곤경에 빠지고, 백성이 굶주리고 헐벗거든 너희들이 동문 아래의 흙을 몇 척 파내어 백성들의 배고픔을 달래주어라."

　과연 후에 오자서가 중상모략을 받고 세상을 떠나자 이 기회를 틈타월(越)나라가 오나라로 쳐들어 왔다. 이리하여 전쟁으로 민생이 도탄에 빠져 백성들은 굶주리고 유랑했다. 전란 속에서 오자서의 부하들은 오자서가 생전에 했던 말이 문득 떠올랐다. 그들은 백성들을 이끌고 성의 벽돌을 뜯어내고 성 밑을 파내기 시작했다. 서너 척쯤 파내려갔을 때 놀랍게도 찹쌀로 만든 벽돌이 발견되었다. 사람들은 매우 기뻐하며 벽돌을 깨끗이 씻은 뒤 쪄서 배를 채우고 기근을 해소했다. 후에 사람들은 전쟁과 기근을 대비한 공적을 세운 오자서를 기념하기 위해 매년 춘절을 쇨 때 떡을 찌게 되었다.

　중국 속담 중에 '십리를 가면 바람이 다르고, 백리를 가면 풍속이 다르다' 라는 말이 있다. 중국은 영토가 매우 넓기 때문에 각 지방마다 녠가오를 먹는 습속에 차이가 있고 종류도 매우 다양하다. 북방에서는 기장쌀로 만든 녠가오가, 남방에서는 찹쌀로 만든 녠가오가 주를 이룬다. 남방의 녠가오는 다시 광동식과 소주식으로 나눌 수 있다. 광동식은 주로 찹쌀가루, 붉은 사탕, 땅콩기름, 씨의 속살, 대나무 잎 등을 원료로 한다. 빛깔은 주홍색을 띠고 윤기가 나며 부드럽고 매끄러우며 대나무의 맑고 상쾌한 향이 난다. 소주에서는 녠가오를 특히 중시하는데, 돼지기름 녠가오, 홍설탕 녠가오와 백설탕 녠가오 등 여러 종류가 있다. 홍설탕과 백설탕 녠가오는 가루가 보드랍고 찹쌀이 달콤하며 윤기가 나고 반짝거린다. 쪄서 먹으면 부드러우면서도 쫄깃쫄깃하고, 물에 삶으면 느끼하지 않고, 기름에 튀기면 향기롭고도 달콤하며, 오래 보관해도 곰팡이가 슬지 않는다. 돼지기름 녠가오는 장미, 계화, 대추, 박하의 4종류가 있는데, 윤기가 나고 색이 선명하며 아름답다. 또한 찹쌀이 향기롭고 감칠맛이 나며 많이 먹어도 물리지 않는다. 일부지역에서는 단맛의 녠가오 외에도 짠맛의 녠가오를 즐겨 먹는다. 호박채, 무채를 재료로 하여 찹쌀 반죽에 넣은 뒤 시루 위에 놓고 쪄낸다. 짠맛의 녠가오에는 자신만의 색다른 맛이 있다. 호북성, 호남성, 강서성, 해남성 등지에서 녠가오는 춘절의 주요 음식이자 선물이며, 매년 음력 12월이 되면 집집마다 녠가오를 만들기 시작한다.

● 강남(江南)에서
녠가오를 찌는 풍경

　　춘절 음식 풍속의 최고조는 퇀위안판(團圓飯)을 먹는 것이다. 민간에서 사람들은 퇀위안판을 먹는 것을 매우 중시한다. 타향에서 객지 생활을 하는 사람들은 정말 부득이한 경우를 제외하고는 아무리 바빠도 고향에 내려가 녠판(年飯, 연반 : '퇀위안판'과 같은 뜻)을 먹는다. 특별한 사정이 있어 고향에 내려가지 못할 경우에도 가족들은 그의 자리를 남겨두고 그릇과 젓가락을 놓아 온 가족이 모였다는 뜻을 나타낸다.

튄위안판을 먹는 풍속은 늦어도 진(晉)대에 이미 시작된 것으로 보인다. 『풍토기(風土記)』에 보면 "술과 요리를 준비해 서로 초대하는 것을 '해를 보내다'라고 한다"라는 구절이 있다. 이로부터 당시 섣달 그믐날 밤에 풍성한 연회를 열어 송구영신의 의미를 되새겼음을 알 수 있다. 청대의 고철경(顧鐵卿)은 『청가록(淸嘉錄)』에서 "섣달 그믐날 밤 가정에서 연회를 열어 남녀노소가 모두 모여 덕담을 하는 것을 '녠예판(年夜飯, 연야반)'이라 하고, 속칭 '허자환(合家歡, 합가환)'이라 한다"라고 했다. 주종태(周宗泰)는 『고소죽지사(姑蘇竹枝詞)』에서 다음과 같이 읊었다. "온 가족이 모두 한자리에 모여 생선, 고기, 오이, 가지, 과일 등을 먹네. 음식을 먹으며 가르침을 하고 예언을 들으며 집집마다 허자환(合家歡)을 하네."

'녠판(年飯)'을 글자 그대로 해석해 보면 1년 중 가장 풍성한 식사라는 뜻으로, 충분한 준비, 풍부한 재료, 정교하고 아름다운 요리는 평상시와는 비견할 수 없는 것이다. 또한 녠판은 섣달 그믐날 밤이라는 새해와 묵은해가 교차되는 특정한 시각에 먹기 때문에 새해 생활의 길흉과 밀접한 관련이 있다. 따라서 음식의 구성이나 식사 중 언행과 행동거지까지도 특별히 신경을 써야 한다.

예를 들어 요리를 안배할 때 수량을 홀수로 해서는 안 되고 반드시 짝수로 맞춰야 하는데, 가급적 특정한 비유가 담긴 숫자가 좋다. 예컨대 10가지 요리를 준비해 '십전십미(十全十美, 완전무결하여 나무랄 데가 없다)'의 뜻을 나타내거나 12가지 요리로 '월월락(月月樂, 달마다 즐겁다)'을 비유할 수도 있고, 18가지 요리로 '돈을 벌려면 8을 떠나지 않는다(중국어로 '돈을 벌다'라는 의미의 '發財, 파차이'의 동사 '파(發)'가 숫자 8(八, 빠)과 발음이 유사하기 때문에 중국에서 숫자 8은 재운을 불러들이는 행운의 숫자로 여겨진다)'라는 길상을 뜻하는 속담을 의미할 수도 있다.

　연회의 요리는 지역마다 종류가 각기 다르다. 강한(江漢) 평원 일대에서는 섣달 그믐날 저녁 식사에 반드시 통째 생선 요리를 포함시켜 '녠위(年魚, 연어)'라고 부르고 '해마다 풍족해진다(중국어로 생선을 '위(魚, 어)'라고 하는데, 이는 여유나 풍족함을 뜻하는 '余'와 동음이다)'는 뜻을 나타낸다. 일반적으로 녠위는 먹어서는 안 되며, 먹는 것을 허용하는 일부 지역에서도 '유두유미(有頭有尾)'라고 하여 머리와 꼬리는 먹을 수 없다. 이는 새해에 일을 할 때 시작과 끝을 한결같이 일관된 태도로 임해 유종의 미를 거두라는 뜻을 나타낸다.

　위안쯔(圓子, 원자 : 완자와 유사함)는 대다수 지방의 연회에서 빼놓을 수 없는 음식이다. '위안쯔(圓子)'는 '퇀위안(團圓)'과 의미가 맞아 떨어지기 때문에('위안(圓)'은 '원만하다', '완전하다'라는 뜻이다) 생선 위안쯔, 고기 위안쯔, 연근 위안쯔 등은 연회자리에서 빠질 수 없는 필수 요리가 되었다. 광동성, 홍콩 등지의 새해 연회에서 발채(發菜, 이끼 식물의 일종)요리는 사람들의 사랑을 한 몸에 받는 음식이다. 발채의 중국어 발음인 '파차이'가 '돈을 벌다'라는 의미인 '發財'의 발음과 같기 때문에 장사에 정통한 광동과 홍콩인들은 새해의 연회석상에서 늘 발채를 먹으며 새해에 재운이 트이기를 기원한다. 이와 같이 새해의 연회에는 일반적으로 길상을 상징하는 요리가 한두 가지 포함되어 미래 생활에 대한 사람들의 간절한 소망을 나타낸다.

새해의 첫 보름달 – 원소절 음식

우리의 정월대보름에 해당하는 원소절(元宵節)에 중국에서는 집집마다 위안샤오(元宵, 원소 : 새알심 모양의 찰떡)를 삶아 먹는다. "연등회(원소절 밤에 초롱불을 구경하는 오락 모임) 때 위안샤오를 먹고, 연등회가 끝나면 국수를 먹는다"라는 옛말이 있다. 위안샤오는 위안쯔

● 위안샤오는 온 가족이 모이는 것을 상징한다.

(圓子) 혹은 퇀쯔(團子, 단자)라고도 하는데, 다 삶아지면 탕 위에 둥둥 떠 있기 때문에 탕위안(湯圓), 푸위안쯔(浮圓子, 부원자)라고도 한다. 그러므로 위안샤오를 먹는 것은 '모이다'라는 뜻의 '퇀(團, 단)'과 '두루 갖추다'라는 뜻의 '위안(圓, 원)'의 음을 빌어 '흩어졌던 가족이 다시 모여 단란하게 지내다(團團圓圓)'의 의미를 나타낸다.

원소절에 위안샤오를 먹는 습속은 송(宋)대부터 시작되었다. 송대의 주필대(周必大)는 『원소절에는 위안샤오를 끓여 먹는다(元宵煮食浮圓子)』라는 시에서 다음과 같이 노래했다.

오늘 밤이 어떤 날인줄 아는가,
보름달 아래 온 가족이 함께 모이는 날이라네.

탕관(湯官, 황제의 탕을 준비하는 관리)은 옛 맛을 좇고,

취사부는 신기술을 습기네.

먹구름 속에서 별은 반짝반짝 빛나고,

위안샤오는 진주처럼 물속에 떠있네.

사시사철 노래를 지어 부르며 가풍이라고 말하네.

주필대는 선인들이 아직 위안샤오에 관한 시를 지은 것 같지 않아 이러한 절기 풍속을 노래했다고 한다. 남송의 주밀(周密)은 『무림구사(武林舊事)』에서 이렇게 표현했다. "명절 인기 음식으로는 유당(乳糖) 위안쯔, 팥 퇀쯔, 스반탕(十般糖, 십반당 : 사탕의 일종) 등이 있다." 여기서 말하는 '유당 위안쯔'나 '팥 퇀쯔' 등은 제철 음식으로 찹쌀가루 반죽에 각종 소를 넣고 둥글게 빚어 끓는 물에 삶아 만든다.

●먹구름 속에서 별은 반짝
반짝 빛나고, 위안샤오는
진주처럼 물속에 떠있네.

청대의 시인 이조원(李調元)은 당시의 원소절과 위안샤오를 생동감 있게 묘사한 바 있다. "원소절에 사람들은 채련선(採蓮船, 두 사람이 배 타는 시늉하며 추는 민간 무용)을 다투어 구경하고, 호화스러운 마차는 아가씨들의 떨어진 머리장식을 주워 담는다. 비바람이 불고 밤이 깊어 사람들이 돌아가면 장사꾼 홀로 남아 등을 켜고 소리치며 탕위안을 판다." 원소절이 되어 거리로 나온 사람들이 채련선 등의 가무 공연을 구경하고, 즐겁게 웃고 떠드는 인파 속에서 아가씨들의 머리 장식이 땅위에 가득 떨어져 있고, 휘황찬란한 등불과 북적북적하고 시끌벅적한 광경이 눈앞에 펼쳐지는 듯하다. 늦은 밤이 되면 한 차례 비바람이 불어 들뜬 기분을 아직 가라앉히지 못한 인파를 해산시킨다. 그러나 골목 곳곳에는 손님을 불러 모으는 탕위안 장사의 고함소리가 은은히 울려 퍼진다.

위안샤오가 '탕위안'으로도 불리게 된 것과 관련해서 원세개(袁世凱)와 관련된 재미있는 일화가 있다.

원세개가 권모술수를 써서 황제가 된 해의 1월 15일, 거리에는 위안샤오 장사가 한창이었다. 장사꾼들은 골목 곳곳마다 '위안샤오'라는 간판을 내걸고 이 골목 저 골목 다니며 위안샤오를 판다고 외쳐댔다. 공교롭게도 위안샤오(元宵)는 '원(袁)을 멸한다'라는 뜻의 '袁消'와 동음이었다. 때문에 원세개는 '위안샤오'라는 말이 '원세개가 멸한다'는 뜻을 내포하고 있다고 생각해 못마땅해 했고, 위안샤오는 원씨 집안의 기피 대상 1호가 되었다. 이리하여 원세개는 경사청(警事廳)에 비밀명령을 내려 장사꾼들이 위안샤오를 '탕위안'으로 바꿔 부르도록 강요했다. 원로 언론인 경정성(景定成)은 『홍헌잡영(洪憲雜詠)』에 이와 관련한 시를 한 편 수록했다.

"새 왕조는 어찌 그리 금기가 많은지 원소절에도 금지 조항이 하나

늘었네. 방화범도 수수방관하면서 거리 장사꾼에게 '위안샤오'를 외치지 못하게 하는구나."

현재 일부지역에서는 아직도 '위안샤오'라는 명칭을 사용하는데, 이는 원세개의 엄명과는 관계없이 단지 옛 전통 습속을 따른 것이다.

모두 함께 꽃떡을 먹는다 – 중화절 음식

매월 음력 2월 2일은 중국 전통의 중화절(中和節)로 용대두(龍擡頭)라고도 한다. 중화절이 용대두라고도 일컬어지는 이유는 기나긴 겨울잠에서 깨어난 용이 바로 이날 깨어나 머리를 들어올리기 시작한다는 믿음 때문이다. 옛 농가에서는 우룡신(雨龍神)을 매우 숭상했는데, 머리를 들어 올린 용은 자연계에서 봄의 생명이 약동함을 상징하며, 좋은 날씨를 바라는 사람들의 염원을 담고 있다.

일찍이 당(唐)대에 중국의 민간에서는 '2월 2일은 부귀를 맞이하는 날이다'라는 말이 있었다. 그래서 당나라 사람들은 이날 영부귀과자(迎富貴果子, 밀가루로 만든 간식의 일종)를 먹었다. 원대에 이르면 '2월 2일은 용이 머리를 들어 올리는 날이다'라는 기록이 보이는데, 고대에 '용이 수해를 관장한다'라는 말이 있었기 때문에 자연히 용은 새해 초 사람들이 풍년을 기원하는 신상(神像)이 되었다. 명대와 청대에 이르러 북방에서는 2월 2일 룽쉬몐(龍鬚麵, 용수면 : 용 수염 모양의 소면)이라는 밀가루 음식을 먹는 것이 유행했다. 또한, 특별히 이날 먹는 밀전병은 룽린(龍鱗, 용린 : 용의 비늘), 자오쯔는 룽야(龍牙, 용야 : 용의 이빨)라고 했다.

물의 마을인 강남에서는 농번기가 시작되는 초봄 2월에 예부터 청야오가오(撐腰糕, 탱요고 : 허리를 받쳐주는 떡)를 먹는 전통 풍습이 널리 유행했다. '높다' 라는 뜻의 '嵩' 와 발음이 같은 '가오(糕)' 는 장수(長壽)의 의미가 있는데, 이는 백성들의 건강에 대한 염원을 반영한다. 이러한 풍속에 대해 명대의 채운(蔡雲)은 다음과 같이 묘사했다. "봄이 시작되는 2월 2일 사람들은 허리를 받치고 서로에게 꽃떡을 먹기를 권한다. 건강한 몸으로 장작과 쌀을 얻어내면 한 해의 육체노동이 아깝지 않다." 또한 『오중죽지사(吳中竹枝詞)』에서는 이렇게 묘사했다. "설떡을 채 썰어 노릇노릇하고 연하게 튀겨내어 먹으면 일 년 내내 어떠한 바람에도 허리가 끄떡없다네. 어쩐지 아가씨들의 허리가 가늘다 했지." 기름에 튀겨낸 노릇노릇하고 연한 이 떡을 먹으면 몸이 튼튼해지고 허리를 다치지 않는다하여 '청야오가오' 라는 이름이 붙여졌다고 한다.

이밖에 청야오가오를 먹는 이유를 기후에서 살펴볼 수 있다. 음력 2월 2일 이후 대기가 점차 따뜻해지긴 하지만 추웠다 더웠다를 반복하며 매우 변덕이 심하다. 겨울이 가고 봄이 오면 말라 죽었던 초목에 푸른빛이 감돌며 새싹이 돋아난다. 이때 변덕스런 기후 변화 때문에 각종 질병이 재발하기 쉬운데, 통속적으로 이를 가리켜 '청초발(青草發)' 이라고 한다. 또 일부 노인들은 매년 이맘때쯤에 지병이 재발하여 몸져눕곤

● 2월 2일 먹는 음식의 이름은 모두 용과 관련이 있는데, 국수는 '용의 수염'이라는 뜻에서 '룽쉬멘'이라 하고, 자오쯔는 '용의 이빨'이라는 뜻에서 '룽야'라고 한다.

한다. 이리하여 사람들은 중화절이 되면 청야오가오를 먹으며 건강을 기원하게 되었다.

청야오가오는 두 가지 조리법이 있다. 첫 번째는 기름에 튀긴 떡으로, 설떡을 얇게 채 썰어 기름을 두른 다음, 노릇노릇하고 연하게 튀겨 먹는다. 두 번째는 찹쌀가루를 홍설탕과 섞은 후 쪄서 떡을 만든 다음 계수나무 꽃을 그 위에 뿌리는 것인데, 말랑말랑하고 달콤하며 맛깔스럽다. 속담에 이르기를, "청야오가오를 먹으면 일 년 내내 근육과 뼈가 튼튼해지고 허리와 등이 단단해진다"고 한다.

봄 냉이의 아름다움 – 상이절 음식

매년 음력 3월 3일 상이절(上已節)에 강남 각지에서는 삶은 계란을 넣은 냉이탕을 먹는 풍습이 있다.

냉이는 십자화(十字花)과의 야생 식물이다. 중국 사람들은 아주 오래 전부터 냉이를 먹는 습속이 있었다. 『시경(詩經)』에 보면 "누가 씀바귀를 쓰다하는가, 냉이처럼 달기만 한데"라는 구절이 있는데, 이로부터 주(周)대에 냉이가 꽤 흔한 식물이었음을 알 수 있다. 시인 소동파는 냉이를 매우 좋아하여 친구에게 보내는 편지에 다음과 같은 '냉이 예찬론'을 펼치기도 했다. "요즘 냉이가 참 맛있는데……참 색다른 맛이 있다네." 육유(陸游)도 "봄이 와서 냉이를 먹으니 그 맛에 고향으로 돌아갈 생각조차 잊게 되네"와 같은 아름다운 시구를 남겼다. 이러한 시구로부터 냉이의 맛이 범상치 않음을 충분히 알 수 있다. 청대 양주팔괴(揚州八怪, 청나라 때 양주에서 활약한 8인의 괴짜 화가)의 한 사람인 정판교(鄭板橋)는 "3월에 난 냉이가 맛있고, 9월에 익은 앵두가 가

장 유명하다"라고 했다. 냉이는 제철 채소로 3월에 먹어야 제격임을 알 수 있다.

그렇다면 왜 삶은 계란을 냉이와 함께 먹는 것일까?

이것은 중국민족의 오래된 신화로부터 유래되었다. 혼인의 신 간적(簡狄)은 음력 2월 현조(玄鳥)가 날아드는 날 동생과 함께 강에서 목욕을 했다. 그때 갑자기 하늘에서 아름다운 현조 한 마리가 날아와서는 입 속에 머금고 있던 알을 강 속에 떨어뜨렸다. 이에 간적과 동생은 서로 다투어 알을 물속에서 건져 올렸다. 간적은 너무나도 탐스럽고 오색찬란한 알을 보고 자신도 모르게 입에 머금어 보았다가 삼켜버리고 말았다. 얼마 뒤 간적은 임신하여 상(商)부족의 시조인 '계(契)'를 낳았고, 계의 자손은 동방의 강대한 부족인 상(商)으로 번성했다. 이후 이 전설이 대대로 전해내려 오면서 사람들은 간적이 현조의 알을 삼킨 이 날이 아들 낳기를 빌기에 좋은 길일이라고 생각했다. 이리하여 한(漢), 위(魏) 이래로 음력 3월 3일 물가에서 삶은 계란을 넣은 냉이탕을 먹는 풍습이 생겼다.

청명절에 먹는 푸른 경단 – 청명절 음식

음력 4월 5일은 중국의 전통 명절 청명절(淸明節)이다. '청명' 이란 단어에는 '만물이 깨끗하고 밝아진다' 는 뜻이 깃들어 있다. 청명절이 되면 봄기운이 완연하고 뻐꾸기가 울어대며 초목이 무성해지는 등 도처에서 생기가 흘러넘친다.

청명절 음식 풍속은 청명절 제사를 중심으로 전개된다. 이날 집집마다 풍성한 음식을 준비해서 조상님의 묘에 가서 제사를 지내는데, 제사

● 칭퇀쯔(青團子, 청단자)

를 마치면 성묘를 온 사람들이 모두 묘지 근처에 둘러 앉아 각종 음식
을 먹는다. 강남 수향(水鄉), 그중에서도 특히 강소성과 절강성 일대에
서는 청명설에 일종의 푸른색 경단인 칭퇀쯔(青團子, 청단자)를 빚어 제
사를 지내고 친척과 친구에게 선물하거나 자신이 먹는다. 청명절이 되
기 며칠 전, 손에 대나무 광주리를 들고 삼삼오오 무리를 지어 들판으
로 나가 풀을 뜯는 아이들을 흔히 볼 수 있다. 아이들이 뜯는 풀은 바로
막 새싹이 돋은 매우 보드라운 쑥이다. 이처럼 아이들이 따온 식용 야
생풀을 집안 어른들이 깨끗이 씻어서 솥에 넣고 끓인다. 찬물에 헹구어
낸 뒤 푸른색으로 변한 섬유질에 찹쌀가루를 묻혀 경단 모양으로 반죽
하여 찌면 예쁘고 맛있는 칭퇀쯔가 완성된다.

쟁반에 담아놓은 쭝쯔 – 단오절 음식

쭝쯔(糕子)는 줴수(角黍, 각서)라고도 하는데 그 맛이나 모양, 크기 등이 지방마다 조금씩 다르다. 북방에서는 북경의 찹쌀 대추 쭝쯔를 최고로 치고, 남방에서는 소주, 항주 일대의 팥 쭝쯔나 햄 쭝쯔가 유명하다. 일반적으로 모양은 삼각형이나 사각형을 띠며 크기는 만터우(饅頭)보다도 더 작은데, 길이가 1척 정도 되는 긴 막대 모양의 쭝쯔도 있다.

● 용주(龍舟) 시합

"사주에서는 고기잡이 노랫소리가 울려 퍼지고, 바람은 쭝쯔의 향기를 머금었네." 단오절에 쭝쯔를 먹는 것은 가장 대표적인 명절 음식 풍속이다. 위진(魏晉) 시기 『풍토기(風土記)』에 "음력 5월 단오절에 오리를 삶고, 통속에 쭝쯔를 싸는데 이를 '줴수'라고 한다"라는 기록이 있는데, 이로부터 천여 년 전부터 쭝쯔가 있었음을 알 수 있다. 당(唐)대에는 쭝쯔를 먹는 풍속이 매우 성행했다. 단성식(段成式)의 『유양잡조(酉陽雜俎)』를 보면 "경가(庚家)의 쭝쯔는 옥처럼 희고 윤기가 있다"라는 구절이 있는데, 이로부터 당대 장안 성내에

● 대추 쫑쯔와 고기 쫑쯔

서 쫑쯔의 제작과 판매
가 이미 보편화되었음
을 알 수 있다. 또한 쫑
쯔의 종류가 매우 다양하
고, 모양도 송곳형, 마름모형,
원통형 등 여러 가지가 있었다. 송대에 이
르러 쫑쯔의 제작은 더욱 정교해지고, 종류도 다채로워져 그야말로 장
관을 이루었다. 『서호노인번승록(西湖老人繁勝錄)』에 보면 "쫑쯔로 누
각, 정자, 마차 등의 교묘한 모양을 만들어낸 천하 유일의 도성"이라는
묘사와, 하얀 쫑쯔를 가리키는 "색실로 엮은 청운 속에 멥쌀로 빚은 백
옥 경단"이라는 구절이 있다. 쫑쯔는 백설탕이나 벌꿀을 발라먹거나 속
안에 과일을 넣기도 했다. "소반 위에 금귤이 보이고, 쫑쯔 속에 딸기가
들었네." 이 시에서 소식(蘇軾)이 묘사한 것이 바로 과일을 넣은 쫑쯔이
다. 육방옹(陸放翁)의 시에 보면 "소반 위에 청고(青菰) 쫑쯔를 벗겨보
니, 극도로 애통하여 쑥 줄기 하나를 꽂아주었네." '청고 쫑쯔'는 쑥향
쫑쯔를 말한다. 명(明)대가 되면서 쇠고기 쫑쯔, 돼지고기 쫑쯔, 햄 쫑

쯔 등 고기로 만든 쫑쯔가 생겨났다.

단오절에 쫑쯔의 유래에 대해서는 여러 가지 설이 있지만 민간에서 가장 보편적인 것은 전국시기 초나라의 애국시인 굴원을 기념하기 위한 것이라는 설이다.

전하는 바에 따르면 굴원은 5월 5일 비분하여 멱라(汨羅)강에 투신 자살했다. 이 소식을 들은 초나라 사람들은 매우 슬퍼했고, 이 위대한 애국시인을 기념하기 위해 해마다 단오절 대나무통에 쌀을 넣어 쫑쯔 를 만들고 강에 던져 굴원을 추모했다. 이러한 행사는 해마다 끊임없이 이어졌다.

동한(東漢) 유수(劉秀) 건무(建武) 연간의 어느 날, 장사(長沙) 지방의 사람 구회(區回)는 자칭 삼려대부 굴원이라고 하는 자를 만났다. 그는 구회에게 "너희들이 해마다 나에게 제사를 지내는 것은 좋으나 대나무 통에 든 쫑쯔는 늘 강에 사는 교룡(蛟龍)에게 가로채인다. 앞으로 나에 게 제사를 지낼 때에는 나뭇잎으로 대나무통을 싸고 다시 색실로 묶도 록 하여라. 왜냐하면 이것이 바로 교룡이 가장 무서워하는 물건이기 때 문이다."라고 말했다. 이후 사람들은 나뭇잎과 오색실로 쫑쯔를 싸기 시작했다.

둥근 달을 닮은 웨빙 – 중추절 음식

중추절에 웨빙(月餠, 월병)을 먹는 것은 중국 각지에서 보편 적으로 성행하는 풍속이다.

정식 명절 음식인 웨빙은 송대에 시작되어 명, 청대에 크게 유행했 다. 소동파의 시 중에 "달처럼 둥근 웨빙은 겉은 바삭바삭하고, 속은 달

● 달처럼 둥근 웨빙은 겉은 바삭바삭하고, 속은 달콤하네

콤하네"라는 구절이 있는데, '바삭바삭하다'와 '달콤하나'는 웨빙의
주요 특징을 잘 나타내는 말이다. 송대의 민속을 전문적으로 기술한
『몽량록(夢粱錄)』에 보면, "시장에서 파는 간식 중에 사시사철 바로 구
입할 수 있는 것은 연꽃 빙, 국화 빙, 매화 빙, 웨빙 등이 있다"라는 구
절이 있다. 이로부터 송대에는 웨빙이 아직 중추절 음식이 아니었음을
알 수 있다.

명대에 이르러 중추절에 웨빙을 먹는 것이 매우 유행했는데, 이는
원나라 정부를 전복시킨 고사와 관련 있다. 원나라의 통치자는 지위를
공고히 하기 위하여 10가구마다 감시관을 배치시키고 10가구당 식칼
을 단 한 개만 소유하도록 했다. 심한 고통에 시달려 더 이상 생존해 나
갈 방법이 없었던 백성들은 비밀리에 모의하여 '8월 15일 모두 함께 난

을 일으킨다' 라는 궐기를 선동하는 쪽지를 웨빙 속에 숨겨 돌리고 떨쳐
일어나 원나라의 통치를 전복시켰다. 이후 웨빙은 중추절 필수 음식이
되었다.

명대의 전여성(田汝成)은 『서호유람지여(西湖游覽志余)』 20권에서
"8월 15일은 중추절로 민간에서는 웨빙을 서로 선물하여 흩어졌던 가
족들이 다시 모인다는 뜻을 나타내었다"라고 기술하고 있다. 즉, 중추
절에 웨빙을 먹는 것은 보름달처럼 둥근 웨빙으로 가족들이 원만하고
단란하게 모인다는 상징적인 의미가 있다. 그러므로 중추절에 외지에
서 돌아오지 못한 가족에게도 그의 몫을 남겨 둔다. 특히 북방은 기후
가 차서 설을 쇨 때까지 웨빙을 보존해 즐길 수 있다.

웨빙은 종류가 매우 다양한데 지방에 따라 그 맛이 서로 다르다. 그
중에서도 북경식, 소주식, 광동식, 조주(潮州)식이 가장 유명하다. 북경

● 거대 웨빙을 나누어 먹는 모습

식 웨빙은 식물성 식용유와 식물성 소를 많이 사용한다. 대표적 품종인 홍백(紅白) 웨빙은 겉은 부드럽고 속은 달콤하며 향기롭고 맛이 좋다. 소주식 웨빙은 식용유와 설탕을 많이 쓰고 바삭바삭한 겹겹의 층으로 되어있는데, 소주의 장미 웨빙, 양주의 초염(椒鹽, 볶은 산초 열매와 소금을 잘게 부수어 만든 조미료) 웨빙, 평호(平湖)의 대추 웨빙 등 강소성과 절강성 일대 웨빙의 정수만을 취하여 전통 품종을 만들어냈다. 그중에서 팥으로 만든 것이 가장 훌륭한데 향기롭고 부드러워 소화하기 쉽기 때문에 특히 어린아이와 노인들이 먹기 안성맞춤이다. 광동식 웨빙은 설탕은 많이, 기름은 적게 사용한다. 팥, 야자, 오인(五仁, 살구씨, 복숭아씨, 땅콩, 삼씨, 호박씨 등 5가지 씨의 알맹이로 만든 소) 등을 소로 사용하는데 맛이 깔끔하고 산뜻하며 영남(嶺南, 광동과 광서)의 특색이 짙게 배어난다. 광동성 조산(潮汕)에서 기원하는 조주식 웨빙은 설탕과 식용유를 많이 사용하고 소는 광동식과 유사하다. 부재료로 설탕에 절인 동과(冬瓜)를 주로 사용하고 질감이 부드럽고 매끄러우며 파 향이 난다. 광동식 웨빙 중에서는 '마누라 웨빙'이 유명한데, 『청패유초(淸稗類鈔)』에 이 웨빙의 이름과 관련된 내력이 있다. "광주(廣州)에는 '마누라 웨빙'이라고 하는 웨빙이 있다. 옛날에 어떤 사람이 이 웨빙을 좋아한 나머지 가산을 탕진했는데, 나중에는 아내까지 팔아 사먹었다. 양광제(梁廣濟) 과자점에서 파는 것이 가장 맛있다."

최근 웨빙의 모양이 새롭게 변하고 있다. 천여 년 동안 답습하던 원형 외에 꽃 모양, 다각형 모양 등 각종 다양한 모양들이 새롭게 선보이고 있다.

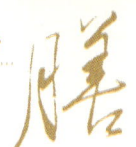

떡과 술로 맞는 중양절 - 중양절 음식

중추절이 막 지나고 중양절이 다가오니,
도처에서 꽃떡을 만드느라 분주하네.
밀가루 반죽에 대추와 밤을 넣어 떡을 만들고,
연회에서 시를 지어 유우석을 비웃네.

음력 9월 9일인 중양절(重陽節)은 9가 두 번 겹치기 때문에 중구절(重九節)이라고도 한다. 고대에 '9'는 양수(陽數, 고대 중국에서는 홀수를 양수, 짝수를 음수라고 했음)였기 때문에 양수가 두 번 겹친다는 뜻에서 중양절이라는 이름이 생겨났다.

중양절에 먹는 음식으로는 국화주와 중양가오(重陽糕, 중양고 : 떡의 일종)가 있다.

'높은 곳에 오르기'는 고대 중양절의 주요 행사였는데 사람들은 높은 곳에 올라서 반드시 국화주를 마셔야 했다. 무엇 때문이었을까?

● 중양절은 전설 속의 비장방의 고사에서 유래한다.

전하는 바에 따르면 동한(東漢)시기 여남(汝南) 사람 환경(桓景)은 방사(方士) 비장방(費長房)을 따라다니며 도술을 배웠다고 한다. 하루는 비장방이 환경에게 말했다. "9월 9일 여남에 전염병이 돌 것이다. 어서 가서 온 가족의 팔에 산수유나무 가지를 담은 작은 자루를 매어두고 높은 산에 가서 술을 마시면 전염병에 걸리지 않을 것이다." 환경은 재빨리 가서 이를 그대로 실행에 옮겼다. 그리고 그날 저녁 집에 돌아와 보니 집에서 기르는 닭, 개, 소, 양이 모두 죽어있었다. 환경은 죽은 동물들을 보고 탄식을 금치 못했다. "동물들이 우리를 대신해 죽었구나!" 이렇게 하여 중양절에 높은 곳에 올라 국화주를 마시는 풍습이 유래되었다고 한다.

중양절에는 또한 '중양가오'라는 떡을 먹는 풍습이 있는데, 위진(魏晉) 시대부터 시작되어 당(唐)대에 매우 성행했다. 당대 시인 송자경(宋子京)의 시에 보면 다음과 같은 구절이 있다. "유랑(劉郎)은 '고(糕, 떡)'자도 감히 쓰지 못해 시 속에서 호걸로서의 명성을 저버렸네." 유랑은 시인 유우석(劉禹錫)을 뜻하는데, 중양절을 묘사한 시에서 고의적으로 '고(糕)'를 빼놓아서 송자경의 비판을 받았다(유우석은 시 속에 '고(糕)'자를 쓰려고 하다가 이것이 『육경(六經)』과 같은 고서에 없는 일반 서민들이 즐겨 쓰는 글자라는 이유로 결국 '고(糕)'자를 빼고 시를 지었다). 『당육전(唐六典)』에도 "중양절에는 삼과 칡으로 만든 떡을 먹는다"라는 기록이 있다.

송대에 이르러 중양가오는 모양이 매우 새롭고 독특해졌다. 북송의 맹원로(孟元老)는 『동경몽화록(東京夢華錄)』에서 다음과 같이 기록하고 있다. "중양절 하루 이틀 전날 사람들은 밀가루로 떡을 쪄서 선물하는데, 위에는 채색 비단을 잘라 작은 깃발을 꽂고, 석류, 밤, 은행, 잣과 같은 과실과 함께 섞는다. 또한 쌀가루로 사자와 만왕(蠻王)의 형상을 만들어 떡 위에 놓았다." 명·청 시기에는 다음과 같은 기록이 있다. "북경의 중양절 꽃떡은 종류가 매우 다양하다. 과일에 기름을 두르고 설탕을 넣어 구운 것, 밀가루 반죽과 과일을 함께 찐 것, 찹쌀과 기장쌀을 빻아 만든 것 등이 있는데, 모두 오색 깃발을 잘라 꽂아 표지로 삼는

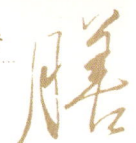

다." 중국은 국토의 면적이 넓어서 각지의 꽃떡도 각기 특색이 있다. 어떤 지방의 중양절 꽃떡은 아홉 겹으로 되어있고, 위에는 두 마리 어린 양을 장식해 '중양(重陽, 중국어로 양(羊)과 양(陽)은 발음이 같다)'을 비유했다. 또한 많은 지방에서 중양절에 시집간 딸에게 꽃떡을 보내는 풍속이 있다.

납팔죽을 끓여 함께 즐긴다 – 납팔절 음식

음력 12월 초파일은 불교의 창시자 석가모니가 득도하여 부처가 된 날이다. 이 불교의 시조를 기리기 위해 불교계에서는 이날 각지의 이름난 사찰과 사원에 모여 향불을 피우고 과실과 죽을 부처에게 바친다. 또한 백성들에게 죽을 보시하여 공덕을 쌓는다. 불가의 고증에 따르면 부처가 되기 전 석가모니는 인도의 명산대천을 모두 돌아다니며 진리를 구했다. 어느 날 석가모니는 인도 북부 마가다(Magadha) 왕국의 나이란자나(Nairanjana) 강변에 가게 되었다. 며칠 동안 시주를 받지 못해 굶주리고 지친 석가모니는 그만 쓰러지고 말았다. 이때

●납팔절에 사원에서는 죽을 보시한다.

한 목녀(牧女)가 이를 발견했다. 그녀는 석가모니를 한쪽으로 앉히고 자신이 가지고 있던 잡곡, 과일, 맑은 물로 끓인 유락(乳酪, 우유로 만든 식품)과 비슷한 죽을 한 모금 한 모금 먹였다. 목녀가 끓인 죽을 먹은 석가모니는 정신이 번쩍 들어 나이란자나 강에서 목욕을 했다. 보리수 아래에서 정좌를 하고 깊은 삼매에 든 석가모니는 갑자기 크게 깨달음을 얻고 12월 8일 마침내 부처가 되었다. 이후 불교에서는 불교의 시조와 이를 구한 목녀를 회고하며 매년 이날 납팔죽(臘八粥)을 끓여 기념하게 되었다.

이러한 전설로 말미암아 민간 각지의 사원에서는 납팔절에 죽을 끓여 선남선녀에게 주는데, 이것을 불죽(佛粥), 납팔죽, 복덕죽(福德粥), 복수죽(福壽粥)이라고 한다. 북송의 맹원로(孟元老)는 『동경몽화록(東京夢華錄)』에 다음과 같이 기록하고 있다. "초파일 각지의 이름난 사찰에서는 욕불회(浴佛會)를 지내고 칠보오미죽(七寶五味粥)을 만들어 사제들에게 주었는데, 이를 '납팔죽'이라고도 한다. 사람들도 이날 과일과 각종 재료를 넣고 죽을 끓여 먹는다." 주밀(周密)은 『무림구사(武林舊事)』제 3권의 '연말의 절기 풍속'에서 당시 항주의 풍속을 묘사했다. "8일 사원과 민간에서는 호두, 잣, 버섯, 밤 등으로 죽을 만들었는데, 이를 '납팔죽'이라고 한다." 또한 항주의 명찰(名刹)인 천녕사(天寧寺)에는 남은 밥을 저장해두는 '잔반루(棧飯樓)'가 있었다. 승려들은 매일 남은 밥을 햇볕에 잘 말려 1년 동안 여유 식량을 비축해두었다가 납팔절에 납팔죽을 끓여 신도들에게 나누어 주었다. 이를 '복덕죽'이나 '복수죽'이라고도 하는데 먹은 후 복을 얻고 장수를 한다는 의미가 깃들어 있다. 또한 납팔죽은 근검절약의 미덕이 담겨있다.

중국은 영토가 넓고 자원이 풍부하기 때문에 각지의 납팔죽은 서로 맛이 다른데, 대체적으로 북쪽은 달고 남쪽은 짠 특색을 띠고 있다. 북

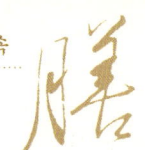

방 사람들은 찹쌀, 팥, 대추, 율무, 연밥, 용안, 호두, 노란콩, 잣 등을
재료로 단맛의 납팔죽을 끓인다. 이에 반해 남방 사람들은 쌀, 땅콩, 노
란콩, 누에콩, 토란, 올방개, 밤, 은행, 고기, 참기름으로 짠맛의 납팔죽
을 끓인다. 이밖에 서북지역 사람들은 죽에 양고기를 첨가하는 등 각
지방마다 특색이 있다.

3

중국 각 지역의 미식가행

동서남북 각 지역의 맛

누구나 자신이 태어난 고향이 최고라고 여길 것이다. 산, 물, 풍속, 민심 등 어느 하나 좋지 않은 것이 없다. 그러나 뭐니뭐니해도 가장 좋은 것은 역시 익숙한 고향의 맛이 아닐까. 특히 어려서 집을 떠난 사람들은 사투리가 고치기 어려운 것처럼 고향의 맛을 잊지 못하는 체험을 한 적이 있을 것이다. 많은 사람들이 고향을 떠나면 음식이 맞지 않아 배불리 먹지 못한다. 이들에게는 마치 고향 음식 외에는 배를 달랠 수 있는 음식이 없는 것 같다. 고향의 맛은 매일 맛보는 것이기 때문에 일종의 전통적인 감화의 과정이며 익숙해져 정이 들게 된다.

중국은 영토가 넓어서 각 지역의 자연기후, 지리환경, 산물 등이 제 나름대로 특색을 갖추고 있으며, 각 지역 주민의 생활과 전통 풍속도 차이가 크다. 따라서 '무엇을 어떻게 먹는가' 하는 문제에 있어서 각 지방마다 창조해낸 방식이 있고, 다양한 지방 특색의 미식(美食)이 탄생했다. 역사의 발전과 문화의 축적으로 각기 다른 요리 계통이 점차 형성되었다.

남방의 단맛과 북방의 짠맛
– 구미가(口味歌)와 중국 요리 계통의 특성

중국 각지에서는 여러 판본의 구미가(口味歌)가 전해지는데, 다음은 그 중 하나이다.

남쪽은 달고, 북쪽은 짜며, 동쪽은 맵고, 서쪽은 시네.
남쪽은 쌀을, 북쪽은 밀가루를, 연해지방은 해산물을 주로 먹네.
매운 맛은 각지에서 유행하고, 얼얼한 맛은 사천성 특색이네.

육체노동자는 기름지고 진한 맛을 좋아하고,
정신노동자는 담백한 맛을 좋아하네.
어린이는 바삭바삭하고 자극적인 것을 즐기고,
노인은 부드럽고 말랑말랑한 것을 좋아하네.
가을 겨울에는 강한 맛이 유행이고,
봄 여름에는 담백한 맛을 많이 찾네.
규율을 자세히 관찰해 보면, 귀한 손님 오면 임기응변하는 것이라네.

아래의 시도 역시 매우 재미있다.

● 서우간멘(얇은 밀가루 반죽
으로 뽑은 국수)

안휘(安徽)는 달고, 호북(湖北)은 짜고,
복건(福建)과 절강(浙江)은 달고 짜네.
영하(寧夏), 하남(河南), 섬서(陝西),
감숙(甘肅), 청해(靑海)는 맵고 달고 짜네.
산서(山西)는 식초를, 산동(山東)은 소금을 많이 쓰고,
동북삼성은 짜고 시네.
귀주(貴州), 강서(江西), 호남(湖南)은 고추와 마늘을 많이 쓰고,
맵고 얼얼하기로는 사천(四川)이 으뜸이네.
광동(廣東)은 해산물을 많이 쓰고,
강소(江蘇)는 담백하며, 소수민족은 각기 특색이 있네.

이 두 수의 구미가는 영토가 광활하고 지리환경이 천차만별인 중국
의 특성을 보여준다. 각 지방마다 지형의 생김새, 기후, 산물, 입맛이
다른 것은 지방 특유의 맛이 탄생하게 된 가장 주요한 원인이다. 예를
들어 연해 지역에서 해산물이 나고, 산간 지역에서 산나물이 나듯 지역

마다 산물이 달라, 음식의 원료와 음식 습관의 차이가 생겼다. 이것을 '산을 낀 곳에서는 산을 이용해서 먹고 살고, 강을 낀 곳에서는 강을 이용해서 먹고 산다'는 중국속담과 관련시켜 이해해보면 참 흥미롭다.

기후 측면에서 살펴보면, 북방은 한랭한 기후 영향으로 짜고 기름지며 색이 짙은 음식을 즐긴다. 반면 남방에서는 무더운 기후 때문에 담백한 음식을 즐긴다. 또한 사천성, 호남성, 운남성, 귀주성은 강우량이 많아 습하기 때문에 매운 것을 많이 먹어야만 바람과 높은 습도를 견뎌낼 수 있다. 중국의 각 지방마다 음식의 특색이 다른 내재적 원인을 이처럼 자연 조건에서 찾아 볼 수 있다.

중국 요리 기술 발전사를 살펴보면 초기 요리 계통은 남방 요리와 북방 요리로 나뉜다. 『시경(詩經)』에서 찾아 볼 수 있는 음식 재료로는 주로 돼지, 소, 양 등이 있는데, 수산물은 잉어, 방어 등 극소수에 지나지 않는다. 이는 서쪽으로는 진(秦)나라, 진(晋)나라와 동쪽으로는 제(齊)나라, 노(魯)나라를 아우르는 황하 유역을 중심으로 한 북방 풍미의 특징을 보여준다. 이에 반해 『초사(楚辭)·초혼(招魂)』에 수록된 음식 재료는 수산물과 조류가 다수를 차지하는데, 이로부터 강남 유역 남방 풍미의 특징을 알 수 있다. 진(秦)나라와 한(漢)나라 이후 지금의 사천성, 복건성, 광동성 일대가 개발되면서 중국 요리 계통은 그 수가 증가하였다.

그러나 고대 사람들은 이것을 구분해야 할 필요성을 느끼지 못했다. 그래서 요식업이 번성했던 송대에도 남방식, 북방식, 사천식 세 갈래로만 분류를 했다. 강남 지역에 여섯 차례 다녀간 청대의 강희(康熙)와 건륭(乾隆) 황제는 소주와 양주 지방 요리를 특히 좋아했고, 사대부들도 이에 동조했다. 이리하여 궁정요리에 소주, 양주 요리의 특색이 첨가되었을 뿐 아니라 북경의 저자거리에서도 소주, 양주 요리를 파는 음식점

들이 생겨났다. 이때부터 소주, 양주 요리는 독자적으로 한 파를 형성
하여 남방 요리의 대표주자가 되었다. 아편전쟁 이후에는 문호개방 정
책으로 외국과의 교류가 가속화되었고, 외래문화의 영향을 많이 받은
광동 요리가 두각을 나타내었다. 청나라 말 중화민국 초기에 이르러서
야 중국 요리 계통은 대략적인 틀을 형성하게 되었다. 『청패유초(淸稗
類鈔)ㆍ각 성(省)의 특색 요리』에는 "특색 있는 요리로는 북경, 산동, 사
천, 광동, 복건, 강녕(江寧), 소주, 진강(鎭江), 양주, 회안(淮安) 요리가
있다"라고 기록되어 있다. 여기에는 오늘날의 몇 가지 요리 계통이 포
함되어 있다. 이로부터 요리 계통은 결코 특정인이 멋대로 설정한 것이
아니라 역사 발전 과정에서 자연적으로 형성된 것임을 알 수 있다.

　현재 중국의 요리 계통이 몇 갈래인지에 대해서는 의견이 일치하지
않는다. 4대, 8대, 12대 등등 의견이 분분하다. 그 중에서 공인된 것은
산동 요리, 사천 요리, 소주 요리, 광동 요리의 4대 요리
계통이다. 이밖에 북경 요리, 상해 요리, 복건 요리, 호
남 요리, 호북 요리, 절강 요리, 안휘 요리, 섬서 요리
가 비교적 유명하다.

● 젠빙(煎餠, 전병)을
굽는 모습

우선 4대 요리 계통의 특징을 살펴보자.

사천 요리는 사천성 성도(成都)와 중경(重慶) 두 곳이 대표적이며 낙산(樂山), 강진(江津), 자공(自貢), 회리(會理), 회동(會東) 등 지방의 요리도 포함된다.
사천 요리는 일채일격(一菜一格), 백채백미(百菜百味), 즉 '요리마다 각각 독특한 조리 방법과 맛이 있다'는 명성을 얻고 있다. 얼얼하고, 맵고,

● 댜오루사오빙(吊爐燒餠, 조로소병: 매다는 화로에서 구운 떡)

달고, 짜고, 신 다섯 가지 맛이 기본을 이루고, 고추, 후추, 산초 등의 조미료를 주로 쓴다. 조리법은 살짝 지지고[小煎], 살짝 볶고[小炒], 조리고[乾燒], 볶아서 말리는[乾煏] 방법을 주로 쓴다. 대표 요리로는 궁바오지딩(宮保鷄丁, 궁보계정 : 닭고기 땅콩 볶음), 방방지(棒棒鷄, 봉봉계: 닭을 삶아 방망이로 두드린 후 맵고 얼얼한 양념을 가해 먹는 요리), 장차야즈(樟茶鴨子, 장다압자 : 오리에 각종 조미료를 넣고 녹나무 조각과 차 잎으로 연기를 피워 그을려 굽는 요리), 마포더우푸(麻婆豆腐, 마파두부 : 혀가 얼얼할 정도로 맵고 새콤달콤한 두부요리), 후이궈러우(回鍋肉, 회과육 : 매운 삼겹살 자장 볶음), 위샹러우스(魚香肉絲, 어향육사 : 돼지고기를 가늘게 썬 새

콤달콤한 요리), 마오두훠궈(毛肚火鍋, 모두화과 : 소 내장 전골), 쓰촨파오
차이(四川泡菜, 사천포채 : 사천 김치) 등이 있다.

산동 요리는 제남(齊南)과 연대(煙臺)의 요리로부터 발전하기 시작
했다. 짠 맛이 대체로 강하고, 담백하고 개운하며 바삭바삭하고 부드러
운 특징도 있으며 칭탕(淸湯, 청탕 : 맑은 국)과 나이탕(奶湯, 내탕 : 불투
명한 국)으로 간을 맞춘다. 해산물 요리가 발달했으며 끓는 물에 살짝
데치고[爆], 기름으로 튀기거나 볶은 다음에 다시 국물을 붓고 볶고
[燒], 튀기고[炸], 기름에 볶는[炒] 조리법이 주로 쓰인다. 대표 요리로
는 더저우파지(德州扒鷄, 덕주배계 : 덕주 지방의 닭요리), 간훠카오다샤
(乾火靠大蝦, 건화고대하 : 구운 새우요리), 짜오류위펜(糟溜魚片, 조류어편
: 쏘가리를 얇게 저미고 술지게미를 넣고 삶은 요리), 주잔다창(九轉大腸, 구
전대장 : 곱창요리), 라바이차이(辣白菜, 랄백채 : 김치)가 있다.

광동 요리는 광주, 조주 등지의 지방 요리가 서양 요리 영향을 받으
며 발전했다. 재료가 매우 다양해서 "날짐승, 길짐승, 벌레, 뱀 등 못 먹
는 것이 없다"라는 말이 있을 정도이다. 담백하고 개운하며 부드럽지만
덜 익지 아니하고, 기름지지만 느끼하지 않은 것이 특징이다. 조리법으
로는 지지고[煎], 기름에 볶고[炒], 찌고[焗], 튀기고[炸], 기름으로 튀기
거나 볶은 다음에 다시 국물을 붓고 볶는[燒] 방법을 주로 사용한다. 대
표 요리로는 추이피루주(脆皮乳猪, 취피유저 : 아기돼지 요리), 룽후더우
(龍虎鬪, 용호투 : 뱀과 줄머리사향삵을 함께 삶은 요리), 둥과중(冬瓜盅, 동
과충 : 박처럼 생긴 동과로 만든 국), 하오유왕바오펜(蠔油網鮑片, 호유망포
편 : 굴 기름 전복 요리) 등이 있다.

소주 요리는 양주, 소주, 무석(無錫) 등지의 지방 요리가 발전하여 형성되었다. 특징으로는 재료의 본래 맛을 강조하고, 진하지만 느끼하지 않고, 흐물흐물하지만 눌어붙지 않고, 달지도 짜지도 않고, 담백하며 개운하고, 계절별로 특색이 있다. 조리법은 푹 삶고[燉], 뜸을 들이고[燜], 약한 불에 천천히 고고[煨], 기름으로 튀기거나 볶은 다음에 다시 국물을 붓고 볶고[燒], 기름에 볶고[炒], 찌는[蒸] 등의 방법을 주로 사용한다. 대표 요리로는 쑹수구이위(松鼠桂魚, 송서계어 : 쏘가리를 튀겨 탕수소스를 얹은 요리), 우웨이주간쓰(五味煮乾絲, 오미자건사 : 간두부, 생강, 소금에 절인고기, 닭고기, 죽순 등 여러 가지 재료로 만든 음식), 판체샤런궈바(蕃茄蝦仁鍋巴, 번가하인과파 : 토마토, 새우, 누룽지가 들어간 요리), 칭둔셰펀스쯔터우(淸燉蟹粉獅子頭, 청돈해분사자두 : 게살과 돼지고기로 만든 경단), 창후웨이(熗虎尾, 창호미 : 드렁허리의 꼬리 살과 등살로 만든 요리) 등이 있다.

중국 요리는 유파가 다양하고 각기 계통을 이루고 있지만 그 틀이 고정적인 것은 아니다. 시간의 추이에 따라 각 지방의 요식업의 흥망성쇠도 자주 발생한다. 어떤 지방에서 경영을 잘하지 못하고 인재가 없거나 유명 요리의 질이 떨어지면 시간이 흐를수록 이 지역의 요리 특색은 점점 사라져 갈 것이다. 또 이와는 반대로 다른 지역의 요리가 점차 인기를 얻게 될 것이다. 오늘날에는 교통의 발달로 각 지역간의 거리가 단축되어 사람들의 입맛을 변화시켰다. 또 각 지역의 요리가 서로의 장점을 받아들여 새로운 틀을 형성하게 되었다. '오랫동안 붙어 있으면 반드시 떨어지게 마련이고, 오랫동안 떨어져 있으면 반드시 붙게 마련이다'라는 말처럼 중국의 요리 계통은 분리와 통합을 여러 차례 반복하는 과정에서 새로운 발전을 거듭했다.

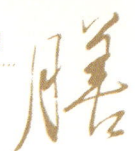

어디서도 찾지 못할 맛 – 사천 요리

사천 요리를 맛본 적이 있는 사람들은 사천 요리에 매우 깊은 인상을 가지고 있다. 그래서 사천 사람들이 이렇게 불평하는 것을 종종 들을 수 있다.

"사천 요리 외에는 별다른 맛있는 요리가 없는 것 같아. 일단 사천성 밖으로 나가면 먹을 만한 게 없다니깐."

사천 요리는 확실히 뚜렷한 개성을 가지고 있다. 즉, 파촉(巴蜀) 지방의 향토적 색채를 물씬 풍기며 사람들을 유혹하는 것이다. 동서남북, 국내와 국외를 막론하고 일단 사천 요리를 한 번 맛보면 늘 즐겨 찾게 된다. 요리 재료, 조미료, 요리 방법이 다양하여 매우 생명력이 강하다.

사천 요리가 오늘날과 같이 발전할 수 있었던 원인은 무엇일까?

첫째, 우수한 지리환경 덕분이다. 운남성, 귀주성, 사천성이 만나는 곳 사천성 의빈(宜賓)에서부터 호북성 의창(宜昌)의 장강(長江)을 속칭 천강(川江)이라고 한다. 이 유역은 청장(靑藏) 고원에서 장강 중하류로 갈 때 거치게 되는 곳이자, 서부 유목민족과 동부 농업민족의 교류가 이루어지는 곳이었다. 이 지역에 위치한 사천분지는 중국 최대의 곡창지대이다. 분지의 사면은 해발 1,000~3,000m의 높은 산과 고원지대로 둘러싸여 있는데, 이는 겨울에 북방에서 불어오는 바람을 막아주기 때문에 겨울이 따뜻하고 봄이 빨리 온다. 중국에서 겨울이 따뜻하기로 유명한 이 지역은 일년 중 서리가 내리는 시기가 약 두 달 정도이다. 서리가 내리는 날은 25일을 초과하지 않으며 일년 간 서리가 내리지 않는 시기가 250~300일 정도이다. 분지에서 가장 추운 달은 1월인데 이때에도 평균온도가 섭씨 5도 이상이다. 북방 한랭전선의 영향을 적게 받기 때문에 장강 중하류보다 약 수십 일 정도 봄이 빨리 온다. 4월이 되면 분지 중남부의 평균 기온은 18도를 훌쩍 넘는다. 이러한 기후는 채소, 과일 등이 성장하고 번식하기에 유리하다.

사천분지의 연간 강우량은 1,000mm이상이며 증발량은 600mm정도이다. 증발량이 강수량보다 적기 때문에 땅속으로 흘러 들어가는 물의 양이 많다. 또한, 전체적으로 보았을 때 고대 파촉 지방은 지형이 복잡하여 대규모의 가뭄이나 홍수가 발생할 가능성이 적었다. 즉, 산에서 가뭄이 발생하면 산 아래로 가서 부족한 것을 보충할 수 있었다. 이처럼 다양하고 변화무쌍한 환경은 파촉 사람들에게 부지런히 교묘한 구상을 하고 상황에 맞게 적절한 대책을 잘 세우는 정신적 풍모를 길러주었다. 온난 다습한 사천분지의 아열대성 기후는 농업의 발전에 매우 유리했고, 사천 요리에 다양한 요리 재료를 제공해 주었다.

사천분지 내의 토양은 질이 매우 좋고, 특히 농경에 매우 적합하다. 비옥한 성도(成都) 평원은 등황색의 벼와 보리, 샛노란 유채꽃과 감귤 등이 가득해 항상 눈부신 황금빛 세계였다. 사천 분지에는 찻잎, 유동(油桐)나무 기름, 대나무, 약재 등도 생산하며 푸른 채소가 사계절 있고 가축이 다양하며 물고기 종류도 많다. 따라서 『화양국지(華陽國志)』에 다음과 같은 기록이 있다. "촉 지방은 토양이 매우 비옥하여 육해(陸海, 산물이 풍부한 지역)라는 별칭을 갖고 있다. 일찍이 수리시설을 개발하여 빗물을 수문 안에 저장해 두었다. 그래서 옛 기록에 따르면 '가뭄과 홍수는 사람 손에서 나오는 것으로 기근을 모르고 흉년이 없어 세상 사람들은 촉 지방을 천부(天府, 땅이 비옥하고 천연자원이 풍부한 지역)라 부른다'라고 했다."

이렇듯 파촉 지역의 기온, 강수량, 토양, 자원 등은 고대 사천 지역이 천부지국(天府之國)이 될 수 있었던 유리한 자연 조건이다. 이것이 바로 사천이 발전하게 된 견실한 기초이자 주요 원인이라는 것은 두말

할 나위 없다.

둘째, 동진(東晉)시대 촉나라 사람들은 '맛을 숭상한다' 와 '매운 맛을 좋아한다' 는 말로 파촉의 음식문화를 개괄했다. 장강 상류의 운남성, 귀주성, 사천성 일대는 높은 산과 협곡이 많아서 일조량이 적고 습도가 매우 높다. 이리하여 예부터 이 지역 사람들은 산초, 생강, 염교 등 자극적인 조미료를 사용한 매운 음식을 즐겨 먹었다. 또, 후추와 고추가 중국에 전래된 후 파촉 사람들의 큰 인기를 끌었다. 오늘날 사천 사람들은 고추를 좋아하고 술을 많이 마시며 훠궈(火鍋, 화과 : 중국식 샤브샤브)를 즐겨 먹는 것으로 유명하다. 이러한 기호가 형성된 데에는 습윤하고 더운 기후의 영향이 크다.

셋째, 각 지방의 정수를 받아들이는 데 뛰어나다. 장강 상류 지역은 여러 민족이 거주하는 곳이다. 촉 지방은 장강 상류 지역의 정치, 경제, 문화의 중심으로 대대로 장강 상류의 각 민족이 모여 살기에 가장 이상적인 곳이었다. 광한(廣漢) 삼성퇴(三星堆) 상(商)대 유적에서 출토된 신인상(神人像), 두상(頭像), 인면상(人面像) 등 약 100점의 유물에서 서남지역에서 유행했던 땋은 머리, 풀어 헤친 머리, 묶은 머리와 동남지역에서 유행한 짧은 머리와 귀를 뚫는 문신 그리고 중원에서 유행한 비녀와 모자를 모두 찾아 볼 수 있다. 또한 긴 얼굴에 높은 코를 가진 것과 납작한 얼굴에 넓은 코를 가진 것이 모두 있는데 이는 이 지역의 민족 구성이 매우 복잡했음을 입증한다. 이후 특히 명청 시대에 호남과 광동 지역의 주민이 대거 사천으로 이동했다. 이처럼 여러 지방

● 훠궈(火鍋, 중국식 샤브샤브)의 재료로 쓰이는 고기

● 파오샹구(飄香骨, 표향골 : 돼지갈비 요리)

의 여러 민족이 파촉 땅에서 함께 어울려 살아가며 음식 습속과 요리
기술을 공유하여 사천 지방의 요리 문화에 영향을 주었다. 서로 교류하
며 장점을 취하고 단점을 보안하는 과정 속에서 사천 지역 특색의 맛이
형성되었다. 청대 이조원(李調元)은 부친 이화남(李化楠)이 심혈을 기울
여 수집한 명요리와 요리법을 『성원록(醒園錄)』이란 책으로 정리했다.
이 책으로부터 파촉의 음식문화가 각지의 음식문화의 정수를 받아들였
음을 알 수 있다.

　만물을 받아들인다는 태도로 부단히 외지의 이민족과 외지 문화를
받아들이는 것은 파촉 문화의 가장 큰 특징이다. 이에 대해 사천성 출
신 학자 원정동(袁庭棟)이 다음과 같이 지적했다.

　"질이 높은 사천의 술, 요리와 연극은 사천성에 외지 문화가 유입된

이후에 형성된 것이다. 이는 아마도 대다수의 사천 술, 사천 요리, 사천 연극 애호가들이 생각지 못한 사실일 것이다."

사천 요리는 장강유역 각지의 중국 음식의 특색을 받아들여 발전하기 시작했다. 예를 들어 사천의 대표 요리 스쯔터우(獅子頭, 사자두 : 저민 돼지고기 경단)는 양주(陽州)의 스쯔터우에서 유래했고, 바바오더우푸(八寶豆腐, 팔보두부 : 두부를 표고버섯, 잣가루, 외씨 가루, 닭고기, 돼지고기, 쇠고기 등과 한데 주물러서 닭 삶은 국에다 넣고 간장을 쳐서 볶아 익힌 음식)는 청나라의 궁중요리에서 유래했고, 산청샤오탕위안(山城小湯圓, 산성소탕원 : 산성 지방의 탕위안)은 항저우탕위안(杭州湯圓, 항주탕원 : 항주 지방의 탕위안)에서 유래했으며, 카오미바오쯔(烤米包子, 고미포자 : 쌀과 찹쌀로 만든 찐빵)는 악서(鄂西)의 토가족(土家族)으로부터 유래했다.

향토적 분위기가 물씬 풍기는 사천 요리

– 파오차이와 삼증구구 연회 음식

사천사람들은 파오차이(泡菜, 포채 : 우리나라의 김치와 비슷한 음식)를 특히 좋아한다. 사천에서는 집집마다 손수 담근 파오차이를 먹는다. 사람들은 항아리에 끓여서 식힌 물을 적정량 넣고 사천 소금, 황주, 백설탕, 산초, 생강, 마늘, 붉은 고추 등의 조미료로 파오차이를 담글 물을 만든다. 그리고 여기에 무, 오이, 동부(콩과 식물의 한 종류), 상추, 토란 등을 넣는다. 항아리에 넣어둔 지 하루에서 사흘 정도 지나면 꺼내서 반찬을 곁들여 먹을 수 있는데, 짜고, 시큼하고, 매운 맛이 난다. 이 외에도 열 시간 정도만 담가 두면 완성이 되는 파오차이도 있는데 방법은 위와 대략 비슷하며 이를 '물에 뛰어든 파오차이' 나 '목욕하는 파오차이' 라고 불렀다.

옛날 사천에서는 관혼상제가 있을 때 음식 방면에서 관습적으로 형성된 불문율이 있었다. 예를 들어 혼례를 올릴 때 청말 이래로 신랑이 신부의 집에 가마와 악대를 보내 신부를 맞이하고, 혼례를 치른 뒤, 신랑이 신부의 집에 인사차 가는 풍습이 있었는데, 이때에 반드시 연회를 열어야 했다. 이러한 축하 연회는 도시와 농촌을 막론하고 매우 풍성하였다. 그래서 팔대완(八大碗, 여덟 가지 주요리)이나 구두완(九斗碗, 아홉 가지 주요리)이 상에 가득 차려졌다. 연회에 참석한 손님들은 배불리 먹은 후, 또 주인이 미리 사탕, 간식, 연회에서 남은 요리 등을 잎으로 싼 것을 집에 가져가서 먹을 수 있었다. 이처럼 향토적 분위기가 물씬 풍기는 민간의 연회를 사람들은 '삼증구구(三蒸九扣)'라 했다. 삼증(三蒸)은 찌는 방법이 다양하다는 것이고, 구(扣)는 다 찐 요리를 거꾸로 뒤집어서 다른 그릇에 집어넣어 연회상에 올린다는 뜻이다. 구구(九扣)는 이렇게 해서 만든 요리가 많음을 의미한다.

삼증구구에 나오는 요리는 그 종류가 매우 많은데, 지방 특색의 재료를 쓰고, 일상적인 음식을 만들며, 음식의 종류가 많고 기름지며 소박하고 꾸밈이 없었다. 옛날 백성들의 생활은 빈곤하여 닭, 오리, 생선, 고기 등을 날마다 먹을 수가 없었다. 일상 식사는 대부분 반찬 없이 간단하게 했기 때문에 연회에 한 번 참석하면 기름진 고기반찬을 푸짐하게 먹어야 한다고 생각했다. 그래서 삼증구구에 포함된 요리는 대체로 기름진 것이 많다.

오늘날 사천 사람들이 음식점에서 파는 칭정자후이(清蒸雜燴, 청증잡회 : 각종 재료를 섞어 찐 요리), 자러우(炸肉, 작육 : 튀긴 고기), 자하이자오정러우(炸海椒蒸肉, 작해초증육 : 튀긴 고추와 찐 고기), 커우러우(扣肉,

구육 : 저민 삼겹살을 찐 요리), 커우지(扣鷄, 구계 : 저민 닭고기를 찐 요리),
톈사오바이(恬燒白, 첨소백 : 돼지고기에 팥소를 넣고 찹쌀밥을 얹은 요리),
쑤러우(酥肉, 소육 : 삼겹살에 계란을 넣은 밀가루 옷을 입혀 튀긴 음식), 쑤
러우탕(酥肉湯, 소육탕 : 쑤러우로 만든 탕), 칭정저우쯔(淸蒸肘子, 청증주
자 : 돼지 허벅다리 고기 찜) 등은 모두 전통적인 삼증구구 요리이다. 물
론 사람들의 생활수준이 향상되면서 삼증구구의 요리 종류도 끊임없이
새로워지고 있다.

● 커우산셴(扣三鮮, 구삼선 : 전복, 무, 버섯으로 만든 요리)

독특한 재료를 즐기는 광동 사람들 – 광동 사람들의 음식

1940년대 광동 영미 담배 회사의 강공은(江孔殷) 사장은 뱀
식당의 단골손님이었다. 그는 뱀을 좋아했을 뿐 아니라 국내외의 손님
들에게 뱀을 접대했다. 한번은 특별히 '뱀 연회'를 열어 미국 국적의

회장을 초대했다. 이 외국인은 뱀이라는 말만 듣고도 아연실색하여 돌아가려고 했다. 강공은이 백방으로 설명했지만 그는 끝내 안심하지 않았다. 강공은이 뱀을 먹는 것이 안전하며 의외의 사고가 일어나지 않는다는 보증서에 서명하고 나서야 그는 자리에 앉아서 젓가락을 들었다. 처음 두어 젓가락은 여전히 불안에 떨며 먹었는데 계속 먹다 보니 너무나도 맛있고 입에 맞았다. 더욱 놀라운 점은 뱀이 지병인 류머티즘의 치료에도 효과가 있었다는 사실이었다.

광동 사람들이 뱀을 먹는 습속은 유구한 역사를 가지고 있다. 한대의 유안(劉安)은 『회남자(淮南子)』에 다음과 같이 기록했다. "월(越)나라 사람들은 커다란 뱀으로 요리를 하는데, 중국 사람들은 그것을 쓸모없다고 생각하고 버린다." 당대의 한유(韓愈)는 조주로 유배된 이후 조주 사람들이 뱀, 개구리 등 몇 십 종의 희기동물을 먹는 것을 보고 적응이 안 되어 "비린내가 월나라에서 시작하는구나. 씹고 삼키고 얼굴에는 땀

● 조주식 별미 롱후닝쥐후이(龍虎檸菊會, 용호녕국회: 먹구렁이 요리)의 재료

이 흐르네."라는 시를 지었다. 송대의 소동파는 영남(嶺南)으로 유배된
후 다음과 같이 노래했다. "평생 양고기를 좋아했는데 그 입맛이 어디
가려나. 뱀과 개구리를 먹는 것이 자못 놀랍기는 하나 차츰차츰 익숙해
지는구나." 이는 어떠한 환경에도 잘 적응하고 만족하며 그 지방에 가
면 그 지방의 풍속을 따르는 삶의 태도를 보여준다.

광동사람들은 하늘 위에 날아다니는 것은 비행기와 화살, 땅위에 뛰
어다니는 것은 자동차와 기차, 물속에 헤엄쳐 다니는 것은 배만 빼고
뭐든지 먹는다는 우스갯소리가 있다. 광동 사람들은 외지인들이 감히
물어보기조차 힘든 벌레, 쥐, 뱀 등의 재료로 요리를 한다. 광동 요리는
신선하고 아담한 것으로 유명한데, 광동의 요리사는 창조 정신이 매우
뛰어나서 광동 요리에는 '소년 혁명의 정신이 있다'라고 일컬어진다.
뱀을 먹는 습속은 바로 이러한 특징을 잘 나타낸다.

광동 사람들의 뱀 요리 기술도 날로 발전하고 있다. 1949년 해방 전
에는 국을 끓이거나 얇게 썰어 볶아 먹었는데, 현재는 고고, 볶고, 튀기
는 등의 여러 가지 기술을 사용하여 십여 종의 특색요리를 창조했다.
잘 알려진 룽후닝쥐후이(龍虎欑菊會, 용호녕국회) 외에도 쏭룽정밍주(雙
龍爭明珠, 쌍용쟁명주), 사오펑간핀서펜(燒鳳肝拼蛇片, 소봉간병사펜), 쏭
장셴서자(松江鮮蛇夾, 송강선사협), 우차이차오서쓰(五彩炒蛇絲, 오채초
사사), 궈산펑둔저구(過山峰燉鷓鴣, 과산봉돈자고) 등 독특한 요리들이
있다. 이러한 특색 뱀 요리는 뱀고기를 주재료로 하고 날짐승, 길짐승,
해산물, 채소, 동과 등을 부재료로 사용하여 만든다. 예를 들어 쏭룽정
밍주는 뱀고기, 새우살, 닭고기 등을 비늘을 벗긴 뱀 껍질에 넣고 두 마
리의 용이 바다에서 여의주(비둘기 알)를 다투는 모습으로 장식한다. 맛
이 좋을 뿐 아니라 모양이 생동감 넘치며 독특하다. 또한 품위 있는 이
름이 사람들의 공포감을 줄여주는 덕분에 안심하고 먹을 수 있다.

파와 마늘이 들어가야 제 맛 - 산동 사람들의 음식

공자는 『논어』에 이르기를 "성인은 장(醬)을 얻지 않으면 밥을 먹지 않는다."라고 했다. 산동 사람들을 이를 빌어 표현해 보자면 '파와 마늘이 없으면 밥을 먹지 않는다.' 라고 할 수 있다. 산동 사람들은 파와 마늘을 좋아하는 것으로 유명한데, 특히 파와 마늘을 날것으로 먹는 것을 좋아한다.

1920년대 출판된 『중국실업지(中國實業志)』를 보면 "산동 사람들은 파를 주로 날것으로 먹는다."라고 기록되어 있다. 『중화풍속지(中華風俗志)』에는 "파는 산동산이 가장 우수한데 산동 사람들은 남녀가 모두 파를 좋아한다."라는 기록이 있다. 산동의 파는 곁가지가 나지 않아 성장이 빠르며 줄기가 길고 굵다. 또한 색깔이 희고 크기가 클 뿐만 아니라 아삭아삭하고 부드러우며 약간 단맛을 함유하고 있다.

산동의 민간에서는 종종 생 대파에 단맛이 나는 된장을 바르고 밀전병으로 싸서 먹는다. 이러한 방법이 후에 카오야(烤鴨, 고압 : 오리구이), 궈사오저우쯔(鍋燒肘子, 과소주자 : 돼지 허벅다리 고기), 칭자다창(淸炸大腸, 청작대장 : 튀긴 곱창), 자즈가이(炸脂盖, 작지개 : 튀긴 양고기) 등 많은 요리에 응용되었다.

1980년대 미국의 요리사 여행단이 북경에서 카오야를 먹은 후 귀국해서 글을 썼다. "카오야를 단맛이 나는 장을 발라 파와 같이 중국식 밀전병에 싸서 먹으니, 맵고도 짜면서 약간 달달하기까지 한 맛이 조화를 이룬다. 날로 먹는 것 외에도 총사오하이썬(蔥燒海蔘, 총소해삼 : 파를 넣은 해삼 요리), 총사오티진(蔥燒蹄筋, 총소제근 : 파를 넣은 돼지 발굽 뒤의 굵은 근육 요리), 총파위춘(蔥扒魚脣, 총배어순 : 파를 넣은 상어 입 주변 연골 요리), 총바오양러우(蔥爆羊肉, 총폭양육 : 파를 넣은 양고기 요리), 총사

오러우(蔥燒肉, 총소육 : 파를 넣은 돼지고기 요리) 등의 요리에서 파는 중
요한 조미료이자 부재료이다. 총유빙(蔥油餠, 총유병 : 파 기름 전), 유쉬
안(油旋, 유선 : 소용돌이 모양의 작은 파전), 총유쥐안(蔥油卷, 총유권 : 돌돌
말은 파전) 등의 밀가루 음식에도 파가 항상 들어간다. 이외에 산동 요
리는 총유(蔥油, 총유 : 땅콩기름과 파로 만든 조미료), 총자오샤오주(蔥椒
紹酒, 총초소주 : 파, 산초나무 열매, 소주로 만든 조미료), 총자오니(蔥椒泥,
총초니 : 파, 산초나무 열매로 만든 조미료), 총유니(蔥油泥, 총유니 : 파와 돼
지기름으로 만든 조미료) 등을 조미료로 주로
쓴다.

　『중국실업지(中國實業志)』에는 "산동 사람
들은 마늘을 날로 먹는 것을 가장 좋아하며 통
마늘, 마늘종, 마늘 새싹 등도 모두 먹는다. 마늘
만 먹으면 좋지 않으나 비린내가 나는 고기류(양
고기, 양피 등)와 같이 끓여 먹으면 비린내를 없애
준다." 이밖에 마늘은 강력한 살균 작용을 한다.
여름날 량반차이(凉拌菜, 양반채 : 날 야채와 삶은 고
기를 기름, 간장, 식초, 설탕에 무쳐 차게 해서 먹는 요리)
를 먹을 때 마늘 다진 것을 많이 넣고 무치면 마늘이
비린내를 없애 줄 뿐만 아니라 살균 작용을 하여 건
강에 매우 좋다.

　산동 사람에게 파와 마늘은 '식사의 필수품'의
경지에 다다랐다 해도 과언이 아니다. 『청패유초
(淸稗類鈔)』에는 다음과 같은 기록이 있다. "북
방 사람들은 파를 좋아하며, 파는 북방에
서 난 것이 품질이 좋다. 부자든 가

● 파와 마늘

난한 사람이든 매끼 식사를 할 때 파는 빠질 수 없는 필수품이라고 해도 지나치지 않는다." 파와 마늘을 좋아하는 것은 산동 사람들 식습관의 가장 큰 특징이다.

아침 식사는 집 밖에서 – 무한 사람들의 아침식사

● 산셴더우피(三鮮豆皮, 삼선두피)

　　무한(武漢) 사람들은 '아침을 먹다'를 과조(過早)라고 한다. 무한 사람들은 아침 일찍 일어나 밖에 나가서 아침을 사먹는 습관이 있다. 무한은 한구(漢口), 한양(漢陽), 무창(武昌)의 세 개의 진(鎭, 중국의 지방 행정 구획의 하나)으로 이루어져 있다. 한구는 줄곧 상업이 번성해서 명청 시기에는 중국의 4대 주요 도시 중 하나였고, 근대에는 '동방의 시카고'라는 명성을 떨쳤다. 상업 교역 활동을 할 때의 관건은 시간

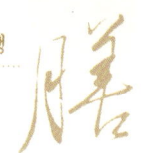

의 효율성이었다. 따라서 사람들은 아침 일찍부터 일을 했는데 집에서 밥 먹을 시간이 없었기에 식당에서 끼니를 때웠다. 과조(過早)라는 말은 청대 도광(道光) 연간에 지어진 엽조원(葉調元)의 『한구죽지사(漢口竹枝詞)』에 처음으로 나타난다. 현재까지도 무한 사람들은 이러한 습관을 유지하고 있는데, 현대인의 빠른 생활 리듬과 무한의 특수한 지리 환경으로 인한 먼 통근 거리 때문에 무한 사람들은 과거보다도 더 일찍 아침을 맞이하고 있다.

아침에 일찍 일어나는 무한사람들은 시간을 아껴 쓸 수 있으므로 아침식사의 종류가 다양하고 남북의 특색을 고루 갖추고 있다. 멘워(麵窩, 면와 : 쌀과 황두로 만든 가운데가 오목한 음식), 탕바오(湯包, 탕포 : 크기가 크고 빨대를 꽂아 먹는 만두), 더우피(豆皮, 두피 : 녹두와 쌀을 섞어서 갈고 반죽을 해서 얇게 편 뒤 찹쌀과 고기를 넣고 기름에 지진 음식), 유탸오(油條, 유조 : 기름에 튀긴 꽈배기), 러간멘(熱乾麵, 열건면 : 참기름을 넣고 열을 가한 뒤 말린 국수), 사오마이(燒麥, 소맥 : 만두의 일종으로 만두피의 위쪽이 열려있어 소가 보임), 만터우(饅頭, 만두 : 소가 없는 찐빵), 누어미지(糯米鷄, 나미계 : 찹쌀을 넣은 닭), 뉴러우미펀(牛肉米粉, 우육미분 : 소고기 쌀국수), 더우쓰(豆絲, 두사 : 녹두와 쌀을 반죽해서 얇게 썬 음식), 수이자오(水餃, 수교 : 물만두), 탕위안(湯圓, 탕원 : 찹쌀 경단 탕), 푸즈주(伏汁酒, 복즙주 : 찹쌀을 익혀 누룩을 넣고 발효 시킨 음료) 등 건조한 음식과 물이 많은 음식이 고루 있고 모두 맛있다. 아래에 소개하는 것이 무한 사람들이 가장 즐겨 찾는 음식이다.

러간멘(熱乾麵)은 무한 사람들이 아침에 가장 즐겨 찾는 대중 음식이다. 러간멘은 산서성의 다오샤오멘(刀削麵, 도삭면 : 끓는 물에 밀가루 덩어리를 칼 비슷한 쇳조각으로 얇고 길게 저며 넣어서 만드는 중국식 수제비), 광동성과 광서 자치구의 이푸멘(伊府麵, 이부면 : 밀가루와 계란을 반죽하여 기름에 튀긴 면요리), 사천성의 단단몐(擔擔麵, 담담면 : 중국 고추장과 돼지고기 볶음양념을 넣은 면요리), 북방의 자장몐(炸醬麵, 작장면 : 자장면)과 함께 중국의 5대 국수이다.

전하는 바에 따르면 1930년대 초기 한구(漢口) 장제가(長堤街)의 이포(李包)라는 사람이 관제묘 일대에서 량펀(凉粉, 양분 : 청포묵으로 만든 올챙이국수와 비슷한 음식)과 탕몐(湯麵, 탕면 : 국물에 면을 말아 먹는 음식)을 팔고 있었다. 어느 날 그는 팔고 남은 국수를 삶은 후 식탁에 올려 두었는데 그만 참기름을 국수에 엎지르고 말았다. 이포는 참기름을 아예 국수에 섞어 버리고 국수의 열을 식혔다. 다음날 아침 이포는 참기름이 섞인 익은 국수를 끓는 물에 두어 번 담갔다가 물기를 빼고 조미료를 가했는데 맛있는 냄새가 진동을 하여 사람들이 앞을 다투어 사서 맛있게 먹었다. 어떤 이가 이포에게 이것이 무슨 음식이냐고 묻자 이포는 '러간몐(熱乾麵, 열을 가하고 말린 국수)'이라고 대답했다. 몇 년 후 채(蔡)씨 성을 가진 젊은이가 만춘로(滿春路)에 러간몐 전문점을 개업했는데, 장사가 매우 잘 되었다. 이 음식점은 후에 한구의 수탑(水塔) 맞은편으로 이사해서 '채림기(蔡林記) 러간몐관(熱乾麵館, 열간면관)'으로 이름을 바꿨다. 오늘날 무한 골목에 있는 대부분의 음식점에서 이 요리를 맛볼 수 있다.

산셴더우피(三鮮豆皮, 삼선두피)는 무한의 또 다른 인기 아침 식사이다. 옛날 사람들은 설을 쇨 때 녹두와 쌀을 섞어서 갈고 반죽을 해서 얇게 편 뒤 찹쌀과 고기를 넣고 기름에 지진 후 명절 음식으로 삼았다. 그러나 이후 생활수준이 향상되자 더우피는 일상적인 아침 식사가 되었고 많은 음식점에서 이것을 팔았는데, 노통성주루(老通城酒樓)에서 만든 산셴더우피가 가장 이름을 날렸다. 이 더우피는 고기, 계란, 새우뿐만 아니라 돼지의 심장과 위, 버섯, 죽순, 불고기 등을 소로 넣었다. 정성을 다해 소를 만들고, 지지는 기술도 뛰어나서 완성된 요리는 반짝반짝 빛이 나고, 색깔이 예쁘며 맛이 좋았다.

　푸즈주(伏汁酒, 복즙주)는 무한 사람들이 즐겨 마시는 일종의 음료이다. 찹쌀을 익혀 누룩을 넣고 발효를 시킨 뒤 마실 때에 다시 끓인 물과 설탕을 넣으면 바로 푸즈주가 완성된다. 또 여기에 계란을 첨가하면 단주(蛋酒, 단주)라고 하고, 계란을 넣지 않으면 칭주(淸酒, 청주)라고 한다. 푸즈주는 호북성 일대에서 남녀노소가 모두 즐긴다고 할 수 있을 정도로 매우 보편적이다. 무한 사람들은 아침 식사를 할 때 푸즈주 한 잔을 몇 가지 간식거리와 함께 먹는다.

　무한 사람들이 아침 식사를 하는 모습은 참 재미있고 자유분방하다. 어떤 이는 앉아서, 어떤 이는 쪼그려 앉아서, 어떤 이는 길을 가며 식사를 한다. 이른 아침 골목길, 부두, 정거장 등 도처에서 이처럼 아침 식사를 하는 무한 사람들을 만나 볼 수 있다. 사람들의 생활 리듬이 빠르고 어차피 모두들 매한가지이기 때문에 이를 결코 품위 없다고 생각하지 않는다.

● 러간멘(熱乾麵)

4 종교와 관련된 음식 문화

맛있는 음식으로 제사를 지내면
신령이 오셔서 맛있게 잡수시네

중국문화는 기나긴 발전의 과정 속에서 다른 나라에서 유래된 많은 종교를 받아 들였다. 그중 남아시아에서 유래한 불교와 중국 본토에서 탄생한 도교의 영향이 가장 크고, 이슬람교가 그 뒤를 잇는다.

이러한 종교 속에는 심오한 철학적 사고, 인생의 이상, 윤리도덕, 예술 형식이 담겨있다. 이와 더불어 사람들의 일상생활에서 하루도 떼어 놓을 수 없는 음식도 역시 종교 신앙에 깊은 발자취를 남겼다. 실제로 세계 여러 민족의 역사에서 성숙한 종교의 출현은 해당 민족의 사회와 생활에 깊은 영향을 주었다.

담백한 맛이 으뜸이다 – 불교의 음식 문화

오늘날 중국 사람들의 식탁에서 생선과 고기 요리는 절대 빠질 수 없는 음식이 되었다. 이에 따라 비만, 고혈압과 같은 문명병도 잇따라 발생하고 있다. 이리하여 사람들은 다시 불교의 정진 요리(수도하는 불교도들이 살생을 할 수 없었기 때문에 어류나 육류를 이용하지 않고 채소만을 이용하여 만든 요리)와 같은 채소 요리에 관심을 돌리기 시작했다. 천여 년의 발전을 거치며 사찰 음식은 일종의 독특한 문화가 되었다. 불교의 채소 요리와 채소 안주를 곁들여 차린 술자리는 세계적으로도 유명하다. 이러한 채소 요리는 재료와 조리법이 정교하며 요리의 색, 맛, 향, 모양이 독특한 스타일을 가지고 있어 사람들의 많은 사랑을 받고 있다. 따라서 이미 중국 음식 문화의 일원으로 흡수된 사찰 음식은 불멸의 강인한 생명력을 발휘하고 있다.

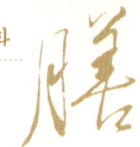

1. 불교에서 채식을 하게 된 유래

사찰 음식에 대한 이야기가 나오면 사람들은 자연히 채소를 연상할 것이다. 채소 요리는 중국 전통 음식 문화 속의 한 유파로 유구한 역사를 가지고 있으며 일찍이 중국 요리의 중요한 구성 요소가 되었다. 특수한 재료와 정교한 기술로 중국의 채소 요리는 더욱 풍부하고 다양해졌고, 담백하고 개운한 맛과 풍부한 영양으로 중국 요리의 독자적인 한 유파를 형성하고 있다.

● 사원 재당(齋堂)의 배치

일찍이 불교가 전래되기 전인 동한 초기에 채소 요리가 이미 탄생했고 어느 정도의 발전을 이룩했다. 이후 불교가 전래되면서 채소 요리는 사원을 중심으로 유행하기 시작했으며 끊임없이 발전해 만드는 방법이 날로 정교해지고 보편적인 요리로 자리 잡았다.

초기 불교가 전래되었을 때는 고기를 먹어서는 안 된다는 계율이 없었다. 승려들은 집집마다 찾아다니며 탁발을 할 때 고기냐 채소냐를 가리지 않았다. 삼정육(三淨肉), 즉 자신이 살생을 하지 않고, 다른 사람에게 시켜 살생을 하지 않고, 살생하는 것을 직접 보지 않은 고기라면 얼마든지 먹을 수 있었다. 조박초(趙朴初)가 『불교상식답문(佛敎常識答問)』에서 언급한 바와 같다.

"비구의 계율 중에 고기를 먹어서는 안 된다는 규정은 결코 없다."

위진남북조 시대에 이르러 불교가 성행했는데, 이 때 중국의 한족 승려는 대부분 대승불교를 믿었다. 그런데 대승불교의 경전에는 고기, 술, 오신(五辛 : 파, 염교, 부추, 마늘, 생강)을 먹는 것을 금지하는 조문이 있다. 대승불교에서는 "술 때문에 생기는 과오가 한량이 없다", "고기를 먹으면 자비의 종자가 끊어진다"고 하여 술과 고기는 여러 죄악을 불러들이기 때문에 불가의 오계(五戒)에 어긋난다고 생각했다. 이 시기에 번역된 『능가(楞伽)』, 『능엄(楞嚴)』, 『열반경(涅槃經)·사상품(四相品)』 등의 경문에는 "나쁜 결말을 얻지 않으려면 먼저 선행을 베풀어야 한다", "살생을 금하고 방생한다", "채식으로 마음을 깨끗하게 다스린다"와 같은 사상이 모두 포함되어 있다. 이는 중국 유가의 인(仁)과 효(孝) 등의 사상과 매우 일치하며 통치자의 추앙을 받았다. 특히 남조(南朝)의 양(梁) 무제(武帝) 소연(蕭衍)은 불교를 숭상하고 평생 채식을 했으며 이를 천하에 제창했다. 그래서 조박초는 "역사적으로 보았을 때 한족 불교가 채식을 하는 풍습은 양 무제가 장려하면서 보편화된 것이다"라고 말한다.

여기서 짚고 넘어가야 할 것은 중국의 내몽고와 디벳 지역에서는 채소의 재배가 쉽지 않기 때문에 고기를 먹지 않으면 생명을 유지하기 힘들다는 점이다. 따라서 이들 지역의 불교 승려들은 대부분 고기를 먹는데, 이는 특수한 환경으로 인한 파계(破戒)에 속한다.

2. 불교 채소 요리의 특징

양 무제의 채식 장려 이래로 채소 요리는 사원을 중심으로 빠르게 발전하고 만드는 방법도 날로 정교해졌다. 『양서(梁書)·하침전(賀琛傳)』의 기록에 따르면 당시 건업사(建業寺)의 한 승려 요리사가 채소 요리에 매우 정통하여 '호박 한 가지로 수십 종류의 요리를 만들고,

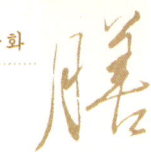

한 가지 요리로 수십 가지의 맛을 낸다' 라는 기술을 터득했다. 사원에는 이처럼 기술이 뛰어난 요리사들이 끊임없이 나타나 불교의 채식 요리를 더욱 크게 발전시켰다. 이후 역대 승려 요리사들의 끊임없는 개발을 거쳐 채소 요리는 종류가 많아지고, 기술이 점차 완비되어 담백하고 깔끔한 독특한 맛을 형성하여 채소 요리의 주류가 되었다. 불교 채소 요리의 주요 특징은 다음과 같다.

첫째, 불교 채소 요리의 주요 재료로는 버섯, 과일, 채소, 균류 화초, 콩 등이 있다. 이중 신선하고 산뜻한 계절 채소는 아삭아삭하고 부드럽고 깔끔한 맛이 나고, 콩류는 부드럽고 찰기가 있고 매끄러우며, 버섯류는 순하고 진하며 그윽한 뒷맛이 있다. 또한 참기름, 죽순 기름, 버섯 기름 등으로 맛을 조절하며 매우 독특한 풍격을 이룬다.

예를 들면 청대 소주(蘇州) 곽제산(郭諸山)의 소나무숲 깊은 곳에서 청명절을 전후로 해서 '송화당(松花糖) 버섯'이 재배되었는데, 사원의 승려들이 이것을 가져와 요리했다. 그 맛이 담백하고 달며 부드럽고 입에서 살살 녹아 소주 일대 사찰 음식의 별미가 되었다. 소주 사원의 채소 요리는 신선하고 맛있어 명성이 높다. 『청패유초(淸稗類鈔)』의 기록에 따르면 건륭제도 소주 사원의 채소요리를 좋아하여 친히 한산사(寒山寺)에 가서 승려 요리사들의 채소 요리를 먹어보고 찬사를 보냈다고 한다.

또한 상주(常州)의 천녕사(天寧寺)는 채소 요리로 명성이 높은데, 『청패유초(淸稗類鈔)』에 다음과 같은 기록이 있다. "고종(高宗)께서 남방을 순회하실 때 상주의 천녕사에서 점심을 드셨다. 주지 스님이 내놓은 채소 요리를 드시고는 '채소 요리가 매우 맛있구나. 사슴 가슴고기나 곰의 발바닥보다 백배 낫도다.'라며 웃으며 말씀하셨다."

둘째, 솜씨가 좋아 채소 요리로 고기 요리를 대신한다. 사찰 음식의 재료는 비록 평범하지만 솜씨가 뛰어나 다양한 요리를 만들 수 있다. 산해진미 중의 해삼, 상어 지느러미, 물고기 부레, 제비집, 전복, 사슴 힘줄, 곰 발바닥, 낙타 혹 등을 모두 채소 요리로 모방할 수 있었다. 예를 들어 발채(發菜)와 연뿌리 전분으로 만든 채소 해삼은 부드럽고 쫄깃쫄깃하여 진짜 해삼과 흡사하다. 또 콩으로 만든 닭고기는 기름지고 부드러우며 맛있는데 잘게 저민 닭고기를 먹는 듯한 착각을 불러일으키며, 죽순으로 만든 상어 지느러미는 진위를 분간하기 힘들 정도이다. 이밖에 동과나무로 만든 제비집은 진짜처럼 매우 투명하고 맑다.

사찰 음식의 외형을 더욱 고기와 유사하게 만들기 위해 몇몇 승려 요리사들은 부단히 요리법을 개선했다. 청대 안휘성 안경(安慶) 영강사(迎江寺)의 한 승려는 곤찰법(捆扎法)을 발명했다. 즉 세마포(細麻布)를 사용하여 두부를 감싸고 쪄서 식힌 뒤 표면에 모공을 만들어 닭, 오리, 돼지, 양 등의 고기 요리를 모방했다. 그는 또 요리의 모양을 본뜨는 틀을 만들었다. 예를 들어 계란은 녹색 채소와 소다를 약간 섞은 전분을 두 개의 술잔에 붓고 당근이나 밤 가루로 노른자를 만들어 술잔에 합치면 된다. 또한 볶은 창자 요리는 대나무 줄기에 기울 반죽을 바르고 기름에 튀긴 뒤 간장을 넣고 삶아 대나무를 빼내면 완성된다. 여기에 찹쌀, 버섯, 죽순 등을 첨가하면 더욱 부드러워 창자의 맛을 한층 더 즐길 수 있다.

이처럼 채소로 고기의 형상을 본뜬 요리는 채소 요리의 새로운 영역을 개척하여 채소 요리의 종류를 더욱 풍부하게 했다. 이로부터 사찰 음식의 제작 기술과 승려들의 솜씨가 이미 최고봉에 이르렀음을 알 수 있다.

셋째, 역사가 유구하여 오늘날까지 영향을 미치고 있다. 불교의 채소 요리는 단일화에서 다양화되는 과정, 즉 순수 채소 요리에서 고기

요리를 모방한 채소 요리로, 사원 내부의 요리에서 바깥세상의 요리로
발전하는 과정을 겪었다. 이중 많은 요리들이 현재까지도 요리계에서
중요한 위치를 점하고 있으며 사람들의 사랑을 받고 있다. 이러한 요리

● 사원에서 승려가 채소를 재
배하는 모습

로는 구이화셴리겅(桂花鮮栗羹, 계화선률갱 : 계화, 연뿌리에서 얻은 전분,
밤으로 만든 죽), 뤄한자이(羅漢齋, 나한재 : 발채, 두부껍질, 밤, 버섯, 죽순
등으로 만든 요리), 딩후상쑤(鼎湖上素, 정호상소 : 각종 버섯, 죽순, 연밥 등
으로 만든 요리), 반웨천장(半月沈江, 반월침강 : 버섯, 죽순, 당귀, 밀가루 반
죽 등으로 만든 요리), 자오후이볜쑨(糟燴鞭筍, 조회편순 : 죽순, 술지게미,
전분으로 만든 요리), 상롄셴루이(桑蓮獻瑞, 상련헌서 : 두부와 연밥 등으로
만든 요리), 탕추쑤리(糖醋素鯉, 당초소리 : 감자와 죽순 등에 탕수소스를 넣
고 물고기 모양으로 만든 요리), 순차오셴쓰(筍炒鮮絲, 순초선사 : 죽순 볶
음), 진첸쑤리지(金錢素裏脊, 금전소리척 : 버섯과 감자로 등심고기를 흉내
낸 요리), 칭차오쑤샤런(淸炒素蝦仁, 청초소하인 : 꽃양배추와 당근을 볶아

서 새우살을 흉내낸 요리), 산셴수하이썬(三鮮素海蔘, 삼선소해삼 : 구약이
라는 식물로 만든 해삼 모양의 요리), 쑹쯔페이어(松子肥鵝, 송자비아 : 잣으
로 거위 고기를 흉내낸 요리), 커우모위위안탕(口蘑魚元湯, 구마어원탕 : 어
단을 흉내낸 버섯을 넣은 탕) 등이 있다.

3. 불교 승려의 식습관

　　　　채식과 함께 받들어지는 불교 계율 중에는 '과오불식(過午不
食)'이란 규정이 있다. 즉 오후가 지나면 음식을 먹지 않는다는 뜻이다.
오직 환자만이 오후가 지나 식사를 할 수 있는데, 이를 '약식(藥食)'이
라 한다. 그런데 중국의 한족 승려는 고대부터 농사를 짓는 풍습이 있
는데, 이러한 노동은 체력 소모가 비교적 크므로 저녁에 식사를 하지
않으면 안 된다. 그래서 대다수의 사원에서 오후가 지나면 음식을 먹지
않는 계율을 깼는데, 명칭은 여전히 약식이라고 한다.

　불교 승려들은 일반적으로 재당(齋堂)에서 식사를 하는데, 경쇠나
종을 쳐서 식사 시간을 알리고 승려들을 모은다. 종소리가 울리면 주지
스님에서 어린 사미에 이르기까지 재당에 모여 식사를 한다. 사찰 음식
은 배급제로 모두 일인분씩 같은 밥과 반찬을 먹는다. 환자나 특별한
사무를 관장하는 사람만이 상을 따로 차릴 수 있다. 매일 아침 식사와
점심 식사 전에는 『이시림재의(二時臨齋儀)』의 규정에 의거하여 음식을
부처와 보살에게 공양하고, 시주에게 감사를 하고, 중생을 위해 소원을
빌고 나서야 음식을 먹기 시작한다.

　당(唐)대의 고소련(顧少蓮)은 『소림사주고기(少林寺廚庫記)』에 소림
사 재당의 풍경을 생동감 있게 묘사했다.

　"종이 울리고 태양이 대지를 비추면 승려들은 재당에 모여서 식사
를 한다. 승려들은 부처와 보살에게 엄숙하게 엎드려 절하고 공양하여

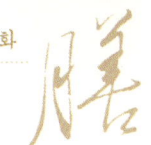

감사와 경의를 표시한 뒤 중생을 위해 소원을 빈다. 종소리가 그치면 불경 낭송을 마치고 식사를 한다. 여러 가지 맛있는 음식이 주방에서 재당으로 전달되어 배치되는데, 음식을 만드는 솜씨가 매우 뛰어나다."

승려들은 아침에 일반적으로 죽을 먹는데, 시간은 아침 햇살이 처음으로 비추기 시작할 때, 손바닥의 손금이 보이기 시작할 때가 기준이 된다. 점심은 정오 이전에 주로 밥을 먹는다. 저녁은 약식이라고 부르는데, 보통 죽을 먹는다. 원래 약식은 자기 방으로 가져가 먹어야 하지만 모두들 먹기 때문에 재당에서 함께 먹는다.

사원에서 요리를 담당하는 직무는 전좌(典座), 반두(飯頭)와 채두(菜頭)이다. 재당에는 보살상을 모시고 있는데, 이는 홍산대성(洪山大聖)이라 전해지며 원대 이후에는 긴나라왕(緊那羅王)상을 많이 모셨다.

일 년 중에 석가모니와 보살을 기념하는 불교의 명절이 매우 많은데, 이때 만드는 음식도 매우 다양하다. 그 중 후대에 가장 큰 영향을 미친 것은 단연 납팔절에 먹는 납팔죽(臘八粥)이다.

고대에는 음력 12월을 납월(臘月)이라고 불렀다. 납월에 사람들은 여덟 명의 신에게 제사를 지냈는데 이리하여 '납팔(臘八)'이라는 명칭이 생겨났다. 한대 이후에는 제사를 지내는 날도 점차 납월 초파일로 고정되었다.

처음에는 납팔죽을 먹는 풍습이 불교도들 사이에서만 유행했다. 각지의 불교 사원에서는 승려들 외에도 각지의 선남선녀에게 주기 위해 납팔죽을 끓였다. 그래서 납팔죽은 불죽(佛粥), 납팔죽, 복덕죽(福德粥), 복수죽(福壽粥)이라고도 불린다. 후에 이러한 풍습이 널리 전해져 민간에서는 다투어 이를 모방했다. 특히 청대에는 납팔죽을 먹는 풍습이 대단히 유행했다. 궁정에서는 해마다 납월에 황제가 문무백관, 시종, 궁녀에게 납팔죽을 하사하고, 각지의 서원에 쌀과 과일을 보냈다. 민간에서도 집집마다 납팔죽을 끓여 먹었으므로 납팔죽은 점차 다양해졌다.

이상으로 종합해 볼 때, 불교 사원의 식문화는 중국 전통 식문화에 지대한 공헌을 했음을 알 수 있다.

비린내 나는 음식은 적게 섭취하라 – 도교의 음식 문화

톨스토이의 전기에 보면 다음과 같은 일화가 있다. 하루는 미국에서 어떤 사람이 톨스토이를 보러왔다. 나이가 대략 50살 정도 된 그는 혈색이 매우 좋고 원기가 왕성했는데, 자신은 채식주의자이며 10년 동안 소금조차 입에 대지 않았다고 했다. 그에게서 채식의 장점에 대해서 들은 톨스토이는 처음으로 주의 깊게 도살 장면들을 보게 되었다. 이때부터 톨스토이는 평생 채식주의자로 살았는데, 당시 그의 나이는 이미 예순에 가까웠다. 94세의 삶을 누렸던 조지 버나드 쇼는 자신의 장수를 채식의 공으로 돌렸다. 1933년 버나드 쇼가 중국을 방문했을 때 상해에서 채식을 하는 이유에 대한 질문을 받았다. 그는 "내 건강이 필요로 하는 것이고, 채식은 본래 영웅과 성인들의 음식입니다"라고 말했다. 그의 고견은 도교의 음식관과 거의 유사하다고 할 수 있다. 다만 도교는 채식이 신선의 음식이라고 생각한다.

앞에서 말했듯 중국에서 불교는 외래 종교이지만 도교는 중국 본토에서 탄생했다. 사학계와 도교계는 도교가 동한 순제(順帝) 시기(126~144년)에 형성되었고, 지금까지 이미 1,800년의 역사가 있다고 여긴다. 하지만 전국시대 제(齊)나라와 연(燕)나라 일대에서 성행한 신선 방술, 『사기(史記)·봉선서(封禪書)』에 나오는 불로장생을 목표로 하

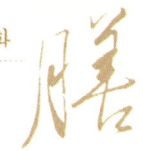

는 방선도, 서한 시기 황제와 노자를 시조로 하는 황로사상 등과 같이 신선을 믿는 종교는 중국에서 2천여 년의 역사를 가지고 있다.

도교는 불로장생을 주요 목표로 하므로 음식을 먹을 때도 중시해야 할 사항이 있다. 이는 다음 두 가지로 나누어 살펴볼 수 있다.

● 도교는 비린내가 많이 나는 음식을 꺼린다.

1. 소식하고 벽곡(辟穀)하라

도교는 소식을 주장하다 못해 벽곡(辟穀)의 경지에까지 이르렀다. 벽곡은 단곡(斷穀), 절곡(絕穀), 휴량(休粮), 거립(去立) 등이라고도 하는데 여기서 '곡(穀)'은 곡물, 채소류 음식의 약칭이다. 그러므로 '벽곡'은 음식을 먹지 않는 것을 뜻한다.

벽곡은 그 유래가 오래되었다. 전하는 바에 따르면 벽곡은 적송자(赤松子)에게서 유래되었는데, 적송자는 신농(神農) 때 비를 다스리는 신으로 전설 속의 신선이었다고 한다. 『사기(史記)·유후세가(留候世家)』에는 "한나라 초기 공신 장량(張良)은 적송자를 흉내내어 자연과 더

불어 노닐고자 했다. 그는 벽곡을 배워 음식을 먹지 않았고, 도인(導引)을 행하여 몸을 가볍게 했다."라는 기록이 있다. 후에 여후(呂后)의 간곡한 권유로 장량은 할 수 없이 음식을 먹었다.

장사(長沙) 마왕퇴(馬王堆) 한나라 무덤에서 발견된 『각곡식기(却穀食氣)』는 중국에 현존하는 최초의 벽곡에 관한 문헌이다.

벽곡을 행하는 자는 비록 오곡(五穀)을 먹지 않지만 완전히 식기(食氣, 곡식을 먹지 않을 목적으로 기를 모아서 목으로 삼키는 것)를 하는 것은 아니고 밤, 복령(茯笭), 참깨, 벌꿀, 영지 등의 다른 음식으로 곡물을 대체한다. 하지만 건강을 유지하기 위해서는 영양에 주의해야 하며 한 종류의 음식만을 먹는 등 단조로운 식사를 해서는 안 된다. 도교는 각종 곡물과 채소를 섭취하는 것을 배척하며 식단이 매우 단조로웠다. 이는 건강을 해치기만 할 뿐이므로 벽곡술(辟穀術)은 결코 과학적인 방법이 아니다.

2. 비린내 나는 음식은 적게 섭취하라

도교는 인체는 반드시 청결을 유지해야 하며, 사람은 천지의 기운을 부여받고 살기 때문에 기를 보존해야 생존할 수 있다고 여긴다. 그런데 도교에서는 곡물과 생선이나 고기와 같이 비린내가 나는 음식은 기의 청결을 유지하는 것을 방해한다고 생각한다. 그래서 도홍경(陶弘景)은 『양성연명록(養性延命錄)』에서 이르기를 "비린내가 나는 음식을 적게 먹고 식기(食氣)를 많이 하라"고 했다.

도교에서는 음식을 세 가지, 여섯 가지, 혹은 아홉 가지 종류로 분류하는데 그 중 깨끗한 기를 가장 많이 파괴시키는 것은 비린내 나는 음식과 '오신(五辛)'이다. 따라서 고기, 생선 등 비린내 나는 음식과 파, 마늘, 부추 등 맵고 자극적인 음식을 특히 꺼리고, "채소, 고기와 같은

음식을 많이 먹어서는 안 된다. 이러한 음식은 사람의 기를 강하게 만들어 가두어 놓을 수 없게 한다."라고 주장한다. 이밖에도 『태식비요가결(胎息秘要歌訣) · 음식잡기(飮食雜忌)』에서도 역시 이르기를, "금수의 발톱, 머리, 사지의 피와 고기를 먹으면 생명이 위험할 수 있다. 고기와 채소는 기를 망치고 배불리 먹는 것도 이와 마찬가지이다. 딱딱하거나 차가운 것을 먹을 때는 신중해야 하며 시고 짜고 매운 것은 좋지 않다."라고 한다.

그렇다면 어떤 음식이 가장 이상적일까? 도교에서는 "아침놀 아래 밤이슬을 먹고, 천지의 순수한 정수를 빨아들이고, 맛 좋은 술을 마시고, 푸른 영지와 붉은 꽃을 먹는다."라고 하며 오직 이러한 음식만이 장수를 하는 데 도움을 준다고 여긴다.

중국 고대에 도교의 음식 습관은 일반 백성들의 생활에 별다른 영향을 미치지 않았다. 도교의 주장대로 한다면 가난한 백성들이 신선이 될 가능성이 가장 많았다. 그들은 본래부터 고기반찬과는 인연이 없는 반기아 상태에 처해 있었다. 그러나 이들은 굶어 죽어도 신선과는 인연이 없었다. 벽곡을 하면 신선이 된다는 말은 대체로 부유하고 신분이 높은 통치자들이 믿었다. 예를 들어 한 무제(武帝)는 방사(方士)의 말에 따라 이슬을 마시고 옥을 먹었으며 사방으로 불로초를 찾아 다녔으나 결국 죽음을 면치는 못했다. 또한 조위(曹魏) 정시(正始) 연간 관직이 이부상서(吏部尙書)에까지 올랐던 하안(何晏)은 장생을 하기 위해 종유석(鐘乳石), 양기석(陽起石), 영자석(靈磁石), 공청석(空靑石), 석주사(石朱沙) 등으로 오석산(五石散, 한식산(寒食散)이라고도 함)을 만들어 먹었다. 그러나 그는 결국 50세에 살해되었으니 오석산은 결코 하안이 장수하도록 도와주지 못했다. 당대에는 도교가 크게 유행하여 당조의 황제들은 대부분 단약(丹藥, 장생불사하고 신선이 된다는 명약)을 먹었으며 죽을 때까지도 착각에서 헤어나지 못했다. 예컨대 당 태종(太宗)은 단약을 복용한 탓에 죽음에 이르렀다.

고대 도교의 음식 습관은 소식, 싱겁게 먹기, 채식, 폭식하지 않기, 짜고 맵게 먹지 않기, 육식 반대 등 어느 정도 과학적인 내용도 있지만 미신이나 무지로 인한 쓸모없는 것도 많다. 장생을 추구한다는 도교의 목적 아래서 이러한 가치 없는 내용들은 걸러지고 정수만 남게 되어 후대에 많은 영향을 주었다. 명·청시기 많은 도교의 신도들은 바로 이러한 음식 습관을 따르게 되었다.

깨끗하지 않은 것은 먹지 않는다 – 이슬람교의 음식 문화

이슬람교는 과거에 중국에서 회교(回敎), 회회교(回回敎), 청진교(清眞敎), 천방교(天方敎) 등으로 불렸다. 이슬람교는 7세기 아라비아인 무함마드에 의해 창시되어 중동지역에서 성행하였으며, 7세기 중엽 중국에 전래되어 회족, 위구르족, 카자흐족, 우즈벡족 등 십여 개 민족 사이에서 유행하기 시작했다. 이들은 알라(Allah)는 유일하고 존귀하기 때문에 그를 '순결'이란 의미의 '청진(清眞)'으로 부른다. 이리하여 중국에서 '청진교'가 이슬람교를 뜻하게 되었고, 사람들은 이슬람교도들이 만든 이슬람교 특색 요리를 '청진 요리'라고 부르게 되었다.

1. 이슬람교 음식의 금기

이슬람교 음식의 특징은 비교적 금기가 많다는 것이다. 이슬람교에서는 돼지, 개, 나귀, 노새를 '불결한 동물'이라고 여겨 먹지 않는데, 그중 특히 돼지고기를 먹는 것을 금하며 그 이름을 입 밖에 내거나 가까이 가서도 안 된다. 또한 이슬람교에서는 자신이 죽인 동물, 피, 알라의 이름으로 잡지 않은 동물을 먹는 것을 금한다. 이밖에 비늘 없는 물고기와 난폭한 짐승의 고기도 먹지 않는다.

　『천방전례택요해(天方典禮擇要解)』에 따르면 회족들이 먹어서는 안 되는 음식으로는 사나운 눈을 가진 것, 날카로운 이빨을 가진 것, 둥근 부리를 가진 것, 갈고리 모양의 발톱을 가진 것, 날고기를 먹는 것, 새를 죽이는 것, 동족을 잡아먹는 것, 욕심이 많은 것, 인색한 것, 강간하

● 산자가오(山楂糕, 산사고: 산사나무 열매로 만든 떡), 완더우황(豌豆黃, 완두황: 완두를 끓여 표피를 제거하고 대추를 바른 후 석고로 찍어 눌러 만든 양갱과 유사한 간식), 체가오(切糕, 절고: 찹쌀반죽에 팥이나 대추소를 넣어 잘라 먹는 떡)

89

는 것, 더러운 것, 더러운 것을 먹는 것, 문란한 것, 돌연변이, 요사한 것, 사람과 비슷한 것, 변화를 잘하는 것 등등이 있다. 설사 먹을 수 있는 동물이라 하더라도 아훙(阿訇, 아굉: 중국에서 이슬람교 성직자의 칭호)이나 도살 규칙을 아는 사람이 죽여야만 하며, 도살할 때 '알라의 이름으로'를 외쳐야 그 짐승을 먹을 수 있다. 서아시아, 북아프리카, 아라비아의 이슬람교 국가들의 요리와 중국 이슬람교 요리의 특징은 판이하게 다르나 음식 금기에 관해서는 완전히 일치한다.

이밖에 이슬람교는 음주를 '추악한 행위', '악마의 행위'라고 여긴다. 음주는 사람의 이성을 교란시키므로 마땅히 멀리 해야만 하며 따라서 이슬람교도들은 술을 마셔서는 안 된다.

2. 중국 이슬람교 음식의 특색

중국의 이슬람교 음식을 먹어본 사람은 이슬람교 음식이 재료를 엄선하고, 기술이 정교하고, 음식이 깨끗하고, 종류가 다양하고, 재료는 소와 양이 주를 이루고, 특히 양고기 요리가 뛰어나다는 인상을 가지고 있을 것이다. 일찍이 청대 건륭(乾隆) 연간에 이미 취안양시(全羊席, 전양석)가 있었다. 취안양시는 양고기, 양의 머리, 꼬리, 발굽, 혓바닥, 뇌, 눈, 귀, 척수, 내장을 재료로 하는데, 백여 가지 다양한 맛의 요리를 만들 수 있다. 취안양시는 요리 기술의 진수를 보여주는 중국 이슬람교 요리 중에서 가장 고급스러운 대표 요리로 청대 동치(同治), 광서(光緖) 연간에 크게 유행했다. 『청패유초(淸稗類鈔)』에 다음과 같은 말이 있다. "청강(淸江)의 요리사들은 양 요리를 매우 잘하는데, 찌고, 삶고, 볶고, 데치고, 굽고, 튀기는 등의 방법을 동원해 탕, 국, 즙, 단 것, 짠 것, 매운 것, 얼얼한 것 등을 만들어 양 요리만으로도 풍성한 연회를 차릴 수 있다. 음식을 담는 그릇은 사발, 큰 접시, 작은 접시 등 관계없다. 많게는 칠십에서 팔십 종류인데 맛이 각각 다르다. 흔히 108종류로 알려져 있는데, 이는 과장된 것이며, 그 중 회교도가 아닌 사람들을 위해 닭이나 거위로만 만든 요리도 포함되어 있었다. 이상의 요리를 '취안양시'라고 하며 동치, 광서 연간에 유행했다."

● 이슬람교 음식인 자오화쑤 (棗花酥, 조화소: 대추소를 넣고 겉을 꽃잎모양으로 꾸민 과자)

　　후에 취안양시는 낭비가 너무 심해 점차 '취안양다차이(全羊大菜, 전양대채)'로 축소되었다. 취안양다차이에는 두지수이(獨脊髓, 독척수 : 양의 척수), 자벙두런(炸蹦肚仁, 작붕두인 : 양의 배), 단바오야요(單爆腰, 단폭요 : 양의 허리), 펑첸리펑(烹千里風, 팽천리풍 : 양의 귀), 자양나오(炸羊腦, 작양뇌 : 양의 뇌), 바이파티쉬(白扒蹄鬚, 백배제수 : 양의 발굽), 홍파양서(紅扒羊舌, 홍배양설 : 양의 혓바닥), 두양옌(獨羊眼, 독양안 : 양의 눈)의 여덟 가지 요리가 포함되어 있다. 취안양다차이는 비록 규모가 조금 작지만 취안양시의 정수만을 담고 있는 중국 이슬람교 요리의 명물이다.

　이슬람교 요리는 맛이 강하며 짜고, 국물이 진하다. 게다가 기름지나 느끼하지 않고, 부드러우나 노린내가 나지 않는다.

　지역의 산물과 음식 습관에 따라 중국의 이슬람교 요리는 3대 유파로 나뉜다.

　첫째, 서북지역 이슬람교 요리는 소고기와 양고기, 소젖과 양젖, 하미과(哈蜜瓜, 합밀과: 중국 서북지역에서 나는 참외의 일종), 건포도 등 현지의 특산물을 원료로 요리를 하여 아라비아인들의 음식 특색을 많이 보존하고 있으며 예스럽고 소박하다.

　둘째, 북경과 천진을 비롯한 화북지역의 이슬람교 요리는 소고기와 양고기 외에도 해산물, 민물고기, 새 알, 과일, 채소 등 다양한 재료를 사용하고, 불의 세기를 조절하는 것을 중시하고, 칼을 다루는 기술이 뛰어나며 색, 향, 맛, 모양을 모두 중시한다.

　셋째, 서남지역의 이슬람교 요리는 가금류와 균류식물을 주로 사용하며 요리가 깨끗하고 신선하며 재료 본래의 맛을 유지히는 깃을 중시한다.

3. 명절 음식 습속

　　　이슬람교를 믿는 민족은 일 년에 두 차례의 큰 명절이 있다.

　첫 번째는 개재절(開齋節, 이둘 피트르)로 육자절(肉孜節)이라고도 하며 이슬람교력 10월 1일이다. 개재절을 한 달 앞둔 라마단 달에 무슬림들은 단식을 하는데 이를 '사움(Saum)'이라고 한다. 라마단 달에는 매일 일출 전에 밥을 먹고 일출에서 일몰까지 어떠한 음식도 먹어서는 안 된다. 노인, 어린이, 임산부는 단식을 하지 않아도 되지만 역시 음식을 최대한 절제해야 한다. 29일이 지나 초승달이 보이면 단식이 완료되는

데 그 다음날이 바로 개재절이다. 만약 초승달이 보이지 않으면 하루 더 단식을 하고 개재절도 연기된다. 개재절에 무슬림들은 머리에 작고 하얀 모자를 쓰고 명절 복장을 입고 이슬람교 사원에 가서 예배를 드리고 서로의 안부를 묻는다. 또한 집집마다 유샹(油香, 유향 : 밀가루 반죽 튀김), 유궈(油果, 유과 : 밀가루 반죽 튀김), 산쯔(散子, 산자 : 꽈배기) 등을 튀기고 서로 선물한다. 개재절은 또 다른 말로 소년(小年)이라고도 하는데 일반적으로 사흘 동안 성대한 경축 활동이 이어진다.

　두 번째는 고이방절(古爾邦節)로 희생절(犧牲節, 이둘 아드하), 헌생절(獻生節)이라고도 하는데, 동물을 희생시켜 제물로 바친다는 뜻이다. 희생절은 이슬람교력 12월 10일로 한족의 춘절(春節)에 해당되는 명절이다. 명절이 오기 전 사람들은 집안을 깨끗이 청소한다. 명절날 아침에는 아침을 먹지 않고 태양이 떠오르기 전 이슬람교 사원에 가서 아홍이 『코란경』을 읽는 것을 듣고 서로에게 명절 안부를 묻는다. 이후 집에 돌아온 뒤 양고기를 먹으며 명절을 경축한다.

5 음식 금기의 비밀

다른 마을에 가면 먼저
그 곳의 금령을 물어보라

음식 금기는 중국인의 일상생활에서 흔히 볼 수 있는 일종의 문화 현상으로 생활환경에 따라 음식 금기도 서로 다르다. 즉, 어떤 지역에서는 일상적이고 당연한 일로 간주되는 일이 다른 지역에서는 금기일 수가 있다. 따라서 음식 금기로 말미암아 빚어지는 문화 충돌은 사람들이 교류하는 과정에서 자주 나타나는 현상이 되었다. 특히 경제와 문화가 끊임없이 발전하면서 사회 교류가 날로 빈번해지자 그로 말미암은 문화 충돌도 더욱 첨예화되었다. 그러므로 각 지방의 음식에 관한 금기 사항을 숙지하고 민족의 생활 습관을 존중하면 경제 교류, 문화 교류, 교제 활동 등에도 큰 도움이 될 것이다.

상서로움을 위한 금기 – 음식 금기의 의미와 유래

생활 속의 음식 금기는 '과학적인 음식 금기'나 습관 때문에 특정 음식을 먹지 않는 것과는 다른 개념이다. 여기서 말하는 '과학적인 음식 금기'는 과학적으로 보았을 때 독이 있거나 유해한 음식, 즉 기생충에 감염된 죽은 돼지, 자살한 드렁허리, 독버섯 등을 먹지 않거나 임산부가 찬 음식을 꺼리고, 설사할 때 동물성 기름을 피하듯 생리적인 원인으로 특정한 음식을 먹지 않는 것을 가리킨다. 이러한 과학적인 음식 금기는 음식 금기의 범주에 포함되지 않는다.

이외에도 원래는 먹어도 되는 음식(먹어도 전혀 위험하지 않은 음식)을 먹지 않거나 좋아하지 않는 경우가 있다. 예를 들어 북방 사람들은 뱀을 먹지 않고, 남방 사람들은 대부분 양고기를 먹지 않는다. 이처럼 특정 음식을 먹지 않거나 좋아하지 않는 것은 오랜 세월 동안의 생활 습관으로 비롯된 것이며 어떠한 무술적 의미나 종교적 의미도 담고 있지

않다. 따라서 이와 같이 특정 음식을 먹지 않는 현상도 음식 금기라고 할 수 없다.

음식 금기의 유래는 대체로 다음의 네 가지로 나누어 살펴 볼 수 있다.

첫째, 영력(靈力)에 대한 숭배와 두려움으로 인한 금기이다. '영력' 이란 이른바 초자연적인 신비한 힘이다. 고대 사람들은 동물이든 식물 이든 기타 사물이든 모두 정령이 깃들어 있으며 자연계의 각종 기이한 현상은 정령이 빚어낸 결과물이라고 생각했다. 이러한 정령은 인간에 게 복을 가져올 수도 있고 화를 입힐 수도 있는 것으로 여겼다. 사람들 은 재해를 면하고 행복을 얻기 위해 만물의 정령에게 기도를 하고 자신 의 언행과 거동을 신중히 하여 신령을 노하게 하는 것을 피했다. 이리 하여 여러 가지 금기가 생겨나게 되었다. 예를 들어 와족(伍族)은 영곡 신(迎穀神), 미신(米神), 과과신(瓜果神) 등을 위한 의식을 거행하고 각 종 햇곡식과 햇과일을 먹는 것을 금한다. 이들은 곡식과 과일에 모두 영혼이 깃들어 있으며 곡식을 빻으면 곡신(穀神)이 놀라 도망가므로 곡 식의 영혼을 위한 종교의식을 거행하여 곡식의 영혼을 불러들여야 한 다고 생각했다. 이렇게 해야만 곡식을 먹을 수 있고, 제사를 지내지 않 고 곡식을 먹으면 곡신으로부터 설사를 하는 등의 벌을 받게 된다고 여 겼다. 이러한 금기는 미신이라는 측면에서 당연히 배울 것은 못되지만 민족간의 단결을 도모하기 위해 와족의 풍속습관으로서 존중해주어야 한다.

둘째, 교훈을 총괄하고 명심하기 위한 금기이다. 고대의 인류는 무 지몽매하고 과학 문화가 낙후되어 우연히 발생한 현상을 보편적으로 적용되는 내재적 규율로 착각하는 경우가 많았으며, 한 사람이 이를 전 파하면 모두들 따름으로써 같은 일이 두 번 다시 반복되지 않도록 했다. 이로부터 점차 공통의 금기가 형성되었다. '생선 알과 돼지 간은 같이 먹으면 안 된다', '땅콩과 오이는 같이 먹으면 안 된다'와 같은 민간의 음식 궁합은 이로부터 연유되었다. 즉, 두 가지 음식을 같이 먹었을 때 그 중 한 가지가 부패하여 변하거나 먹은 후 기타 원인으로 말미암아 사람이 목숨을 잃게 되면 죽음의 원인을 이 두 가지 음식을 같이 먹었기 때문이라고 보았다. 이때부터 사람들은 이들 두 음식을 같이 먹으려 하지 않았고, 따라서 금기가 되었다.

셋째, 예(禮)에 대한 준수와 존중으로 비롯된 금기이다. 예는 귀족이 계급적 질서를 유지하는 사회규범이자 도덕규범이었다. 예의의 나라 중국에서 강조하는 예치(禮治)는 유가의 주요한 정치사상이자 중국 전통 문화의 핵심 내용이었다. 『순자(荀子)·수신편(修身篇)』에 "사람이 예를 갖추지 않으면 살 수가 없고, 일이 예를 갖추지 않으면 성사될 수가 없고, 국가가 예를 갖추지 않으면 평화로울 수가 없다."라는 말이 있다. 따라서 오늘날까지도 많은 전통적인 예의 규범들이 받들어지고 있다. 『예기(禮記)』에 보면 "예는 음식으로부터 시작한다."라는 말이 있다. 이 말처럼 민간의 음식 예절은 매우 복잡하고 엄격했으며, 사람들은 그것을 매우 준수하고 존중했다. 반대로 전통적인 음식 예절을 위반하고 저항하면, 즉 금기를 범하면, '규칙을 지키지 않는다', '예절을 모른다'고 말했다. 예를 들어 중국의 민간에서는 남녀가 같은 자리에서 밥을 먹는 것을 금했으며 그렇지 않으면 '남녀 부동석'의 금기를 어긴 것이었다. 민간의 식생활에서 금기는 대부분 '예'에서 비롯되었다.

넷째, 동종 사물에 대한 연상 작용으로 두려움과 걱정을 유발하여 생긴 금기이다. 농작물을 심을 때 수확할 수 있기를 바라고, 아이를 가졌을 때 건강한 아들을 낳을 수 있기를 바라고, 설에 축복하는 말을 많이 하기를 바라듯 일상생활에서 인류는 늘 미래에 희망을 걸고 살아간

다. 그런데 사람들의 사고 능력은 희망과 꿈을 자아내는 동시에 두려
움과 걱정도 불러일으킨다. 따라서 사람들이 불행을 피하고 행복을 얻
기 위해 재앙을 일으킬지도 모르는 자신의 소망과 상충되는 특정 사물
이나 그와 유사한 사물을 꺼리
게 되어 일종의 금기가 형성되
었다. 예를 들어 일부 지역에서
는 산모가 생강을 먹지 못하도
록 하는데, 이는 생강의 모양이
아이의 손가락을 연상시키기
때문에 아이가 육손으로 태어
날 것을 걱정해서이다. 또한,
호북의 민간에서는 설날에 밥
을 먹을 때 그릇 안에 있는 밥
을 다 먹어서는 안 된다. 그릇
을 비우는 것은 새해에 먹을 양
식이 떨어진다는 불길함을 상
징하기 때문이다. 이러한 인과
응보설은 영험한 기능이 있기
때문이 아니라 순전히 사람들
의 자아연상 작용으로 비롯된
것이다.

● 연회에서 자리에 앉는 순서
는 예(禮)의 표현이었다.

　물론 음식 금기는 여러 가지 원인이 복합적으로 작용하여 형성된 것
으로 그 중 가장 주요한 원인은 역시 만물에 영혼이 깃들어 있다는 원
시적인 무술 신앙이다.

기쁜 일이 있을 땐 배를 먹지 않네 – 각양각색의 음식 금기

민간의 음식 금기는 시간, 색깔, 명칭, 형상, 조합, 수량 등 다양한 방면에 걸쳐 각양각색으로 나타난다.

민간에서는 특정 음식과 재료는 특정 시기에 먹어서는 안 된다고 여긴다. 예를 들어 새해 첫날 민간의 공사 중인 지역에서는 죽을 먹으면 새해에 외출을 할 때 늘 비를 맞게 된다하여 금기시한다. 또 일부 지역에서는 새해 첫날 고구마를 먹으면 일년 내내 쌀밥을 못 먹는다하여 금기시한다. 모남족(毛南族)과 장족(壯族)은 새해 첫 날 채소를 먹으면 밭에 잡초가 자라 농작물 수확에 해를 끼친다고 하여 금기시한다.

또한 특정 계절에 한정된 음식 금기들이 있다. 일부 지역에서는 봄에 붕어를 먹지 않는데, 이는 붕어 머리에 벌레가 있어 무좀에 걸린다고 믿기 때문이다. 여름에는 닭을 먹지 않는데, 이는 닭이 지네와 온갖 곤충들을 다 먹어서 몸에 독을 품고 있으므로 사람이 먹으면 생명이 위험하다는 이유이다. 이밖에 가을에 생강을 먹으면 일찍 죽는다는 말도 있다.

어떤 음식들은 명칭 때문에 금기시된다. 예를 들어 일부 지역에서는 음력 6월 상신절(嘗新節)에 닭을 먹지 않는다. 중국어로 '닭'을 뜻하는 '지(鷄, jī)'는 '굶주림'을 뜻하는 '지(飢, jī)'와 발음이 같기 때문에 닭을 먹으면 기근에 시달린다고 생각했다. 민간에서는 결혼 피로연을 열거나 친지들이 모일 때 일반적으로 배를 금기시한다. 중국어로 '배'를 뜻하는 '리(梨, lí)'가 '이별'을 뜻하는 '리(離, lí)'와 발음이 같기 때문이다. 전하는 바에 따르면 당(唐)대의 이(李)씨 왕조 시기에는 잉어를 금기시 했다고 한다. 이씨의 '리(李, lǐ)'와 붕어를 뜻하는 '리(鯉, lǐ)'가 동음이니, 누가 감히 황제의 금기를 어길 수 있었겠는가? 거북이 역시 많은 지역에서 금기시하는 동물이다. 중국에서 거북을 나타내는 '구 (龜)' 자는 매춘부나 바람난 아내의 남편을 욕하는 말이며, '구이얼쯔(龜 兒子, 귀아자 : 거북이의 아들)'라는 욕이 있기 때문이다.

　일부 음식들은 모양이 아름답지 못해 사람들로 하여금 불길한 생각 이 들게 하므로 금기시되었다. 예를 들어 토가족(土家族)의 미혼남녀는 돼지 발굽을 먹으면 애인이 생기지 않고, 애인이 생겼다 하더라도 차인 다고 하여 금기시한다(대만에도 비슷한 습속이 있는데, 소녀들이 돼지 발굽 을 먹으면 결혼을 못 한다고 한다). 항주(杭州), 호주(湖洲) 일대에서는 과 거에 게를 먹으면 죽은 후 게산으로 쫓겨나 게의 집게에 찔리는 고통을 받게 된다고 하여 게를 먹지 않았다. 또한 게 중에서 등에 부스럼이 난 것, 다리가 불완전한 것, 외눈인 것, 배에 털이 난 것은 인체에 해롭다 고 여겼다. 중국의 많은 지방에서는 유아에게 닭발을 먹지 못하게 하는 데, 이는 닭발을 먹은 아이가 자라서 학교에 들어가면 닭발처럼 미운 글씨를 쓰게 되거나 책을 찢는 나쁜 습관이 생기거 나 혹은 손이 가려워 닭처럼 사람들과 싸움질을 좋아하게 된다는 믿음에서 비롯되었다. 이러한 것들은 모두 사람들의 일종의 심리적인 연상 작용에서 비롯된 것이다.

● 식생활에서 숫자도 하나의 예술이라고 할 수 있다. 주인 은 연회에 참석한 사람의 숫자 에 따라 요리를 준비한다.

민간에서는 음식의 궁합을 매우 중요하게 생각한다. 즉 모든 음식에는 저마다의 성질이 있는데 성질이 다른 음식이 섞이게 되면 독소가 함유된 새로운 물질이 생긴다고 여긴다. 이리하여 서로 상극인 음식을 같이 먹는 것을 꺼리게 되었다. 청대 『한거잡록(閑居雜錄)』에 물성상반(物性相反)에 관한 기록이 있다. "서로 상극인 음식, 즉 복어와 사슴고기를 같이 먹으면 목숨을 잃고, 양고기와 생선을 같이 먹으면 몸에 해로우며, 양의 간과 생고추를 같이 먹으면 장을 해치고, 돼지고기와 고수(미나리과의 한해살이 풀)를 같이 먹으면 배가 아프다." 중원 일대의 민간에서도 상극인 음식에 대한 금기가 전해 내려오고 있다. 예를 들어 생선과 형개(荊芥, 약재의 한 종류) 혹은 돼지 간을 같이 먹으면 목숨을 잃게 된다. 파와 꿀을 같이 먹어도 생명이 위험해지는데, 이를 '달콤한 독약'이라고 불렀다. 땅콩과 오이는 성질이 상반되기 때문에 같이 먹으면 장이 끊어져 목숨을 잃게 된다.

이러한 상극인 음식에 관한 금기는 오늘날까지 중국 민간에서 매우 유행하고 있다. 이 중에는 어느 정도 과학적인 내용도 있지만 대부분이 전혀 과학적 근거가 없는 주관적이고 억지스러운 내용이므로 믿을 만한 것이 못 된다.

중국 사람들은 숫자 놀이를 좋아하는데 음식을 먹을 때에도 특정 수량과 관련된 금기를 매우 중요시한다. 예를 들어 중국의 일부 지역에서는 손님을 초대할 때 허바오단(荷包蛋, 하포단 : 껍데기를 깨어서 풀지 않은 채로 끓는 물이나 기름에 익힌 계란)을 삶아 주는 습관이 있다. 그러나 절대 계란 두 개로 손님을 접대하지 않는다. 이것은 자칫 손님을 모욕하여 불쾌감을 유발할 수 있기 때문이다. 민간에서 얼단(二蛋, 이단 : 계란 두 개)은 남성의 고환을 의미하는데 이는 사람을 욕하는 말이다. 이리하여 계란 두 개를 꺼리는 금기가 생겨났는데, 손님을 곤혹스럽게 만

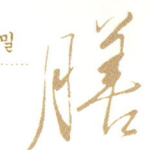

들지 않고, 주인이 대범하게 보이기 위해서 일반적으로 서너 개의 계란
으로 손님을 대접한다. 또한 '좋은 일은 쌍으로 일어난다' 는 믿음 때문
에 결혼 피로연에서 요리의 가짓수는 홀수를 피한다. 반대로 '재앙은
겹쳐 오게 마련이다' 는 말 때문에 장례식에서 요리의 가짓수는 짝수를
피한다. 마찬가지로 산동 일대에서는 과거에 제사를 지낼 때 음식과 술
의 가짓수가 짝수가 되는 것을 피했다.

천자(天子)도 다른 지방에 가면 그 지방의
풍속을 따라야 한다 - 음식에 관한 복잡하고 다양한 금기

　습속의 차이는 식생활의 차이도 불러일으켰다. 민간의 식생활에는
여러 가지 다양한 금기가 있는데, 이는 매우 복잡하다. 그 중 대부분의
금기 사항이 예의를 지키고 상서로움을 도모하기 위해 생겨났다.
　우선, 중국 사람들은 자신의 집에 손님을 초대하는 것을 좋아한다.
따라서 손님 접대 예절에 관한 음식 금기가 생겨나게 되었다. 예를 들
어 산동 일대에서는 손님에게 첫 번째 식사를 대접할 때 수이자오(水
餃, 수교 : 물만두)를 피한다. 수이자오는 송별연에서 먹는 음식이며 속
칭 군단바오(滾蛋包, 곤단포 : 滾蛋은 '꺼지다', 包는 '만두' 라는 뜻)라 하여
손님이 환영을 받지 못한다는 의미가 있다. 하남성 단성(鄲城) 일대에
서는 '세 가지 요리는 자라를 대접하고 여덟 가지 요리는 거북을 대접
하는 것이다' 라는 말 때문에 세 가지나 여덟 가지 요리로 손님을 대접
하는 것을 피한다.
　반면 예북(豫北) 일대에서는 '일곱 개의 접시, 여덟 개의 사발' 이란
말이 있는데, 요리의 가짓수가 풍성해야 손님을 접대하는 마음이 진실

하다는 것을 의미한다. 식사를 할 때 주인은 손님에게 손수 밥을 덜어 주고, 밥을 덜 때에는 숟가락을 밖으로 뒤집는 것을 금한다. 일설에 의 하면 이것이 감옥에서 죄수에게 밥을 덜어주는 방법이기 때문이라고도 하고, 또 어떤 사람들은 재물이 밖으로 새어나가는 것을 막기 위함이라 고 한다. 또한 빈 그릇을 치우거나 연회가 끝나기 전에 탁자와 주변을 정리하는 것은 손님을 쫓아내는 행동이라 하여 삼간다.

손님 접대를 좋아하는 묘족은 손님을 친절하게 정성껏 대접한다. 묘 족은 닭이나 오리의 염통이 손님 접대의 최고 요리라고 생각한다. 그러 나 손님이 혼자서 닭이나 오리의 염통을 다 먹는 것은 꺼리며, 함께 자 리한 연장자들과 나눠먹기를 바란다. 이렇게 하지 않으면 묘족 주인은 손님이 예의가 없다고 생각하고, 그는 환영을 받지 못한다. 중국 일부 지역에서는 손님을 초대하여 잔치를 베풀 때 주전자의 입구가 손님을 향하면 말다툼을 일으켜 불길하다고 여겨 이를 금한다.

● 젓가락을 밥그릇 위에 가로로 놓아두는 것은 귀신이나 조상에게 제사지낼 때 사용하는 방식이다.

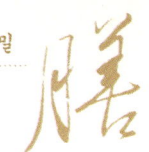

　중국인들의 식생활에서 젓가락과 사발은 필수품이다. 따라서 젓가락과 사발의 사용법에서 많은 금기를 찾을 수 있다. 민간에서는 식사를 할 때 젓가락으로 사발을 두드리는 것은 옛날 거지가 구걸을 하는 모습을 연상시킨다하여 가난을 피하기 위해 이를 금한다. 사발을 들 때는 다섯 손가락으로 자연스럽게 밥그릇을 감싸 들어 올리며 손바닥으로 사발 밑을 받치는 것 역시 거지가 구걸을 하는 모습이라 하여 꺼린다. 밥을 덜 때 창문으로 음식을 전달하는 것은 감옥에 있는 죄수에게나 하는 것이라고 여겨 역시 금한다. 또한 밥을 다 던 뒤에는 젓가락을 쌀밥 위에 꽂는 것을 꺼린다. 이는 장례를 치를 때 귀신에게 경의를 표하는 방식으로 손님에게 죽은 이를 연상시켜 불길하다는 데서 나왔다고 한다. 또 젓가락을 밥그릇 위에 가로로 놓는 것은 죽은 이를 기리는 방식이라 하여 금한다. 전하는 바에 의하면 명대이전에는 젓가락을 밥그릇 위에 두는 습속이 있었는데 후에 명 태조(太祖)가 보기 안 좋다고 꾸짖어 점차 금기가 되었다고 한다. 중국어로 젓가락[筷]은 '빨리'를 의미하는 '콰이(快, kuai)'와 동음이다. 따라서 젓가락 한 쌍을 분리해서 양쪽 밥그릇 옆에 하나씩 놓아두는 것은 '빨리 헤어져라'를 의미한다고 해서 꺼린다. 또한 젓가락의 길이는 한 쌍이 같아야 한다. 길이가 같지 않은 젓가락 쌍은 '뜻밖의 재난이나 변고'를 의미하는 '삼장양단(三長兩短)'이란 불길한 말을 연상시키기 때문이다.

　『예기(禮記)·내칙(內則)』에서는 "아이가 밥을 먹을 수 있게 되면 오른손으로 먹도록 가르쳐라"라는 말이 있다. 이처럼 젓가락을 잡을 때는 일반적으로 오른손을 사용하고, 민간에서는 왼손으로 젓가락을 잡는 것을 왼손잡이라고 하며 비정상으로 여긴다. 사람들은 젓가락을 잡는 위치로 장래아이의 배우자가 집에서 멀리 떠나 있을지 가까이 있을지를 점칠 수 있다고 생각한다. 즉 젓가락을 너무 높게 잡으면 장래의 배우자가 집에서 멀리 떠나 있고, 젓가락을 너무 낮게 잡으면 배우자가 집을 벗어나지 못하게 될 것이라 생각한다. 따라서 아이가 장래에 부모를 멀리 떠나게 되거나 성공하지 못하고 부모 곁에서 맴돌게 되는 것을 걱정하는 부모들은 아이가 젓가락을 위나 아래쪽으로 치우치게 잡지 않도록 교육한다. 이밖에 식사 중에 젓가락이 땅에 떨어지면 불길한 징조라 하여 떨어진 젓가락으로 땅에 '십(十)'자 모양을 그려 불길함을 떨쳐버리고 다시 사용한다.

탕약을 먹을 때 다 마시고 난 뒤 약 사발을 식탁 위에 엎어 놓아 앞으로 다시는 병에 걸려 약을 먹을 일이 있지 않기를 비는데, 이 때문에 다 먹은 밥그릇을 식탁 위에 엎어 놓는 것을 엄금한다. 또한 밥그릇을 엎어 놓으면 쉽게 병에 걸려 음식을 먹지 못하게 된다고 여긴다.

민간에서는 깨진 사발로 손님을 접대하기를 꺼린다. 과거에 죄수를 멀리 호송할 때 죄수가 먹은 밥그릇은 바로 내다 버렸으므로 가게 주인은 버려도 아깝지 않을 깨진 밥그릇을 죄수에게 주었다. 따라서 깨진 밥그릇으로 손님을 대접하는 것은 손님을 죄수로 대하는 일이나 다름없으므로 금기시했다.

연회에 참석할 때도 많은 금기가 있다. 우선, 연회에 참석하는 사람은 아무 이유 없이 늦어서는 안 된다. 초대 받은 사람이 연회 시간을 지키는 것은 주인과 다른 손님들에 대한 존중의 표시이며 예절바른 행동이다. 고의로 늦는 것은 위세를 부리는 듯한 인상을 주게 된다. 또한 민간에서는 양탁(凉桌)이라는 금기가 있다. 양탁이란 이미 배정된 연회 자리가 공석으로 남는 것을 뜻한다. 양탁은 특히 혼례 축하 연회에서 금기시 되는데, 이는 신혼부부에게 불행을 안겨준다고 여겨지기 때문이다.

다음으로 연회에 참석할 때는 반드시 자리의 순서를 지켜서 앉아야 한다. 전통 예절에서는 존비의 서열을 매우 중요시하는데, 가정의 연회에서는 주로 항렬에 따라 서열이 매겨지며 항렬이 같은 경우에는 나이와 관작을 고려한다. 민간의 혼례나 장례식 연회에서는 연장자가 윗자리에 앉고, 연소자가 아래나 측면의 자리에 앉는 자리 배치를 매우 중시

● 식기의 배치 방법도 일정한 규칙이 있다.

한다. 연장자가 자리에 앉지 않았는데 연소자가 먼저 앉으면 자리를 선점했다고 하고, 연장자의 자리를 좌우 양측이나 아래쪽에 배치하면 자리 배치가 무질서하다고 한다. 자리 배치가 무질서하면 연회에서 싸움이 일거나 연회가 중지되기도 하므로 민간에서는 이를 매우 금기시한다. 따라서 전문적인 결혼식 진행자에게 연회의 자리 배치를 맡겨 처리하도록 한다.

연회가 시작되면 계속해서 요리가 나오는데, 요리를 상에 올릴 때도 많은 금기가 있다. 민간 풍속에서 연장자의 식탁에 먼저 요리를 올리지 않는 것은 연장자에 대한 가장 큰 불손 행위이다. 연장자의 앞에 가장 먼저 요리를 올려야 하며 연장자가 먹기 시작해야 비로소 다른 사람들도 먹을 수 있다. 연회에서 먹을 수 있는 음식과 먹을 수 없는 음식에는

모두 특별한 규정이 있는데 이를 지키지 않으면 예의에 어긋나게 되며 망신을 당한다.

고급연회에서 음식을 돋보이게 만들기 위해 둘레에 장식한 조각이나 식용 장식물을 먹으면 남들에게 저속하고 먹는 것을 밝힌다는 인상을 주므로 먹지 말아야 한다. 바쓰(拔絲, 발사 : 마, 연뿌리, 사과 등에 뜨거운 엿, 술, 설탕을 묻혀 만든 요리로 식은 뒤 젓가락으로 집으면 실과 같이 늘어짐)와 같이 나오는 찬물은 바쓰의 온도를 내리기 위한 것이며 지웨이샤(基圍蝦, 기위하 : 바닷물을 끌어들인 못에서 양식한 새우)와 함께 나오는 장미탕은 손을 씻기 위한 용도이므로 이것들을 탕이나 국으로 오인하고 먹으면 다른 사람에게 견문이 좁다는 인상을 주게 된다.

"로마에 가면 로마법을 따르라"는 말처럼 외지에서 손님으로 초대되면 반드시 현지의 음식 풍속 습관을 숙지하고 그들의 금기를 범해서는 안 된다. 그렇지 않으면 웃음거리가 되거나 오해가 발생하게 될지도 모른다.

음식을 만드는 방법에도 법도가 있다 – 요리 과정에 얽힌 금기들

일상생활에서 요리를 할 때 때로는 기술적인 문제로 요리를 망치는 경우가 있다. 사람들은 이러한 실패의 원인을 어떠한 신비한 힘에 돌리곤 하는데, 이리하여 요리 과정에 얽힌 금기들이 많이 생겨났다.

이슬람교도들은 돼지, 나귀, 노새 등과 같은 불결한 동물은 먹지 않지만 소와 양은 먹을 수 있다. 그러나 이러한 먹을 수 있는 동물도 이를 도살한 사람이 누구인지를 봐야한다. 아훙(阿訇)이나 가축을 도살하는 규칙을 아는 이슬람교도가 죽인 동물은 깨끗하다고 여겨 먹을 수 있지만 비이슬람교도가 죽인 것은 불결하다고 여겨 먹지 않는다. 심지어 일부 지역에서는 오직 단칼에 죽은 동물만 먹고 두 번 이상 칼을 사용하여 죽인 동물은 먹지 않는다. 단칼에 죽지 않은 것은 알라께서 먹지 말라는 뜻을 나타낸 것으로 여기며 하늘의 뜻을 거역할 수 없기 때문에 이를 먹지 않는다.

중국의 일부 지역에서는 유탸오(油條, 유조 : 꽈배기의 일종)를 튀기거나 모모(饃饃, 마마 : 찐빵의 일종)를 찔 때 이웃이 놀러 오면 귀신의 노여움을 산다 하여 꺼린다. 이는 화가 난 귀신이 모모를 눌러서 굳게 하거나 기름을 마시는 등 괴이하고 불길한 일이 발생한다는 믿음 때문이다. 따라서 모모를 찌거나 유탸오를 튀길 때 대문에 가위를 걸어 두거나 찬물을 한 그릇 놓아 두어 외부사람에게 들어오지 말라는 표시를 한다. 때로는 아예 문을 잠가 버려 외부사람이 들어오는 것을 사전에 막는다. 공교롭게 모모를 찌거나 유탸오를 튀기고 있는 이웃집을 방문했을 때에는 우선 부엌에 가서 불을 지펴 주인을 위해 경건하게 용서를 구하고

● 유탸오를 튀길 때 이웃이 놀러오는 것을 꺼리는 것은 미신적인 색채를 띠고 있다.

아울러 주인의 양해를 구한다.

일부 지역에서는 신년에 츠바(糍粑, 자파 : 찹쌀을 쪄서 이겨 떡 모양으로 빚어 그늘에 말린 것으로 찌거나 삶거나 기름에 튀겨서 먹음)나 술 등 중요한 음식을 만들 때 임산부, 월경 중인 여자, 과부, 상을 당한 사람은 불길하다 하여 돕지 못하도록 한다. 전통적인 남존여비 사상에서 임산부와 월경 중인 여자는 불결하며 과부, 자손이 없는 자, 상을 당한 자는 박복하고 살기를 띠고 있다고 여겨진다. 따라서 신령을 모독하는 것을 피하기 위해 이들이 취사활동을 거드는 것을 금기시한다.

남방 일부 지역에서는 새해를 맞을 때 반드시 녠가오(年糕)를 쪄야 한다. 또한 녠가오를 잘 쪘는지의 여부는 새해의 사업운과 직결된다고 여겨 이에 얽힌 많은 금기들이 생겨났다. 가장 꺼리는 것은 아이들이 부엌 앞에서 참견하고 말을 함부로 하는 것이다. 민간에서는 아이들이 말참견을 하면 녠가오가 발효가 되지 않아 잘 쪄지지 않으며, 더 중요한 것은 이로 말미암아 새해에 하는 사업이 흥하지 못한다는 것이다.

묵은해를 보내고 새해를 맞을 때 자오쯔(餃子)를 빚어 먹는 것은 중국 북방 지역 특색의 음식 습관이다. 사람들이 이러한 풍속을 매우 중시하기 때문에 많은 금기들이 생겨났다. 동북 일대에서는 자오쯔를 빚을 때 가장자리를 누르면 '중의 머리'와 생김새가 비슷해져 불길하다고 생각하여 자오쯔의 주름을 잡지 않는다. 또한 완성한 자오쯔를 원형으로 배열하는 것을 꺼린다. 자오쯔를 원형으로 배열하는 것은 생활이 이미 봉쇄되어 앞으로의 길이 점점 좁아지고 꽉 막힌다는 것을 의미하기 때문이다. 반면에 자오쯔를 가로나 세로로 배열하면 앞날이 순탄하고 재운이 트인다는 것을 상징하는데, 이는 길함을 추구하고 불길함을 피하려는 마음이 그대로 드러난 행동이다.

호북성 일대에서는 녠판(年飯)을 태우거나 설익게 하는 것과 밥을

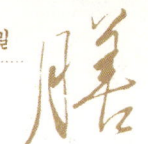

적게 해서 한 끼에 다 먹어버리는 것을 금기시한다. 태우거나 설익은 녠판은 새해에 탄 밥이나 설익은 밥을 자주 먹게 되는 것을 의미한다. 또한 녠판을 충분히 만드는 것은 이듬해까지 먹어서 풍족한 한 해를 보내라는 것을 상징한다. 따라서 녠판을 한 끼에 다 먹으면 일 년 내내 양식이 부족하여 끼니를 굶게 되는 것을 의미하므로 불길하다고 여겼다.

6 중국의 잔치 음식

술잔이 오가며 분위기가 무르익네

연회를 묘사한 작품으로는 화가 풍자개(豊子愷)의 『연회지고(宴會之苦)』와 학자 정진봉(鄭振鋒)의 『연지취(宴之趣)』가 있는데, 두 편 모두 원래의 취지에서 크게 벗어났다. 그러나 양실추(梁實秋)는 『청객(請客)』에서 매우 재미있게 연회를 잘 묘사했다. "사람들에게 자주 듣기를, '하루를 편하게 보내고 싶지 않으면 손님을 초대하고, 일 년을 편하게 보내고 싶지 않으면 집을 새로 짓고, 평생을 편하게 보내고 싶지 않으면 첩을 얻어라' 라고 한다. 손님을 초대하는 것은 겨우 하루만 편치 않으면 그만이니 사람마다 어쩌다가 한 번 해봐도 괜찮겠다고 생각한다." 물론 이 '어쩌다가 한 번 해보는 것'에도 그 목적과 역할이 있다는 것을 모두들 알고 있다.

일반적으로 연회란 사교의 목적으로 모여서 음식을 먹고, 술을 마시고, 오락을 하며 하나가 되는 일종의 집회를 의미한다. 자고로 중국 사람들은 연회를 매우 중시했다. 명절, 출산, 장례, 혼례, 이사, 환영, 송별, 과거 급제, 승진, 출세 등에 모두 친지와 친구를 초대하여 연회를 베푸는 것을 빼놓을 수 없었다. 연회는 인류의 사회생활 중에서 없어서는 안 될 중요한 부분으로 누구나 일 년에 몇 차례 '어쩌다가 한 번 해보는 것'을 빼놓을 수 없었다.

고대의 음식 문화 - 개인 그릇에 똑같이 나누어 담아 먹는다

저명한 학자 왕력(王力)은 『권채(勸菜)』에서 현재 중국의 연회 방식을 신랄하게 풍자했다. "중국인들이 화기애애하게 단결을 잘하는 것은 아마도 '침'으로 교류하기 때문일 것이다. 누군가가 음식을 나누어 담아 먹자고 주장해도 이와 동시에 음식을 더 이상 섞을 수 없는 정도로 섞어 놓는 사람들이 있다. 예를 들어 탕을 새로 한 그릇 만들면 주인은 자신의 숟가락으로 두어 번 휘젓고, 요리를 하나 새로 하면 역시 주인은 자신의 젓가락으로 두어 번 버무린다. 음식을 권할 때에는 더 돌볼 겨를도 없이 여러 사람을 거쳐 산해진미 하나당 예닐곱 사람의 침이 묻게 된다."

중국의 전통 연회 방식은 이처럼 다함께 한 자리에 앉아 나누어 먹는 형식이다. 경사가 있으면 손님을 초대하고 연회를 크게 베풀어 상다리가 부러질 때까지 음식을 차리는 것이 중국 연회 문화의 특징이다. 연회에서 다함께 음식을 먹으며 '침'으로 교류하는 것은 매우 열렬하고 성대해보이지만 위생상 좋지 않다. 따라서 음식을 하나의 접시에 담아 함께 먹는 전통은 마땅히 개선되어야 한다. 그러나 중국에서 이러한 전통이 뿌리내린 지는 약 천여 년 정

● 고대의 연회에서 술을 마시는 모습

도로, 역사적으로도 결코 오래된 일이 아니다. 한나라와 당나라 이전 사람들은 음식을 각자의 그릇에 담아 먹었다.

중국에서 음식을 각자의 그릇에 담아먹었던 역사는 선사 시대로 거슬러 올라가 살펴볼 수 있다. 원시 씨족 사회에서 사람들은 '재물의 공동 소유와 평균 분배'라는 공동의 원칙을 따랐다. 당시 씨족 사회 내부의 음식은 공동 소유였으며 음식이 익으면 사람 수대로 일인분씩 똑같이 분배했다. 이때 당시 숙소에는 부엌, 식당, 식탁 등이 없이 온 가족이 남녀노소 할 것 없이 모두 화당(火塘, 방바닥을 파서 둘레를 벽돌로 쌓고 그 안에다가 불을 피워 따뜻하게 하는 구덩이)을 둘러싸고 앉아 식사를

했다. 그래서 신석기 시대의 지혈식(地穴式), 반지혈식(半地穴式), 지면식(地面式) 건축물에서는 모두 예외 없이 화당의 흔적이 발견되고 있다. 이러한 화당은 대부분 방의 중앙에 설치되어 있었고, 모양은 원형, 사각형, 표주박형 등 다양했으며 지면으로 돌출되어 있었다. 배리강(裴李崗)과 앙소(仰韶) 등 신석기 시대 문화 유적지에서는 모두 화당의 흔적이 발견되었다. 이로부터 화당은 선사 시대 인류의 생활에서 빠질 수 없는 일부분이었음을 알 수 있다. 또한 화당이 대부분 가옥의 중앙에 설치되어 있었던 것으로 보아 원시 시대 가족들은 부뚜막을 둘러싸고 음식을 익히고 같이 맛보며 가정의 단란함을 즐기는 풍속이 있었음을 알 수 있다. 화당 유적의 곁에서 질그릇이 자주 발견되는데, 선사 시대 사람들은 이러한 취사도구를 사용하여 화당에서 음식을 익히고 똑같이 나누어 먹었다.

● 훠궈(火鍋)는 각자 개인 접시에 담아 먹는 것이 가장 필요한 음식이다.
일고여덟 개의 젓가락이 한데 섞이면 매우 비위생적이다.

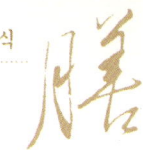

은상(殷商), 서주(西周) 시대에 이르러 중국민족은 원시 야만의 시대에서 청동기 시대로 진입했다. 사회 분업이 날로 세분화, 고정화되었고 물질 생산 방식에서도 장족의 발전이 있었다. 그러나 식생활에서는 이에 상응하는 변화가 일어나지 않았고 여전히 음식을 각자 나누어 먹었다. 곽보균(郭寶均)은 은허(殷墟) 발굴 도중 재미있는 현상을 하나 발견했다. 그는 『중국청동기시대(中國靑銅器時代)』에서 다음과 같이 언급했다. "은허에서 출토된 유물 가운데 질솥 파편이 대다수를 차지하는데 솥 하나가 한 사람이 한 끼 밥을 먹을 정도의 크기이다. 아마도 사람마다 솥 하나를 사용했으며 솥은 진흙을 구워 만들었다(신촌(辛村)의 서주 위후묘(衛侯墓) 중 25개의 무덤에서 질솥이 하나씩 나왔는데, 귀족도 예외 없이 개인 그릇을 하나씩 사용했음을 알 수 있다). 이 솥에 쌀과 물을 넣고 천천히 끓여서 쌀이 익으면 먹을 수 있었다." 이러한 식기로부터 당시 사람들이 음식을 각자 개인 그릇에 익혀 먹었음을 알 수 있다. 산동성 가상(嘉祥) 무량사(武梁祠)에 있는 동한(東漢) 시대 화상석(畫像石) 형거포부고사도(邢渠哺父故事圖)에 보면 형거(邢渠)가 젓가락으로 부친에게 음식을 먹이고 있는데, 형거의 손에 들려 있는 것은 아마도 국을 담는 사발이고, 뒤에 있는 부인의 손에 들려 있는 것은 밥을 담는 사발인 듯하다. 이로부터 당시에도 여전히 개인 그릇에 음식을 담아 먹었음을 알 수 있다.

『사기(史記)·맹상군열전(孟嘗君列傳)』을 보면 동주(東周) 이후에 음식을 개인 그릇에 담아 먹는 장면을 간접적으로 묘사한 기록이 있다. "맹상군이 설(薛)땅의 영주로 있을 때 제후, 빈객, 죄를 지어 도망 온 자들을 불러 모아 자신의 재산을 털어 이들을 후대했다. 천하의 선비들이 탄복하여 모여드니 식객이 천 명에 달했고, 맹상군은 귀천에 관계없이 이들을 똑같이 대접했다. 맹상군은 식객과 이야기를 나눌 때 친지의 거

처를 묻고 병풍 뒤에서 시사(侍史)가 맹상군과 식객의 말을 기록하게
했다. 식객이 떠난 뒤 맹상군은 사자를 보내 친지의 안부를 묻고 정중
히 예물을 하사했다. 하루는 맹상군이 식객과 함께 저녁을 먹었는데 누
군가 등불을 가렸다. 식객은 자신과 맹상군의 밥이 분명히 다를 것이라
고 생각하고 화가 나서 젓가락을 내려놓고 떠나려 했다. 맹상군이 바로
일어나서 자신의 밥과 식객의 밥을 비교하여 보여주자 손님은 부끄럽
기 짝이 없어 목을 베어 자살했다. 이로 말미암아 더욱 많은 선비들이
맹상군을 따르게 되었고, 맹상군은 이들 모두를 차별 없이 극진히 대우
했다." 만약 음식을 개인 그릇에 담아 먹지 않았다면 많은 사람이 같은
자리에 앉아 식사를 하는 연회에서 식객이 '밥이 같지 않다'라고 오인
하여 자살하는 비극은 일어나지 않았을 것이다.

황제가 연 성대한 연회에서조차도 음식을 개인 그릇에 담아 먹었다.
어찌하여 상(商), 주(周), 한(漢), 당(唐)에 걸친 오랜 시기 동안 중국에
서 음식을 개인 그릇에 담아먹는 방식이 유행했던 것일까? 이는 음식
을 똑같이 나누어 먹는 원시 사회의 전통과 관계가 있을 뿐 아니라 당
시 음식을 먹는 방식을 변화시킬 만한 외부 조건이 아직 성숙하지 않았
기 때문이다. 즉 음식을 한 그릇에 놓고 다같이 먹는 방식의 출현은 새
로운 가구의 탄생과 직접적인 연관이 있다.

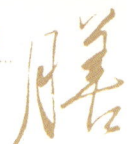

연회의 뿌리 탐구 – 연회 문화의 생성과 발전

연회(宴會)를 글자의 뜻으로 분석해 보면 연(宴)은 '편안하다'의 의미이다. 『설문해자(說文解字)』에 이 글자에 관한 설명이 있다. "연(宴)은 '편안하다'라는 의미이다. 연(宴)의 본뜻은 '안일하다', '편안하고 한가롭다'라는 의미이며 연락(宴樂), 연향(宴享), 연회(宴會) 등으로 의미가 확대되었고, 오랜 시일이 지나 '많은 사람이 참가하는 연회 활동'이란 뜻을 지니게 되었다."

연회는 탄생에서 현재에 이르기까지 기나긴 발전과정을 겪었다.

우선 식사를 하는 형식을 살펴보면 천자에서 서민에 이르기까지 누구나 차별 없이 땅바닥에 앉았다. 그러나 긴 시간 동안 땅바닥에 앉거나 무릎을 꿇고 식사를 하면 상당히 체력이 소모되었다. 이리하여 사람들은 연회 자리에 작은 탁자를 설치해두고 식사를 하게 되었다.

수당 시기에 연회 자리는 땅바닥에서 점차 높아져 탁자에 음식을 올려놓고 의자에 앉아 식사를 하게 되었다. 도곡(陶谷)의 『청이록(淸異錄)』에 다음과 같은 기록이 있다. "교의(交椅)는 칡덩굴로 앉는 면을 짰는데, 이음매로 이어져 있는 부분을 벌렸다 접었다 할 수 있고, 무게는 몇 근밖에 되지 않는다. 당 현종은 나들이를 좋아했는데, 수행하는 신

● 연회의 풍경을 묘사한 명화
한희재야연도(韓熙載夜宴圖)

하와 시종들이 야외에 자리를 펼 때 굴곡이 많은 산지에서는 황제가 쉬고 싶어도 천자의 수레를 안치할 수 있는 곳이 없음을 발견하고 교의를 고안해 내게 되었다고 한다. 당시에는 교의를 소요좌(逍遙座)라고 불렀다." 이로부터 당 현종 때 이미 교의가 있었음을 알 수 있다. 교의의 탄생으로 연회 자리가 점차 높아지기 시작했다.

오대(五代)에 이르러 연회 자리는 이미 의자 높이만큼 높아졌다. 물론 엄격히 말해서 당시의 연회 자리는 탁자와 비슷한 높이는 아니었다. 명대 이후에야 여덟 명이 한 자리에 앉는 팔선상(八仙床)이 출현했으며, 대략 청대 강희(康熙) 황제 전후로 현재의 원탁과 같은 가구가 출현했다. 청대의 임란치(林蘭癡)가 양주원(揚州園)의 원탁을 묘사한 바 있다. "탁자는 원래 사각형인데, 이 탁자는 모서리가 없고 둥글다. 두 부분으로 나누어져 하나로 조립할 수 있는 것도 있는데 대나무나 나무 중에서 자신의 기호에 따라 선택한다. 네모난 탁자는 팔선(八仙)이라고 하는데 둥근 탁자에는 열 명이 단란하게 에워싸고 앉을 수 있다." 또한 어떤 시에서는 다음과 같이 묘사했다. "날빛은 연회 자리의 원탁을 비추고, 아무 근심걱정 없이 모여서 연회가 시작되기를 기다리고 있네. 둥근 탁자에 함께 앉아 둥근 달을 감상하니, 늦게 온 손님도 걱정할 필요가 없네." 원탁은 앉는 자리로 서열을 매길 수 없기 때문에 식사를 하는 사람들에게 평등한 모임을 가질 수 있게 했고, 이는 오늘날까지도 계속하여 사용되고 있다.

연회 내용을 살펴보면 시간의 흐름에 따라 규모가 점차 방대해지고 요리의 종류도 풍성해졌다. 초기의 장례식 연회에서는 일반적으로 소, 양, 돼지 세 종류의 가축을 올렸는데, 주대에는 팔진(八珍)이라 하여 주식과 부식을 모두 합해서 겨우 여덟 가지였다. 춘추전국 시기에는 연회 요리의 수량과 예법, 지위를 연계시켜 '사람이 다르면 예우도 다르게

한다'는 말처럼 요리 숫자가 늘어났다. 『공양전(公羊傳)·환공이년(桓
公二年)』에서 하휴(何休)는 "예라는 것은 제사지냄에 천자는 구정(九
鼎), 제후는 칠정(七鼎), 대부(大夫)는 오정(五鼎), 원사(元士)는 삼정(三
鼎)이다."라고 주해했다. 이는 사회의 등급이 분명했다는 사실을 반영
한다. 진한(秦漢) 시기에는 요리의 배합기술이 크게 진보했다. 매승(枚
乘)의 『칠발(七發)』에 나타난 식단으로부터 한초(漢初)의 음식 심미 수
준이 이미 크게 향상되었음을 알 수 있다.

수당(隨唐) 시기 수 양제(煬帝)가 먹고 마시며 향락을 즐기는 풍조를
다시 일으켜 연회의 규모가 급격하게 커졌다. 당 중종(中宗) 시기 위거
원(韋巨源)이 상서령좌복야(尙書令左僕射)의 관직에 임명되었을 때 황

● 당(唐)대의 궁정 연회

제의 은혜에 보답하는 뜻으로 풍성한 연회를 열었는데, 요리의 종류가 무려 85가지에 달했다. 송(宋)대에는 연회의 규모가 더욱 커졌는데, 소흥(紹興) 21년인 1151년 청하(淸河) 군왕(郡王) 장준(張俊)은 송 고종(高宗) 조구(趙構)를 집으로 초대해 '어연(御宴)'을 베풀어 250여 가지의 요리를 올렸다. 청(淸)대의 연회는 역대 연회의 집대성이라 할 수 있다. 예의 격식에서나 요리의 수량, 규모에서나 모두 중국 고대 연회의 최고봉에 이르렀으며 그 중 대표적인 것이 바로 '만한전석(滿漢全席)'이다.

민국(民國) 이후 연회의 규모가 점차 축소되고 연회 요리의 배합도 합리화되었다. 이후 현대화가 진행됨에 따라 지각 있는 인사들이 연회를 대대적으로 개혁할 것을 주장했다. 즉, 연회 요리의 수량을 줄이고, 연회 시간을 단축하고, 영양과 예술 장식을 중시하고, 지방 특색을 살리자는 의견이었다. 이러한 개혁으로 말미암아 중국의 전통 연회는 형식과 내용면에서 모두 괄목할 만한 발전을 거두게 되었다. 요식업이 다시 한 번 번영기를 맞으면서 사람들의 음식 관념도 점차 변화하고 있고, 과학 문화 수준도 끊임없이 향상되고 있다. 21세기에는 진부한 연회 문화에 새로운 내용을 가미하여 왕성한 생명력을 불어 넣을 수 있기를 기대해 본다.

예의를 준수하라 – 연회의 예의와 풍속

『사기(史記)·항우본기(項羽本紀)』에 다음과 같은 일화가 있다. "서초패왕 항우는 홍문(鴻門)에서 성대한 연회를 열어 유방(劉邦)을 초대했다. 연회에서 항우와 항백(項伯)이 동향으로 앉고, 아보(亞父) 범증(范增)은 남향으로 앉고, 패공(沛公, 유방을 가리킴)이 북향으로 앉고, 장량

(張良)이 서향으로 앉았다. 여기서 항우와 그의 숙부 항백의 서쪽에 앉아 동쪽을 향하는 자리가 주인석으로 가장 존귀한 자리이다. 그 다음으로 높은 자리는 모사 범증이 앉아 있는 남향이었고, 다음은 손님인 유방이 앉아 있는 북향이었다. 이는 항우의 눈에 유방의 지위가 자신의 모사보다도 못하다는 것을 의미한다. 이중 장량의 지위가 가장 낮았으므로 동쪽에 앉아 서쪽을 향하는 자리를 배정 받았는데, 이는 손님의 시중을 드는 시좌(侍坐)였다. 홍문의 연회에서 자리의 배치가 주객이 전도된 것은 항우의 오만함과 유방과 장량에 대한 멸시를 드러낸다.

연회는 일종의 사교 활동이기는 하지만 당연히 지켜야 할 예의가 많이 있다. 공자는 "예(禮)를 아는 사람은 이치를 안다"라고 했다. 공자가 가리키는 '예'는 일종의 사회 질서로 구체적인 행위 규범이다. 연회는 일종의 특수한 사회 활동으로 조리 있고 질서 있게 진행해야 예정된 목적에 다다를 수 있으므로 일정한 예의 규범으로 지도하고 구속을 가해야 한다.

고대 연회 행사에서 자리배치는 매우 중요했다. 자리배치가 합당하지 않으면 손님이 화가 나서 돌아가거나 주인과 손님이 불쾌한 기분으로 연회를 파하는 일이 벌어졌다. 연회에서 손님의 자리배치는 손님의 신분과 지위를 반영한다.

과거에 궁정에서 성대한 연회를 열 때는 연회를 사흘 정도 앞두고 자리를 미리 배치해두고, 좌석분포도를 눈에 잘 띄는 곳에 걸어 두었으며, 자리마다 연회에 참석하는 관원의 성명과 직함을 달아놓아 연회에 참석하는 관원들이 그림을 보고 자신의 자리를 찾을 수 있었다. 『명회전(明會典)』의 제연통례(諸宴通例)에 이와 관련한 기록이 있다. "가정(嘉靖) 25년부터 오문(午門) 밖에서 황제가 여는 연회에 참석하는 관리는 광록사(光祿寺)에서 성명과 직함을 적어 의자에 붙여두도록 했다. 연회에 참석하는 관리들은 밖에서 질서정연하게 서서 기다리다가 머리를 땅에 대고 절하는 의례를 마치고 대신들이 모두 자리에 앉은 뒤 자신의 이름이 있는 자리에 앉을 수 있었으며, 미리 앉거나 자리의 순서를 무시하는 등의 예의에 벗어난 행동은 할 수 없었다."

● 항우는 연회에서 자리배치로 유방을 모욕했다.

요즘도 국가에서 주최하여 규모가 비교적 큰 연회는 고대의 유풍을 계승하여 초대장에 초대받는 사람의 성명과 좌석 번호를 표시한다. 연회에 참석하는 사람들은 이 번호에 따라 자리를 찾아 앉아 엄격하게 규율을 따르고 예절을 지킨다.

연회 자리의 배치는 통일된 불변의 기준이 없이 지역과 민족에 따라 차이가 크고, 사각 탁자나 원형 탁자를 사용하는지 여부에 따라서도 차이가 있다. 결론적으로 손님은 주인의 안배를 따라야 하며 현지의 풍습과 민족의 예절을 따라야 한다.

요리의 배치와 요리를 상에 올리는 순서도 연회 예의에서 빼놓을 수 없는 중요한 부분이다. 일찍이 선진 시기에 궁정연회에서는 요리의 배치를 매우 중시했다. 『예기(禮記) · 곡례(曲禮)』에 보면 다음과 같은 규칙이 있다. "음식을 먹는 예(禮)란 뼈가 든 고기는 좌측에, 잘게 썬 고기는 우측에, 물기가 없는 음식은 손님의 좌측에, 국과 탕은 손님의 우측

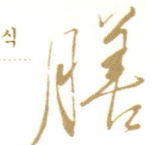

에, 얇게 썬 구운 고기는 바깥에, 식초와 간장 등의 조미료는 안쪽에, 잘게 저민 파는 먼 곳에, 술은 가까운 곳에 놓는 것이다. 또한 고기는 음식을 놓는 방향을 주의해야 하며 좌우가 뒤바뀌어서는 안 된다." 이렇듯 2천 년 전 사람들은 이미 연회 요리의 배치 규칙을 매우 중시했음을 알 수 있다.

전통 예절과 민간의 연회 관습에 따르면 연회에 통닭, 통거위, 통생선 등을 올릴 때 닭 머리, 거위 꼬리, 생선 등뼈를 주빈(主賓)에게 향하게 해서는 안 된다. 그러나 통생선은 배 쪽이 가시가 적고 부드럽고 맛있기 때문에 배 쪽을 주빈에게 향하게 하여 존경을 표시한다. 이와 같이 생선의 등을 주빈에게 향하지 않게 하는 풍속은 '어장검(魚藏劍)'고사에서 유래되었다고 한다.

춘추전국 시기 오(吳)나라 공자 희광(姬光)은 오왕 요(僚)를 죽이고 왕위를 계승하기 위해 용사 전제(專諸)에게 도움을 청했다. 희광은 전제가 생선 요리를 잘한다며 오왕에게 전제의 구운 생선 요리를 맛보라고 청했다. 전제는 생선을 구운 뒤 뱃속에 몰래 날카로운 단검을 숨겨두었다. 그리고는 오왕이 생선을 먹는 틈을 타서 생선 뱃속의 단검을 뽑아 들고 오왕 요를 베어 죽였다. 당시 전제는 검을 뽑기 편하게 하기 위해 바로 생선의 등을 오왕 요를 향해 놓았다.

중국 민간의 연회에서는 음식을 상에 올리는 순서를 매우 중요시한다. 지역과 연회마다 요리를 올리는 순서는 차이가 있지만 전체적으로 다음 원칙을 따른다.

첫째, 먼저 차가운 요리를 올리고 나중에 뜨거운 요리를 올린다.

둘째, 먼저 주요리를 올리고 나중에 부요리를 올린다.

셋째, 먼저 술안주를 올리고 나중에 반찬을 올린다.

넷째, 먼저 지방 특색의 요리를 올리고 나중에 일반적인 요리를 올린다.

다섯째, 먼저 고기 요리를 올리고 나중에 채소 요리를 올린다.

여섯째, 먼저 예쁘게 장식한 요리를 올리고 나중에 보통 요리를 올린다.

일곱째, 먼저 양이 많은 요리를 올리고 나중에 양이 적은 요리를 올린다.

여덟째, 먼저 짠 요리를 올리고 나중에 단 요리를 올린다.

아홉째, 먼저 맛이 진한 요리를 올리고 나중에 담백한 요리를 올린다.

열째, 먼저 요리를 올리고 나중에 과일과 디저트를 올린다.

이밖에 광동 일대에서는 먼저 청탕(淸湯)을 올려 식욕을 돋우게 한 뒤 주요리를 올린다. 이는 북방의 대부분 지역에서 가장 마지막에 탕을 올리는 것과 정반대되는 관습으로 광동 지역 연회의 특징을 드러낸다. 또한 강남(江南) 수향(水鄕)에서는 가장 마지막에 나오는 요리가 주로 통째 생선 요리이다. '남다'의 뜻인 '위(余)'와 생선을 나타내는 '魚'의 발음이 같기 때문에 '마지막에 생선(남음)이 있으면 풍요로움이 다하지 않아 넉넉한 생활을 하게 된다'는 상서로운 의미를 나타낸다.

각양각색의 지방 연회 - 각 지역의 특색 있는 연회 풍속

중국은 영토가 넓고 민족이 다양하다. 따라서 각기 다른 지역과 민족이 오랜 시간에 걸쳐 살아오는 과정 속에서 농후한 지방 혹은 민족 색채를 띤 연회가 점차 탄생했다. 다음의 몇 가지 예로 다양한 풍속의 특징을 살펴볼 수 있다.

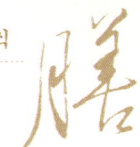

● 사천성 검각(劍閣)의
두부연(豆腐宴)

　첫째, 낙양(洛陽)의 수석(水席)은 하남성 낙양의 유명한 연회로 탕이
딸린 요리가 비교적 많기 때문에 붙여진 이름이다. 이 연회는 당(唐)대
낙양 사원에서 기원했는데 처음에는 승려들이 관직을 잇는 것을 축하
하는 채소 요리 연회였다가 관아에서 이를 도입했다. 이것이 점차 민간
으로 퍼지면서 채소와 고기 요리가 섞인 형태로 바뀌었다고 한다. 탁자
별로 24종류의 요리가 나오는데 요리에 따라 진하거나 담백한 탕이 딸
려 나오며, 새콤하거나 매운 지방 특색이 도드라진 독특한 맛이 난다.
낙양에서는 결혼과 같이 경사스러운 일을 축하하거나 장례식 등에서
항상 수석을 열고 필요에 따라 각기 다른 재료로 음식을 만든다. 즉, 귀
빈을 초대했을 경우에는 산해진미를 주요 재료로 사용하고, 일반적인
연회일 경우 전분 가루, 연뿌리, 고구마, 계란, 배추 등을 재료로 사용
한다. 그러나 어떤 연회이든지 거대한 무로 모란 모양을 흉내낸 제비집
요리인 뤄양옌차이(洛陽燕菜, 낙양연채)는 절대 빠질 수 없다. 뤄양옌차
이는 수석의 대표 요리로서 연회에서 가장 주목을 끌며 손님들의 사랑

을 한 몸에 받는다. 전하는 바에 따르면 이 요리는 무측천(武則天)의 높은 평가를 받았다고 한다.

둘째, 전양석(全羊席, 취안양시)은 북방 지역 민족 사이에서 전해지는 유명한 지방 특색의 연회이다. 전양석은 두 가지 형식이 있는데 하나는 깨끗이 씻은 양을 통째로 구워서 양념장, 간식과 함께 식탁에 올리고 손님이 알아서 베어 먹도록 한다. 다른 하나는 양의 각 부위(등, 꼬리, 척추, 창자, 허리, 귀, 발굽 근육, 혀 등)에 다양한 조미료를 넣고 끓는 물에 데치거나 볶거나 튀기거나 굽거나 삶거나 간장물에 삶는 등의 다양한 방법으로 조리하여 맛과 모양이 각기 다른 여러 가지 요리를 만드는 것이다.

● 낙양수석(洛陽水席)의 싼쓰위츠
(三絲魚翅, 삼사어시: 상어지느러미 요리)

중국 북방의 소수 민족은 대대로 양(羊)을 귀하게 여기는 전통이 있다. 이들의 일상생활에서 양은 중요한 지위를 차지하고 있다. 어떤 이

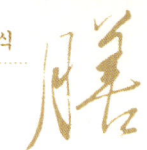

는 북방문화를 가리켜 양면문화(羊面文化)라 하고 남방문화를 가리켜 어미문화(魚米文化)라 하는데 이는 근거가 있는 말이다. 전양석에 관한 기록은 청나라 초기에 처음 보이며 건륭(乾隆) 황제 시기 서북, 화북, 동북 지역에서 유행하기 시작했다. 전양석은 이슬람교 특색을 띤 연회로 이슬람교도가 금기시하는 재료는 사용하지 않으며, 남방과 북방의 전양석 모두 이슬람교의 특색을 유지하고 있다. 다시 말해 전양석은 농후한 종교 색채를 띠고 있으며 북방 소수민족의 음식습관을 반영한다.

셋째, 강남의 선연(船宴)이다. 강남 중에서도 장강(長江) 삼각주 일대의 무석(无錫), 소주(蘇州) 남경(南京) 등지에는 수향(水鄉)이 많고 하천과 호수가 교차하여 이 지방 사람들은 배에서 선연을 여는 풍속이 있다. 강남 선연은 일종의 유동적인 연회(움직이지 않는 배도 있음)로 강남 수향의 골목골목을 다니며 마을의 풍경을 감상하면서 맛있는 음식을 먹는다. 선연의 요리는 대부분 수산물을 기본으로 한 생선 요리가 주를 이루며 정교하고 맛있다. 특히 작고 깜찍한 간식류는 강남선점(江南船點)이라고 불리며 중국 밀가루 간식의 한 유파가 되었다. 과거에 선연은 주로 관리의 집에서 열렸으나 오늘날에는 일반 서민들도 선연을 일종의 특수한 여가 방식으로 즐기고 있다. 다만 오늘날에 사용하는 연회용 배는 점점 호화스러워지고 설비도 현대화가 되었으며 배 위에서의 오락 방식도 매우 다양해졌다.

넷째, 중국 연회 발전사의 최고봉이라 할 수 있는 만한전석이다. 만한전석은 풍성한 요리, 정교한 기술, 특수한 재료, 엄격한 예절, 호화스러운 외관으로 국내외에서 매우 유명하다. 많은 외국인들이 만한전석을 맛보기 위해 먼 거리를 마다하지 않고 중국에 온다. 만한전석은 중화요리의 집대성이자 남북의 대표 요리를 한데 모아 놓은 '중국 제일의 연회'이다.

만한전석은 강희(康熙) 황제 이후의 청나라 궁중 연회인 '만석(滿席)'과 '한석(漢席)'으로부터 유래한다. 고위 관료 사이에서 생겨난 만한전석은 만주족과 한족 요리 기술의 결정체이다.

만한전석의 요리는 다음 네 가지 특색이 있다.

첫째, 요리재료가 광범위하고 정교한데, 각종 산해진미, 금수, 과일, 계절 채소 등 없는 것이 없다. 이처럼 재료의 종류가 광범위하고 진귀할 뿐만 아니라 재료를 선택할 때도 매우 신중하다. 예를 들어 새끼 돼지 구이 요리를 할 때는 반드시 열두 근 정도의 새끼 돼지를 골라 죽이기 사나흘 전부터 죽을 먹여 장과 위를 깨끗하게 만들고 비계를 늘린다.

둘째, 명칭이 우아할 뿐만 아니라 기술이 정밀하고 뛰어나다. 만한전석의 메뉴를 살펴보면 '여의주를 가지고 노는 용[烏龍戱珠, 우룽시주 : 오룽희주]', '금빛 갈고리에 걸린 은괴[金鉤掛銀條, 진고우과인탸오 : 금구괘은조]', '바람에 나부끼는 옥띠[風雲飄玉帶, 펑윈퍄오위다이 : 풍운표옥대]', '봄을 맞는 고목[枯木逢春, 쿠무펑춘 : 고목봉춘]' 등 요리의 이름이 시적인 정취가 있고 그림처럼 아름답다. 출중한 기술을 보유하고 더 훌륭한 기술을 위해 끊임없이 연마하는 전국 일류의 요리사만이 만한전석 요리를 제작할 수 있다. 예를 들어 솬양러우(涮羊肉, 쇄양육 : 양고기를 주재료로 하는 북경식 샤브샤브)는 촛불을 대었을 때 불빛이 통과할 정도로 얇게 썰어야 하고, 끝을 제거한 콩나물의 길이가 모두 같아야 한다. 이것으로 미루어 볼 때 그 기술이 얼마나 정교해야 하는지 가히 짐작할 수 있다.

셋째, 한족의 요리가 주를 이루고 만주족의 간식이 연회에서 중요한 지위를 차지하고 있다.

넷째, 요리의 종류가 매우 다양하다. 만한전석에 구체적으로 몇 가지 요리가 있는지는 통일된 의견이 없다. 사실 시대와 지역에 따라 만한전석에 오르는 요리의 숫자도 다른데, 많게는 200여 개에서 적게는 68개이다. 이중 108개라는 설이 가장 보편적인데, 중국 문화에서 108은 매우 길한 숫자인 것을 고려해 볼 때 끼워 맞춘 듯한 느낌이 없지 않다.

마지막으로, 공부연(孔府宴)이다. 공부연은 중국 역사상 가장 유명한 사상가이자 교육가인 공자의 직계 후손인 연성공(衍聖公)이 황제를 접대하거나 흠차대신(欽差大臣)을 맞을 때, 관직이 높이 오르거나 혼인, 생일 등 경축 행사를 할 때 역대 공부(孔府)의 유명요리사들이 심혈을 기울여 제작하여 형성된 각종 연회이다.

● 낙양수석(洛陽水席)의 쌍펑시야오주(雙鳳戲瑤柱, 쌍봉희요주: 닭과 말린 조개관자를 넣은 탕)

공부연은 줄곧 고대의 형식을 계승해 왔으며 예의와 규범이 엄격하고 좌석 배치, 착석, 요리 올리는 순서를 매우 중시한다. "좌석을 배치하는 것은 다리의 균형을 맞추는 것과 같다. 앞자리에 높은 사람을 모시고 왼쪽에는 지위가 높은 사람을, 오른쪽에는 지위가 낮은 사람을 배치한다. 이처럼 좌석 배치는 앞과 뒤가 있다." 좌석을 배치할 때는 손님을 상석에 앉히고 주인은 곁에 앉아 겸손과 존경을 표한다. 좌석의 배치와 요리를 올리는 순서는 선후가 분명하다. 음식을 올릴 때는 관례에 따라 짠 것을 먼저 싱거운 것을 나중에, 진한 것을 먼저 묽은 것을 나중에, 탕이 없는 것을 먼저 탕이 딸린 것을 나중에 올린다. 손님과 주인은 마주보고 앉아 순서에 따라 진상을 하며 시(詩)와 예(禮)의 가풍을 뽐낸다.

공부연은 요리의 명칭을 매우 중시하며 그 속에는 깊은 뜻이 있다. '하나의 알에서 나온 두 마리 봉황[一卵孵雙鳳, 이롼푸쐉펑 : 일란부쌍봉]', '시예은행[詩禮銀杏, 스리인싱 : 공부(孔府, 공자 후손의 거주지)의 시예당(詩禮堂) 앞에 있는 은행나무의 열매로 만든 요리라는 데서 붙여진 이름]', '양관삼첩[陽關三疊, 양관산뎨 : 이별의 정을 표현한 곡조의 제목에서 붙여진 이름으로 송별연에서 주로 먹음]', '티 없는 백옥[白玉無瑕, 바이위우샤 : 백옥무하]', '봄을 맞는 꾀꼬리[黃鸝迎春, 황리잉춘 : 황리영춘]' 등의 이름은 고풍스럽고 우아하며 시적인 정취가 있다.

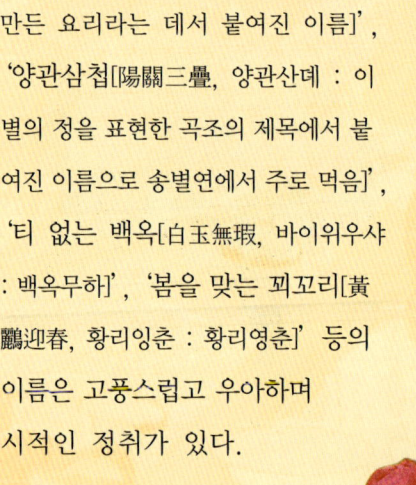

● 카오취안양(烤全羊, 고전양 : 통양구이)

'아들을 데리고 조정에 오르다[帶子上朝, 다이즈상차오 : 대자상조]', '옥대(임금이나 벼슬아치가 두르던 옥띠) 새우살[玉帶蝦仁, 위다이샤런 : 옥대하인]', '눈처럼 아름다운 호박보석[雪麗琥珀, 쉐리후포 : 설려호박]' 등의 명칭은 요리사가 높은 사람의 비위를 맞춰 기분을 좋게 하려는 의도에서 나왔다. 이밖에 '일품 솥[一品鍋, 이핀궈 : 일품과]', '일품두부(一品豆腐, 이핀더우푸)', '만수무강(萬壽無疆, 완서우우장)' 등의 명칭은 가문의 영예를 칭송하거나 상서로운 뜻을 나타내기 위한 것이다.

7 혼례 음식 문화

영원한 사랑을 굳게 맹세하다

중국 민간의 혼례 풍속은 음식 문화와 떼려야 뗄 수 없는 관계이다. 맞선에서부터 예물을 보내기까지, 신부가 친정집 문을 나설 때부터 신랑이 신부를 맞이할 때까지, 결혼식에서부터 처갓집으로 인사하러 가기까지 이 모든 혼사의 과정에서 '먹는 것'은 결코 빠질 수 없는 중요한 부분이다.

혼례 음식은 성대하고 상서로운 특징을 가지고 있다. 혼사는 인생 대사이기 때문에 성대하지 않으면 기쁜 마음을 잘 표현할 수가 없다. 따라서 결혼 피로연은 경사스럽고 떠들썩하고 성대한 특징을 가지고 있다.

혼례는 인생의 새로운 출발점이자 새로운 생활의 시작을 알리는 이정표이다. 사람들은 이왕 인생대사를 치르는 거라면 당연히 좋은 시작이 있기를 바란다. 따라서 혼례와 관련한 음식 행사에서 다양한 표현방식(예를 들면 음식, 덕담 등)을 통해 상서로움을 기리는 마음을 표현하고 행복한 미래를 기약한다.

마음에 드는 싱대와 손을 잡고 술집에 가서 술을 마신다
– 연애와 맞선 음식 풍습

중국의 전통적인 결혼 풍습에서 결혼 당사자는 부모와 중매쟁이의 말에 무조건 복종해야 했다. 남녀 쌍방은 모두 자신의 혼인에 대한 결정권이 없었을 뿐만 아니라 연애결혼은 더더욱 꿈도 꾸지 못했다.

그러나 중국의 일부 소수민족 지역에서는 남녀 결혼 당사자가 모두 배우자를 선택하고 연애를 할 수 있는 자유가 있었다. 이들은 명절 행사나 가우(歌圩, 노래 부르기 대회) 등에서 마음에 드는 사람을 물색했으

며 특별한 연회 활동으로 상대방에 대한 사랑의 마음을 표시했다. 청대 조익(趙翼)은 『첨폭잡기(瞻曝雜記)』에서 "매년 봄 가우에서 남녀가 양쪽으로 앉아 노래를 주고받는다. 노래 가사는 대부분 남녀상열지사의 내용이다. 만약 두 사람이 서로 좋아하면 노래를 마치고 바로 손을 잡고 술집에 가서 앉아서 술을 마시며 서로 선물을 교환하고 결혼 약속을 한다." 이처럼 남녀가 노래를 주고받고 술자리에서 결혼 약속을 하는 연애 방식은 중국 남부 소수민족 지역에서 매우 유행했다.

중국 남동부 일대에 사는 사족(畲族)은 젊은 남녀가 사랑의 노래를 주고받을 때 처녀가 마음에 드는 총각이 있으면 같이 밥을 먹을 때 특별히 그 총각을 위해서 밥을 덜어주고 몰래 둥글게 만 하얀 종이쪽지나 은반지를 밥에 숨겨두어 사랑을 고백하는데, 이를 '마음을 숨긴 밥'이라고 한다. 이 '마음의 밥'을 먹게 된 총각이 똑같이 그 처녀에게 마음이 있으면 기쁜 마음으로 주머니 안에 이것을 몰래 숨긴 뒤 헤어질 때 손수건을 선물한다. 그러고는 집에 돌아가 처녀의 집에 중매쟁이를 보내 청혼을 한다. 이처럼 한 그

● 카자흐족은 명절과 혼례에 양머리로 손님을 대접한다.

롯의 쌀밥이 남녀 혼인과 연애의 매개물이 되었다.

　운남성 서쌍판납(西雙版納) 지역의 태족(傣族) 처녀들은 성대한 명절이나 가우 기간에 집에서 칭둔취안지(淸燉全鷄, 청돈전계 : 푹 삶은 닭요리)를 만들어 작은 접시에 담은 뒤 시장에 모여서 판다. 이때 총각들이 이것을 사러 간다. 처녀가 총각에게 마음이 없다면 가격을 두 배로 부르고, 마음이 있으면 함축적인 대답을 하고 서로 속마음을 전달한 뒤 칭둔취안지를 밀림으로 가져가 같이 먹는다. 이처럼 칭둔취안지는 한 쌍의 남녀를 단단히 묶어주는 사랑의 끈이라 할 수 있다.

　연회는 청춘 남녀가 연애를 하는 이상적인 장소 중 하나이다. 전남(滇南) 홍하(紅河)변의 엽거인(葉車人, 하니(哈尼)족의 한 분파)은 아바둬(阿巴多, 아파다)라고 하는 특이한 연회를 연다. 이 연회는 청춘 남녀에게 배우자를 선택할 기회를 주기 위해 특별히 열리는 일종의 '연애 연회'이다. 총각들이 연회를 준비하는데, 이들은 의논을 해서 처녀들이 비교적 많은 촌락을 하나 정하고 처녀들의 허락을 받으면 총각들이 닭을 잡고, 돼지고기를 삶고, 술을 따르는 준비 작업에 들어간다. 저녁 무렵 총각들은 사각 탁자 몇 개를 이어놓고 그 위에 생선, 고기, 땅콩 볶음, 꿀 츠바(糍粑), 허바오단(荷包蛋, 하포단 : 껍데기를 깨어서 풀지 않은 채로 끓는 물이나 기름에 익힌 달걀), 칭둔공지(淸燉公鷄, 청돈공계 : 푹 삶은 닭요리) 등의 요리를 푸짐하게 차린다. 총각 대표와 처녀 대표가 한 쌍을 이루어 앞장을 서서 연회장으로 들어와 앉으면 다른 남녀들이 짝을 이루어 자리에 앉는다. 술 따르는 사람은 유머 감각을 갖추었는데, 먼저 총각 대표와 처녀 대표에게 술을 따라주고 총각 대표가 '술 권하는 노래'를 불러 처녀 대표에게 술을 권하면 처녀 대표가 노래로 이에 화답한다. 한 쌍의 남녀가 노래를 주고받으며 술을 권할 때 나머지 커플은 서로 음식을 권한다. 노래를 주고받으며 교류하는 과정에서

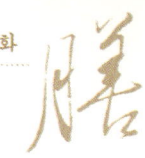

서로 호감이 생기면 연회가 끝난 후 서로 증표를 교환하여 재회를 기약한다.

귀주성 북서쪽에 사는 묘족(苗族)도 아바둬와 유사한 녠훠판(年伙飯, 연화반)이라 불리는 '연애밥 먹기' 풍습이 있다. 아바둬와 다른 것은 총각들이 처녀들을 연회에 초대하는 것이 아니라 반대로 처녀들이 총각들을 연회에 초대한다는 점이다.

매년 음력 1월 1일에서 3일까지 마을의 처녀들은 모여서 밥과 반찬을 준비하고 완성되면 탁자와 의자를 촌락 입구 교통의 요지에 벌려 놓는다. 이웃 마을의 총각들은 예정대로 삼삼오오 무리를 지어 처녀들의 마을에 놀러간다. 이들이 마을 입구에 다다를 무렵 노래를 불러 처녀들에게 신호를 보내면 처녀들이 화답을 한다. 남녀 쌍방이 서로 알든 모르든 관계없이 처녀들은 총각들에게 음식을 권하고 총각들도 이를 거절하지 않는다. 이들은 음식을 먹으며 사랑의 노래를 부르고, 이처럼 자유스럽고 유쾌하고 정이 넘치는 연회 활동에서 사랑의 씨앗이 하나하나 싹튼다.

찻잎, 술, 닭, 양을 보내 정혼하다 – 결혼 예물로 보내는 음식

중국 민간의 결혼 풍습에서 남녀 쌍방이 서로 마음에 들고 사주팔자가 맞으면 부모의 동의를 구해 정식으로 약혼을 한다. 약혼식 날 신랑측은 반드시 신부측에 예물을 보내야 하는데, 이때 보내는 예물은 혼사라는 주제에 맞게 상서로움의 의미를 담고 있어야 한다.

중국 대다수의 지역에서 찻잎은 빼놓을 수 없는 결혼 예물이다. 라후(拉祜)족은 '찻잎이 없으면 결혼했다고 할 수 없다' 라는 속담이 있

● 약혼 예물인 찻잎은 충정(忠貞)을 상징한다.

다. 호남성과 귀주성 일대에서는 남녀 쌍방이 구혼하는 것을 '차를 요구하다' 라고 하고, 신부가 예물을 받는 것을 '차를 먹다' 혹은 '차를 받다' 라고 한다. 일부 지역에서는 신랑이 신부에게 예물을 보내는 것을 아예 다례(茶禮)라고 한다. '이미 다른 집의 다례를 받았다' 라고 하면 그 집의 딸이 이미 약혼을 했다는 것을 뜻한다. 이로부터 차는 민간 혼례에서 중요한 예물임을 알 수 있다.

신랑이 신부에게 예물을 보낼 때 왜 하필 찻잎을 보내게 되었을까?

명대의 낭영(郎瑛)은 『칠수유고(七修類稿)』에서 다소(茶疏, 명대 허차서가 지은 차 평론서)를 인용하여 말했다. "차는 뿌리를 옮기지 않고, 식물은 반드시 자손을 낳는다. 옛날 사람들은 결혼을 할 때 반드시 찻잎을 예물로 보냈는데, 이는 움직이지 않는 식물의 특성을 빌어 혼인에 대한 소망을 나타냄이라." 청말의 소주 민가 『간다엽녀(揀茶葉女)』에서는 "찻잎이 어떻게 정혼의 상징이 되었을까. 그건 오직 차나무만이 뿌리를 움직이지 않아서라네. 찻잎을 아직 받지 않은 처녀라면 총각과 정혼을 논할 수 있네."라고 노래한다. 즉, 찻잎을 예물로 보내는 것은 경제적, 실용적 가치 때문만이 아니라 혼약이 일단 맺어지면 흔들림 없이 확고부동한 자세를 견지하며 절대 후회하지 말라는 뜻을 함축하고 있다.

물론 현실 생활에서 결혼이 항상 행복한 것은 아니며 결혼을 한 뒤 후회할 때도 있다. 귀주성 삼수(三穗), 천주(天柱) 일대의 동족(侗族) 처녀들은 부모 주도로 이루어진 정략결혼이 마음에 들지 않으면 찻잎을 되돌려 보내는 방식으로 결혼을 취소할 수 있다. 그 절차는 우선 처녀가 종이에 찻잎을 싸고 적당한 날을 골라 직접 약혼자의 집으로 가져가 남자의 부모님께 말한다. "아버님, 어머님 저는 두 분을 모실 복이 없네요. 다른 며느리를 찾아보세요!" 말을 마친 후 찻잎을 집안의 탁자 위에 두고 떠난다. 이 찻잎은 모든 결혼 예물을 대표한다. 찻잎을 돌려주는 것은 곧 결혼 예물을 돌려주는 것이며 이로써 혼약은 없었던 일이 된다.

과거에는 찻잎 이외에 닭과 거위 등도 중요한 결혼 예물이었다. 결혼 예물로 닭이나 거위를 사용하는 것은 아마도 고대에 기러기를 예물로 사용하던 것에서 변화 발전한 풍습일 것이다. 『오례통고(五禮通考)』에서는 예지(禮志)를 인용하여 다음과 같이 말한다. "혼례의 절차인 납채(納采), 문명(問名), 납길(納吉), 청기(請期), 친영(親迎)을 행할 때는 기러기와 백양 한 마리씩을 보내야한다."

『백호통(百虎通)·가취편(嫁娶篇)』에 기러기를 결혼 예물로 쓰는 의미에 대해 기록되어 있다. "기러기를 예물로 쓰는 것은 기러기가 수시로 남과 북으로 이동하지만 절대 이동시기를 어기지 않기 때문이다. 즉, 여성의 혼기를 놓치지 말라는 뜻을 나타낸다. 또한 기러기는 나이대로 열을 지어 날아다니는데, 이를 통해 혼례를 행할 때 장유유서의 원칙을 어기지 말라는 뜻을 나타낸다." 대만 학자 마지숙(馬之驌)의 설명에 따르면 철새인 기러기는 가을에 남쪽으로 가서 봄에 북쪽으로 돌아오는데 오고가는 시간이 항상 일정하여 결코 약속을 저버리지 않기 때문에 남녀 약속의 상징물이 되었다고 한다. 또한 '농사철을 어기지 않는다'는 유가사상 중의 어진 정치 원칙처럼 성욕은 가장 강한 생리적 충동이기 때문에 남녀가 청춘기에 이르면 결혼을 해야 하며 혼기를 놓치면 성욕을 조절하지 못하고 방종한 생활을 하게 된다. 따라서 기러기를 예물로 보내는 것은 결혼 적령기에 이르렀음을 뜻한다. 이밖에 기러기는 장거리 이동을 할 때 나이가 많은 기러기가 앞에서 이끌고 어리고 약한 기러기는 뒤에서 따라오며 절대 앞지르지 않는다. 이처럼 결혼 예물로 기러기를 보내는 것은 실로 여러 가지 의미가 있다. 후에 기러기를 구하기가 어렵게 되자 거위나 닭으로 이를 대신하게 되었다.

오늘날 하북성, 요녕성, 안휘성, 강소성 등지의 민간에서 여전히 닭과 거위를 예물로 보내지만 사람들은 그 속에 담긴 뜻은 모르고 있는 듯하다.

'술이 없으면 예(禮)를 갖출 수 없다'라는 속담이 있다. 결혼 예물에도 당연히 술이 빠질 수 없다. 중국어로 술을 뜻하는 주(酒, jiu, 주)는

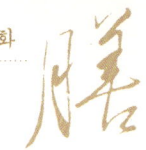

'영원하다' 라는 뜻의 久와 발음이 같다. 따라서 결혼 예물로 술을 사용하는 것은 부부가 백년해로하고 하늘과 땅처럼 영원히 변치 않기를 축복하는 뜻을 담고 있다. 두우(杜佑)는 『통전(通典)』에서 술을 결혼 예물로 쓰는 이유는 '청주(淸酒)는 복을 내리고, 백주(白酒)는 기쁨의 시작'이기 때문이라고 밝혔다. 술은 사람들에게 행복과 환락을 안겨주므로 술을 결혼 예물로 사용하는 것은 매우 적합하다. 오늘날에도 도시든 농촌이든 정혼한 남성이 약혼녀의 집을 처음 방문할 때 고급술 두어 병을 사서 장인어른께 선물로 드리는 것은 빼놓을 수 없는 예절이다.

호박씨, 대추, 콩, 밤을 보낸다 – 시집갈 때 들고 가는 음식

출각(出閣)은 중국 민간 속어로 출가(出嫁)의 의미이다. 남녀 쌍방이 혼인 날짜를 정한 후 신랑은 신혼 방을 꾸미고, 신부는 혼수를 준비하기 시작한다. 혼수는 일반적인 의류, 장식품, 일상용품 외에 지역에 따

● 절강성 온령(溫嶺) 지방 신부의 혼수품인 바구니.
희(喜)자가 새겨진 바구니는 신부가 붉은 계란을
넣어 두는 혼수품이다.

라서는 약간의 음식도 포함되어 있다. 그러나 혼수 음식은 가치가 중요한 것이 아니다. 혼수 음식을 빌어 상서로운 뜻을 표현하여 신혼을 축복하고 결혼 후의 행복한 생활에 대한 간절한 바람을 나타내는 것이 중요하다.

중국의 전통 사상에 따르면 결혼의 목적은 자식을 낳아 대를 잇는 것이다. '불효에는 세 가지가 있는데 그중 대를 이을 자식이 없는 것이 가장 큰 불효다' 라는 말이 있듯이 불임은 신혼부부에게 가장 불행한 일 중 하나이다. 따라서 각지의 혼례 음식은 대부분 '일찍 아들을 낳고, 아들을 많이 낳아라' 라는 뜻을 담고 있으며 혼수 음식도 이와 마찬가지이다.

각지의 혼수 음식을 자세히 관찰해 보면 호박씨[瓜子], 대추[棗子], 콩[豆子], 밤[栗子] 등 대부분이 이름 뒤에 자(子)자가 있음을 알 수 있다. 넓은 의미의 자(子)는 '자녀'를 가리키고 좁은 의미의 자(子)는 '아들'을 가리킨다. 중국에는 남아선호라는 봉건의식이 뿌리박혀 있어 결혼 후 자식을 낳길 바랄 뿐만 아니라 반드시 아들을 낳길 원한다. 아들을 낳아야만 대를 이을 수 있기 때문에 호박씨, 콩, 밤 등의 음식으로 신혼부부가 아들을 낳길 기원한다.

섬서성의 일부 지역에서는 신부가 출가할 때 혼수로 가져가는 솜이불의 네 모서리에 대추[棗子], 땅콩[花生], 용안[桂圓], 호박씨[瓜子]의 네 가지 음식을 넣어간다. 명목상으로는 신부가 밤에 배고프면 출출함을 달래기 위한 것이라지만 사실상 이 네 가지 음식의 이름을 조합해 보면 '귀한 아들을 빨리 낳아라' 라는 의미가 있다. 즉 대추[棗子]의 棗는 '빨리' 라는 의미의 무와 동음이고, 땅콩[花生]의 生은 '낳다' 라는 의미이고, 용안[桂圓]의 桂는 '귀하다' 란 뜻의 貴와 동음이고, 호박씨[瓜子]의 子는 '아들' 이라는 뜻이다. 호북성 남동쪽 지역에서는 신부가 출가할

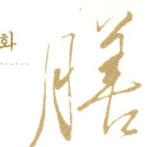

때 어머니가 딸을 위해 익은 콩(일반적으로 황두와 참깨를 볶아 만듦)을 몇 되 준비해서 혼수로 보내는 도자기 안에 넣어두면 혼례 다음날 신부는 이것으로 집을 방문하는 축하객들을 대접한다. 이곳에서는 콩의 앞 글자 豆가 '모두' 라는 뜻의 都와 발음이 같기 때문에 콩[豆子]은 '낳은 아이가 모두 아들이다' 라는 뜻이 있다.

중국 각지에서 계란은 일반적인 혼수 음식으로 일부지역에서는 계란을 계자(鷄子)라고 부른다. 강소성과 절강성 일대의 혼수 중에는 자손통(子孫桶)이라는 게 있는데, 이 통에 계란과 과일을 넣어 신랑 집으로 보내면 시어머니가 받아서 이것을 꺼낸다. 이곳에서는 이를 가리켜 '아들을 보내왔다[送子]' 라고 한다.

대만 고웅(高雄) 미농진(美濃鎭) 일대에서는 예전에 신부가 출가할 때 늙은 암탉 한 마리를 데리고 갔는데, 가급적 그날 알을 낳을 수 있는 닭이면 더욱 좋았다. 손님들은 이것을 보고 '아들 낳기를 바랍니다' 라고 신혼부부에게 농담을 했다. 이러한 행동은 아들 낳기를 간절히 바라는 사람들의 마음을 나타낸다.

영남(嶺南) 지역의 혼수는 석류를 빼놓을 수 없다. 석류는 씨가 많은데, 씨를 의미하는 籽는 子와 동음이다. 따라서 석류는 자연히 '아들과 손자를 많이 낳아라' 라는 의미를 가지게 되었다.

봉황이 허리춤에 다섯 가지 향을 끼고 있다
– 신부를 맞이할 때의 음식

결혼 날짜가 다가오면 신랑측은 사람을 보내 신부 집에 알리고 제때에 신부를 맞이하기 위한 준비를 하는데, 민간에서는 이를 가리켜 최장

(催妝)이라고 한다. 명대의 여곤(呂坤)은 『사례의(四禮疑)』에서 "최장은 신부를 맞이하는 것을 의미한다. 이날 신랑은 술자리 두 상을 신부 집에 차려주고, 붉은 옷 한 벌, 연지, 분, 수건, 빗을 신부에게 예물로 준다."라고 했다.

과거에 절강성 사족(畲族)은 신부를 맞이하는 손님들에게 독특한 형식의 시험을 치르게 했다. 결혼 첫날 신랑과 적랑(赤郎, 말재주가 좋고 요리를 잘하는 신랑의 들러리)은 최장(催妝)하는 날 술을 보내러 신부 집에 간다. 신부의 오빠, 올케, 언니, 여동생은 적랑이 손수 준비한 결혼 연회를 즐긴다. 요리가 시작되면 신부 집의 부엌은 아무 것도 남김없이 텅텅 비워지는데, 적랑이 술자리를 차리려면 신부 집에서 준비한 재료와 도구를 사용해야만 한다. 물건을 빌릴 때마다 적랑은 상서로운 비유가 담긴 노래를 불러야 한다. 노래가 맞으면 곁에 있던 신부의 언니나 여동생, 올케가 물건을 하나 주고, 틀리면 주지 않는다.

가사의 내용은 대략 다음과 같다.

"지역마다 풍속과 예절이 다르네. 옛날의 예절을 이어 받아 행할 때 솥을 빌리는 것은 당연한 일이로세. 새신랑은 산속에서 놀기만 하고 서당에 발을 들여 놓지 않아 학문과 견식이 얕구나. 예를 행함이 완전하지 않고 틀리게 읊는 것을 너무 질책하지 마시고 양해를 바랍니다."

이것은 적랑의 겸손한 시작 노래이다. 이후 노래를 부르며 물건을 하나하나 빌린다.

"사방이 담으로 둘러싸여 있고(부뚜막), 가운데에 용이 사는 깊은 못이 있고(솥), 구리거울이 쌍으로 달빛을 마주하고(솥뚜껑), 수탉이 바다 가운데에서 목욕을 하고(국자), 세 발이 화염산을 디디고 있고(풍로), 두 귀가 기쁘게 하늘을 향하고 있고(귀가 두 개 달린 솥), 청룡이 차향이 나는 샘물을 마시고(찻주전자), 선녀가 향을 피워 항아리를 씻고(솥을 씻는

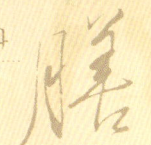

대나무로 만든 솥), 잉어가 몸을 하얗게 뒤집어 쌍으로 모여 있고(식칼), 봉황이 허리춤에 다섯 가지 향을 끼고 있고(뒤집개), 사방에서 나무의 네 모서리로 떨어지고(도마), 황룡이 물을 싣고 동해로 가고(물통), 진주를 건지려고 그물을 바다에 던지고(조리), 구룡(九龍)이 높은 산에서 운무를 뿜어내고(시루), 선녀가 빙그레 웃으며 피리를 분다(화통)."

노래를 마치면 적랑은 고기를 굽는데, 아가씨들은 일부러 젖은 땔감을 주어 적랑이 눈물이 날 정도로 연기가 나게 만든다. 이곳에서 적랑을 하려면 말재주가 있어야 할 뿐 아니라 어느 정도 요리 기술도 있어야 했음을 알 수 있다.

중국 속담에 '머리를 숙이고 며느리를 들이고, 머리를 들고 딸을 시집보낸다'라고 한다. 즉 신랑은 아내를 맞을 때 참을성을 가지고 일을 처리해야 한다. 일단 신부측의 노여움을 사면 시간을 지체할 뿐만 아니라 심지어는 신부를 데려가지 못하고 대사를 그르칠 수 있다.

신랑측이 신부 집으로 신부를 맞이하러 가면 신부의 배빈들은 짓궂은 장난을 치거나 신랑의 무리를 질책하고 비웃고 욕하기도 하고, 각종 방법을 동원하여 돈을 요구한다. 호북성 동쪽 일대에서는 신부 집이 먼 길을 온 신랑의 무리를 환대하고 연회가 무르익으면 갑자기 주방장이 주방에서 커다란 생고기 덩어리를 들고 나와 연회석의 가운데에 놓는다.

● 현대 사람들의 결혼 피로연은 대부분 음식점에서 열린다. 이처럼 전통적인 식습관은 많은 변화가 생겼다.

신랑의 무리들은 이것이 바로 현지의 혼례 연회에서 빠질 수 없는 '둥포러우(東坡肉, 동파육 : 송나라의 시인 소동파(蘇東坡)가 즐겨 먹었다는 돼지고기 조림)'라는 것을 한 눈에 알아챘다. 신랑의 무리들이 이 고기를 먹고 싶다면 반드시 요리사에게 돈을 주어야 한다. 주방장은 돈을 받으면 주방에 가서 이미 구워 놓은 둥포러우를 가지고 나온다. 신랑이 만약 주방장에게만 돈을 주고 음식을 나르는 이들에게는 주지 않았다면 이들은 요리를 올릴 때 고의로 신랑의 무리에게 탕국을 쏟는다. 이때 신랑의 무리들은 화를 내서는 안 된다. 오히려 음식을 나르는 이들에게 "선생님 수고하십니다"하고 사죄해야 한다. 말을 마치고 붉은 돈지갑을 쟁반 위에 올려놓는다.

이처럼 신랑의 무리들이 신부를 데리고 돌아가기까지는 몇 차례의 우여곡절을 겪어야만 한다.

신부가 집을 나서면 신부의 친지와 친구들은 일정한 거리까지 배웅을 하거나 신랑 집까지 배웅을 하기도 한다. 신부측에서 배웅 나온 사람들과 신부가 도중에 헤어질 때 신랑의 무리들은 이미 준비해둔 사탕을 하늘에 뿌려 신부측 손님들이 행복과 상서로움을 상징하는 사탕을 다투어 가지도록 한다.

용과 봉황은 상서로움을 상징한다 – 결혼 피로연 음식

결혼 피로연은 혼례 기간 결혼을 축하하기 위해 모인 손님을 위해 여는 성대한 연회로, 다른 말로 '결혼 축하주를 마시다[吃喜酒]'라고도 한다. 결혼식으로 혼례의 분위기가 점차 고조되고 결혼 피로연에 이르러 절정에 다다른다.

　　중국 민간에서는 결혼 축하주를 마시는 것을 매우 중시하며 결혼 축
하주가 혼례의 중요한, 심지어는 유일한 내용이라고 생각하기도 한다.
예전에는 결혼할 때 결혼 증명서가 필요치 않았으나 술자리는 반드시
차려야 했다. 결혼 피로연은 남녀가 정식으로 결혼을 하는 일종의 증거
이자 표시가 되었다. 오늘날에도 이러한 관습은 여전히 남아있다. 《초
천주말(楚天週末)》의 보도에 따르면 호북성 안륙시(安陸市) 복수진(伏水
鎭)에서 혼인법이 반포된 1981년에서 1989년 8월 사이에 결혼한
2,627쌍의 부부 중에서 놀랍게도 1,706쌍이 법적으로 혼인 신고를 하
지 않고 피로연에 하객을 초대해서 결혼의 증거로 삼았다고 한다. 만약

● 운남성 태족(傣族)의
결혼 피로연 요리

이들이 결혼 피로연을 열지 않고 결혼증명서만 받고 동거를 했다면 뭇
사람들의 비난의 대상이 되었을 것이다. 중국의 일부 낙후된 지역에서
는 결혼 피로연과 오랜 관습이 결혼증명서와 법률보다 훨씬 더 큰 위력
을 발휘하고 있음을 알 수 있다.

결혼 피로연은 일반적으로 신랑과 신부가 웃어른께 절하는 의식을 마친 뒤 진행된다. 하객이 많으면 이틀로 나누어 열기도 하는데, 첫째 날은 희작(喜酌), 둘째 날은 매작(梅酌)이라고 한다. 희작의 하객은 모두 일가친척이고 매작의 하객은 모두 친구들이다. 고대의 혼례에서는 하객에게 매실주를 한 잔 올리는 풍습이 있었는데, 이 때문에 하객에게 사례를 표하는 술도 매작이라고 부르게 되었다.

민간의 결혼 피로연은 예의 절차가 복잡하고 까다롭다. 피로연장에 들어가면서부터 자리에 앉기까지, 피로연이 시작하면서부터 요리가 나오기까지, 요리의 배합부터 식사 예절에 이르기까지, 이밖에 연회상과 요리의 배치 등등 각 지방마다 일련의 규칙이 있다.

많은 내륙지역의 결혼 피로연은 먹는 요리[吃菜], 보는 요리[看菜], 나눠주는 요리[分菜]의 구분이 있다.

결혼 피로연의 음식은 원래 먹기 위한 것이지만 일부 음식은 예의상 볼 수만 있고 먹을 수는 없다. 이러한 요리를 민간에서는 '보는 요리'라고 한다. 보는 요리는 고급 호텔의 화려한 요리나 요리 기술의 문제 때문에 먹을 수 없는 요리를 의미하는 것도 아니다. 호북성 악주시(鄂州市) 도진(涂鎭)의 결혼 피로연에는 '보는 생선'이 한 접시 나온다. 이것은 튀기거나 절인 잉어나 연어(잉어는 알을 많이 낳고, 연어는 중국어로 '연속해서 아들을 낳다[連子]'라는 뜻과 발음이 같다. 따라서 잉어와 연어는 '아들을 많이 낳다'라는 의미를 상징한다)이며, 생선의 꼬리 부분에 붉은 종이쪽지가 붙어있는데, 이것은 '보는 생선'이라는 표시이다. 철없는 아이가 이 생선 요리를 먹으려 든다면 부모들이 이를 말린다.

'보는 생선'의 유래와 관련하여 민간에는 다음과 같은 전설이 있다. 옛날 어떤 집안의 아들이 결혼을 하여 연회를 열었다. 이 지방의 풍속에 따르면 연회상마다 반드시 통째 생선이 나와야 했다. 그러나 이 집

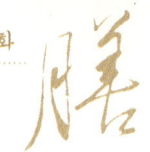

안은 경제 형편이 어려워 그렇게 많은 생선을 살 수 없어 하는 수 없이 잉어 네 마리만 샀다. 요리한 생선 꼬리에 붉은 종이쪽지를 붙이고 입에는 채소로 수염을 붙여 '상서로운 용' 모양을 만들었다. 용은 상서로운 동물이었으므로 자연히 먹을 수 없었다. 연회가 끝날 때까지 생선 네 마리는 조금도 흐트러짐이 없었고, 다시 연회를 시작했을 때 이 생선 네 마리를 다시 상에 올렸다. 이때부터 이 지역에서는 '보는 생선'이 유행하기 시작했다. 일부 지역에서는 '보는 생선' 외에 '보는 고기', '보는 닭', '보는 오리' 등도 생겨났다.

어떤 요리는 결혼 피로연에서 먹는 것이 아니라 피로연에 참석한 하객들이 집으로 가져가는 요리인데, 이를 '나눠주는 요리'라 한다. '나눠주는 요리'는 물기 없이 튀긴 요리를 덩어리나 경단 모양으로 담아가기 편리하게 만든다. 요리가 나오면 주인이나 같은 자리에 앉은 연장자가 음식을 모든 손님에게 나누어 준다. 손님은 미리 준비된 봉투나 수건에 음식을 잘 싸서 연회가 끝나면 집으로 가져간다. 호북성 한양현(漢陽縣)에서는 주인이 작은 봉투나 종이에 싼 요리를 포장해서 피로연에 참석한 대표에게 주고, 결혼 선물은 했으나 피로연에 오지 않은 사람들에게 전달하도록 해서 이들도 모두 결혼 피로연에 참석했음을 나타낸다.

합환주를 마시면 금슬이 좋아진다 – 신방에 들여가는 음식

신방에 화촉이 켜진 밤, 민간에는 합환주(合歡酒)를 마시는 오래된 전통이 있다.

매우 중요한 예절 의식인 합환주는 교배주(交杯酒), 교비주(交臂酒),

● 신혼 초야에 친구와 친척이 신혼부부의 방에 몰려가 놀리는 모습

동심주(同心酒)라고도 하며 고대에는 합근지례(合巹之禮)라고도 했다. 《삼례도(三禮圖)》에 보면, "합근(合巹)은 박을 둘로 쪼개 실로 손잡이 끝을 이어서 술잔을 만든다"라는 설명이 있다. 고대에 '합근'은 잔을 주고받는 것이 아니라 박을 둘로 쪼개고 다시 하나로 합친 술잔이었다. 박을 두 개로 쪼개면 그 안에 술을 담을 수 있었다. 박이 둘로 나뉜다는 것은 부부가 원래는 두개의 몸이었음을 상징하고, 실로 손잡이를 잇는 것은 중매쟁이가 두 사람을 하나로 이어준 것을 상징한다.

그렇다면 왜 신혼부부에게 박을 쪼개서 술잔으로 쓰게 했을까? 청나라 사람 장몽원(張夢元)은 다음과 같이 고증했다. "박을 혼례 합근으로 사용한 데는 두 가지 의미가 있다. 맛이 써서 먹을 수 없는 박을 술잔으로 사용한 것은 부부가 함께 고생해야 함을 비유한다. 또한 박[匏]은 팔음(八音)의 하나로서 생황과 피리 같은 관악기를 가리킨다. 이로써 음률이 조화롭듯 금슬이 좋다는 뜻을 나타낸다." 다시 말해 박을 술잔으로

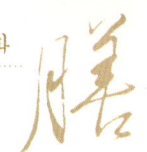

쓴 것은 신혼부부에게 동고동락하기를 장려하고, 신혼부부가 금슬이 좋
길 기원하는 뜻이 있다.

　사회가 발전함에 따라 사람들은 더 이상 박을 술잔으로 쓰지 않고,
대신 각종 정교한 술잔을 쓰게 되었다. 따라서 합근지례도 합환주를 마
시는 풍습으로 변화했다.

　각 지방마다 합환주를 마시는 방법이 다르다. 과거 북경에서는 합환
주를 마실 때 붉은 실로 두 개의 술잔을 묶은 뒤 신랑 어머니가 신랑에
게 잔을 건네고, 신부 어머니가 신부에게 잔을 건네고 각자 반 잔을 마
시고나서 다시 잔을 바꿔 마셨다. 이는 소위 말하는 '천리 밖에 있는 인
연도 선으로 연결되어 있다' 라는 속담을 잘 표현하고 있다.

　산동성 어대(魚臺) 일대에서는 신랑과 신부가 각자 의자에 앉으면,
형수가 붉은색의 술을 술잔 가득 따라 우선 신부의 입술에 살짝 묻히고
다시 신랑의 입에 갖다 대는데, 신랑은 이것을 한 번에 마셔야 한다.

　합환주와 유사한 것으로 고산족(高山族)의 연배주(連杯酒)가 있다.
이는 나무토막 한 개에 두 개의 술잔을 파서 한 사람은 왼손을 사용하
고, 다른 한 사람은 오른손을 사용하여 술잔을 들고 같이 마시며 두 사

● 옥으로 만든
　합근(合巹)잔

람이 한마음 한뜻이 되었다는 것을 표시하는 의례이다. 리쑤(傈僳)족의 '쌍인주(雙人酒)' 풍습은 신혼부부에게 서로 껴안고 얼굴을 맞대고 같이 죽통주(竹筒酒)를 마시길 요구한다. 백족(白族) 신혼부부는 고춧가루를 넣은 술을 같이 마셔야 한다. 맵다 '랄(辣)' 자는 백족의 '친(親)' 자와 동음이기 때문에 매운 술을 마셨다는 것은 부부가 매우 친밀함을 의미한다.

중국의 북방 지역에서는 합환주를 마시는 의식이 끝난 후 '자손 보보(餑餑, 발발 : 밀가루 과자의 일종)'를 먹는다. '자손 보보'는 신부 집에서 빚고 신랑 집에서 찐 설익은 자오쯔(餃子)이다. 신부가 자오쯔를 먹을 때 옆에서 한 남자가 "설익었습니까?"하고 물으면 신부는 얼굴을 붉히며 부끄럽게 "설익었어요"하고 대답한다('설익다'라는 뜻의 '生'은 '아이를 낳다'의 의미가 있다). 이로부터 이 지역 사람들의 자손을 바라는 간절한 심정을 알 수 있다.

여러 가지 의식을 마치면 바로 친구와 친척들이 신혼부부의 방에 몰려가 놀리는 시간이 주어진다. 이때에도 음식과 관련된 내용은 빠질 수 없다. 예를 들어 신혼부부는 붉은 실에 매달린 둥근 사과를 입만 사용해서 다 먹어야 한다. 또한 고기 완자에 젓가락을 끼워 놓고 신랑신부에게 같이 입을 벌려 먹도록 한다. 더 심한 경우에는 사탕 하나를 신랑의 입 근처에 두고 신부에게 혀를 사용하여 이 사탕을 먹도록 한다. 사실 이러한 것들은 모두 신혼부부가 공개적으로 키스를 하도록 하기 위한 놀이이다. 오늘날의 도시 젊은이들에게 키스는 그리 대단한 게 아닐지 몰라도 외진 산간마을에서는 청춘 남녀가 모두들 빤히 쳐다보는 자리에서 공개적으로 키스하는 것이 매우 곤란한 일이다.

신혼 셋째 날 아기 돼지를 구워 친정에 간다

- 친정에 돌아갈 때 준비하는 음식

신혼 셋째 날 신부는 친정 부모를 뵙기 위해 시댁을 떠나는데, 이를 속칭 삼조회문(三朝回門)이라 한다. 친정으로 돌아가는 날 신부는 부모에게 드릴 선물을 가져가는데, 이를 회문례(回門禮)라고 한다. 회문례는 술, 고기, 찹쌀, 츠바(糍粑), 국수, 떡 등의 음식이 주를 이룬다. 각 지방의 회문례 중에서 광동 일대의 회문례가 가장 특색 있다. 광동의 풍습에 따르면 신부가 친정으로 돌아갈 때 새끼 돼지(금돼지라고도 함) 구이 한 마리를 가져가는 것을 빼놓을 수 없다. 광동사람들에게 새끼 돼지는 신부 정절의 상징이다. 따라서 회문례에 새끼 돼지가 없으면 신부는 신혼 첫날 밤 혈흔이 비치지 않아 정절을 지키지 못한 여자이다. 반대로 신부가 처녀라면 신랑 집의 자랑거리가 될 뿐만 아니라 신부 집에서도 이를 영광으로 생각한다. 친정에 돌아갈 때는 화려한 끈으로 돼지의 몸을 묶고, 돼지를 장방형의 탁자 위에 놓은 뒤 두 사람이 같이 받쳐 들고 남들의 이목을 끌며 신부의 꽃가마 뒤를 따라 간다. 청나라 사람 유부신(俞溥臣)의 『영남잡영(嶺南雜詠)』에 이러한 풍습이 묘사되어 있다.

● 광동 일대에서는 청명절(淸明節)이나 신혼 셋째 날 신부가 친정에 갈 때 금돼지 요리를 한다.

소수민족 지역 삼강(三江) 동족(侗族)의 회문례는 특히 성대하다. 신부가 친정으로 돌아갈 때 신랑 집에서는 십오륙 명 정도의 청장년 남자들을 뽑는다. 이들은 커다란 붉은 돼지와 찹쌀술 항아리를 들고, 찹쌀밥과 정교한 타원형 대나무 광주리 10여 개를 이고 웅대하게 친정집으로 돌아가는데, 그 기세가 신랑이 신부를 맞이할 때 못지않다. 이 광주리 안에는 동족이 좋아하는 쏸차오위(酸草魚, 산초어 : 절인 생선)와 쏸야(酸鴨, 산압 : 절인 오리고기)가 가득 채워져 있으며 그 위에 종이로 만든 녹색 나무와 붉은 꽃이 꽂혀 있다.

딸이 친정으로 돌아오면 친정집에서는 연회를 베풀어 딸과 사위를 환대하는데, 이를 회문연(回門宴)이라 한다. 회문연의 요리는 딸이 출가하는 날 베푼 연회의 요리와 차이가 없고, 다만 결혼 피로연의 '보는 요리'를 회문연에서는 먹을 수 있다.

딸을 시집보낸 부모는 늘 딸과 사위가 동고동락하고 서로 사랑하면서 살아가기를 바라는데, 민간에서는 이러한 희망을 연회 활동에 기탁한다. 하남성, 섬서성 일대에서는 친정에 온 딸과 사위에게 고춧가루로 소를 만든 자오쯔(餃子)를 만들어 준다. 우선 딸에게 자오쯔를 하나 주면 딸이 사위에게 자오쯔를 건네준다. 사위는 매운 자오쯔를 전부 먹어야 하며, 매운 것을 잘 못 먹어 온 몸에 땀을 뻘뻘 흘릴지라도 자오쯔를 거절할 수 없다. 이런 매운 자오쯔에는 부부가 다정하게 동고동락하기를 바라는 부모의 희망이 깃들어 있다.

신혼 셋째 날 친정에 간 신부는 당일 시댁으로 돌아가야 한다. 때로는 시댁으로 돌아갈 때 친정어머니가 딸 편에 음식을 보낸다. 대만 고웅(高雄) 미농진(美濃鎭) 일대에서는 신부가 시댁으로 돌아갈 때 친정어머니가 밭에서 막 뿌리째 뽑아온 고구마의 양끝을 9척 정도 되는 붉은 끈으로 묶어서 준다. 이는 신랑신부가 화목하게 백년해로하고 고구마

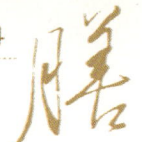

처럼 달콤한 생활을 하라는 의미이다.

호북성 동쪽 일대에는 신혼 셋째 날 신랑신부가 친정에서 시댁으로 돌아갈 때 친정어머니가 딸에게 찹쌀을 준다. 딸은 시댁으로 돌아가 이 찹쌀로 죽을 끓이는데 온 마을의 남녀노소가 모두 와서 이 죽을 먹는다. 전하는 바에 따르면 먹는 사람이 많을수록 자손이 번성한다고 한다. 따라서 비교적 큰 마을에서는 보통 두세 솥의 죽을 끓여야 한다.

8

임신·출산과 관련된 음식 문화

신 음식은 아들, 매운 음식은 딸

박을 훔쳐 자식 점지를 빈다

출산은 인류가 번식을 하는 수단이다. 오랜 역사 속에서 신앙과 인식의 차이로 여러 가지 출산과 관련된 습속이 생겨나게 되었는데, 이중 다양한 음식 문화도 빼놓을 수 없다. 출산 과정 중에서의 음식 습속은 민속 문화의 중요한 구성 요소이다. 이를 통해 다채롭고 찬란한 중국의 음식 민속 문화를 엿볼 수 있다.

간절하게 자식 낳기를 빈다 – 자식 점지를 비는 음식

자식 점지를 비는 음식의 유래는 이미 오래되었다. 『시경(詩經) · 주남(周南)』에 『부이(茉苡, 질경이)』라는 시가 있다.

질경이를 캐고 캐세, 자 캐어 보세.
질경이를 캐고 캐세, 자 담아 보세.
질경이를 캐고 캐세, 자 주워 보세.
질경이를 캐고 캐세, 자 따보자고.

이 시는 질경이를 캐는 부녀자들의 즐거운 모습을 묘사했다. 부녀자들은 왜 그리 즐거웠을까? 『설문해자(說文解字)』에 보면 "질경이는 자두처럼 자식을 빨리 낳게 해준다"라는 말이 있다. 부녀자들이 질경이를 계속 반복하여 노래한 것은 바로 질경이에 임신을 앞당기는 효능이 있다고 믿었기 때문이다. 이처럼 이미 선진(先秦) 시기에 사람들은 어떤 음식이 자식을 빨리 낳게 해줄 수 있는가를 알고 있었다.

각지의 민간에서는 어떤 음식을 먹고 자식이 빨리 생기기를 비는 풍습이 여러 가지 있었다. 귀주성 일대에서는 사람이 죽었을 때 죽은 이의 곁에 밥을 한 그릇 담아 놓았는데, 이를 '죽은 이의 밥'이라고 한다. 전하는 바에 따르면 불임 여성이 이 밥을 먹으면 임신을 할 수 있다고 한다. 일부 지역에서는 해산을 한 산모가 '자식을 보내주는 여신'과 '출산을 재촉하는 여신'에게 각각 밥을 한 그릇 바치는데, 이를 냥냥판(娘娘飯, 낭낭반)이라 하고, 이 밥을 먹으면 바로 임신할 수 있다고 한다.

중국의 많은 지역에서는 계란이 임신을 촉진하는 영험한 음식이라고 생각한다. 산동성 황현(黃縣)에서는 매년 1월 1일 장기 불임 여성들은 모두 문 뒤에 숨어 삶은 계란을 먹으며 임신을 기원한다. 강남 일대에서는 아기가 태어난 지 3일째 되는 날, 부모가 삶은 계란을 아이의 몸에 굴리는데, 이 계란을 가리켜 삼조단(三朝蛋)이라고 한다. 이 지방 사람들은 불임 여성이 이 계란을 먹으면 바로 임신할 수 있다고 믿는다. 장강 중하류 지역에는 시집가는 딸의 혼수에 붉은 칠을 한 자손통(子孫桶)을 포함시킨다. 통 속에는 붉게 물들인 삶은 계란 몇 개가 있다. 혼수가 신랑 집에 도착한 후 신랑 집의 친척이나 친구 가운데 불임 여성이 있으면 주인에게 청해 자손통 안의 계란을 먹는다. 이 계란을 먹으면 머지않아 곧 임신을 할 수 있다고 한다.

● 자식을 보내주는 여신

민간에서 계란을 먹어 임신을 재촉하는 풍습은 고대의 '간적(簡狄)이 현조(玄鳥) 알을 삼키고 계(契)를 낳았다'는 전설이 기원인 듯하다. 물론 전설은 마땅히 전설로 대해야 하지만 이 전설을 통해 일찍이 선진 시기에 계란을 먹고 임신을 비는 풍습이 있었음을 알 수 있다.

　민간에서는 계란을 먹는 것 외에도 박을 먹고 자식 점지를 기원하는 풍습이 있다. 호박안(胡朴安)은 『중화전국풍속지(中華全國風俗志)』에서 다음과 같이 기록하고 있다. "귀주성에는 중추절에 다른 성에는 없는 특별한 풍습이 있다. 바로 박을 훔쳐 자식 점지를 비는 것인데, 밤에 박을 훔치되 고의로 박 주인에게 들키고 노하게 만들어 욕을 먹는다. 특히 욕을 심하게 들을수록 효과가 탁월하다. 박을 훔쳐 온 후에 의복을 갈아입고 눈썹을 그려 어린아이처럼 꾸미고 대나무 수레에 타고 징과 북치는 사람을 뒤에 대동한다. 이렇게 하여 자식이 없는 집에 도착하면 박을 받는 사람이 박을 주는 사람에게 웨빙(月餠)을 대접한 후 박을 침대 머리맡에 두고 하룻밤을 같이 잔다. 다음날 이른 아침 익은 박을 먹으면 이때 바로 임신을 할 수 있다." 박을 훔쳐서 자식 점지를 비는 풍습이 다른 성에는 없는 풍습인 것은 결코 아니다. 사실 호남성, 강서성, 강소성 등지에서도 유사한 풍습이 있었다.

임신 기간에는 음식을 주의해야 한다

- 임신했을 때 먹는 음식

　　임신은 새로운 생명이 곧 탄생할 것을 암시한다. 예전에 임신은 향불이 계속 켜있는 것이 보장되고 가장의 족보가 이어지는 것을 의미했다. 이는 신혼부부, 가정, 모든 부락, 종족에 있어서 매우 중요한 일이자 경축할 만한 일이었다. 따라서 민간에서는 임신을 다른 말로 '기쁜 일이 생겼다[有喜]' 라고 했다.

　그러나 신혼부부가 임신으로 기뻐하고 있을 때 유산, 조산, 난산,

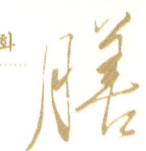

기형아 출산 등 각종 무서운 현상들이 출산에 어두운 그림자를 드리운다. 민간에서는 이러한 비정상적인 현상이 나타나는 원인이 유전, 임신기간 중 임부의 행동거지와 관련 있는 것 외에도 주로 임신기간 동안 부적절한 음식을 먹었기 때문이라고 생각한다.

예전에 민간에서는 과학 문명이 낙후되었기 때문에 과학적인 방법으로 임부의 식습관을 지도할 수가 없었다. 따라서 사람들은 미신적이고 과학적 근거가 부족한 방법을 사용하여 모든 것이 원만하게 잘 되길 바라는 마음을 나타내었다.

예를 들어 일부 지역에서는 임부에게 용안(중국 남부에서 재배되는 열대과일)을 많이 먹으라고 권했다. 민간에서는 맑고 매끄러운 용안을 많이 먹으면 이후 태어날 아기의 눈이 용안처럼 크고 반짝인다고 믿었다.

또한 어떤 지역에서는 임부에게 검은깨를 많이 먹으라고 권했다. 이들은 검은깨를 먹으면 장래 아이의 머리카락이 검은깨처럼 새카맣고 윤기가 흐를 것이라고 생각했다.

강남 일대에서 노인들은 임부들에게 연근을 먹길 권한다. 이들은 희고 두껍고 구멍이 많은 연근을 많이 먹으면 아이도 희고 통통하고 똑똑하며, 마음의 눈이 많아서 마음씨도 고울 것이라고 여겼다.

많은 지역에서 임신 기간에 족발을 많이 먹으라고 하는데, 족발을 먹으면 장래의 아이가 걸음마를 빨리 배운다고 생각했다.

이러한 음식 습관은 비록 과학적인 근거가 떨어지지만 어느 정도 일리가 있는 말도 있다. 그러나 대부분 직감적인 연상 작용에 근거하여 음식의 특징을 신생아의 특정 장점과 연결시킨 것이다. 이는 아이의 행복을 기원하는 사람들의 심리를 반영한다.

중국에서는 대대로 '남아선호사상' 의 누습이 전해져 내려왔다. 따라서 임신 첫째 날부터 시작해 사람들은 수단과 방법을 모두 동원해 딸일지 아들일지를 관찰하는데, 그중 음식과 관련된 방법도 상당히 많다.

민간에서 아들인지 딸인지를 가려내는 가장 보편적인 방법은 소위 말하는 '신 것은 아들, 매운 것은 딸'이다. 즉 임신 기간에 임부가 신 음식을 먹고 싶어 하면 아들일 징조고, 매운 음식을 먹고 싶어 하면 딸을 낳을 징조라는 뜻이다. 일부 지역에서는 '짜면 아들, 싱거우면 딸'이란 말이 있다. 즉, 임부가 짠 음식을 찾으면 아들을 낳고, 싱거운 음식을 찾으면 딸을 낳는다는 뜻이다. 이러한 방법들은 임신기간 동안 임부의 입맛과 기호로 판단을 하므로 과학적인 근거가 떨어진다.

아기를 낳으면 부엌이 바빠진다 – 분만기에 먹는 음식

어머니의 뱃속에서 잉태되어 성숙된 생명이 인간 세상에 나오려면 분만이라는 과정을 거쳐야 한다. 이 난관을 순조롭게 통과하기 위해서 민간에서는 여러 가지 의식 활동을 열어 기도하고, 축복하고, 경축하는데, 그중 대부분이 음식과 관련된 의식 활동이다.

분만기 음식은 분만 촉진 음식에서 시작된다. 분만이 가까워질수록 임부와 가족들이 가장 걱정하는 것은 아기를 순조롭게 낳는 일이다. 난산을 피하기 위해 사람들은 갖가지 수단과 방법으로 임부가 아이를 짧은 시간 내에 빨리 낳을 수 있도록 한다. 민간에서 가장 보편적인 방식은 친정집에서 임부에게 '분만 촉진 밥'을 주는 것이다.

동족(侗族)은 임산부가 해산하기 직전 친정어머니가 쌀밥, 볶은 고기와 계란 프라이를 만든다. 그러고는 대나무 광주리에 반듯하게 넣고 수가 놓아진 깨끗한 손수건을 그 위에 덮어 딸에게 주고 나간다. 이때 친정어머니는 왼발을 먼저 밖으로 내놓는데, 이것은 아들을 낳기를 기원하는 풍습이다. 딸이 이 밥을 먹고도 여전히 아이를 낳지 못한다면 어머니는 딸이 분만을 할 때까지 계속해서 밥을 보낸다.

● 선물함

호남성 서쪽 지역에서는 임신 9개월 때까지 친정어머니가 딸을 위해 밥을 만들고 손수 딸에게 가져다주어야 한다. 일반적으로 세 가지에서 다섯 가지 반찬을 만드는데, 딸이 한 끼에 충분히 먹을 수 있는 양만 만든다. 딸은 이 밥을 남김없이 모두 먹어야 한다. 음식을 남기면 아이를 낳을 수 없다는 뜻이기 때문이다. 또한 이 밥은 오로지 임산부 혼자서만 먹어야 한다. 다른 사람들이 이 밥을 먹으면 임산부가 밥을 다 먹지 않아 분만 시기가 늦어진다고 여긴다. 친정어머니는 딸에게 밥을 건네주고 나면 그날 바로 집으로 돌아간다. 딸이 '분만 촉진 밥'을 먹었으므로 아이를 곧 낳게 될 것이기 때문에 어머니는 집에서 기쁜 소식이 오길 기다리며 축미주(祝米酒)를 준비한다.

이러한 풍속들은 손자가 빨리 세상에 나오고, 딸과 손자가 무사하길 바라는 어머니의 간절한 마음에서 비롯된 것이다.

아이가 세상에 나오면 가족들은 이 소식을 이웃, 친척, 친구에게 알리는데, 이를 '보희(報喜, 기쁜 소식을 알리다)' 라고 한다. 과거에 절강성 소흥(紹興) 일대에서는 아기가 태어나면 가족들은 바로 촛불을 켜고 부엌에 가서 홍설탕과 백설탕을 넣고 국수를 끓였다. 국수가 삶아지면 주변 이웃에게 모두 나누어주는데 이웃들은 이로써 아이가 순조롭게 세상에 나왔음을 알 수 있다.

분만을 한 산모는 체력소모가 크고 허약해져 있기 때문에 제때에 좋은 음식을 먹어 몸보신을 해야 한다. 지역마다 산모가 먹는 보양 음식이 다르다. 호북성 북쪽에서는 산모가 분만 후 매일 닭을 먹어야 하는데, 아이 하나를 낳으면 일반적으로 이삼십 마리의 닭을 먹는다. 이처럼 산모가 닭을 먹는 풍습에 관한 전설이 하나 있다.

"항상 산해진미만을 먹는 천상의 서왕모가 하루는 색다르게 백계연(白鷄燕)을 열고자 인간 세상에 사람을 보내 '동(冬) 수탉'과 '하(夏) 암탉'을 잡아오라고 시켰다. 이 닭들은 본래 살진 닭의 별칭으로, 수탉은 겨울에 암탉의 먹이를 빼앗아 먹기 때문에 겨울에 가장 살지고, 암탉은 여름에 알을 낳아서 많이 먹기 때문에 여름에 가장 살지다. 서왕모의 하인들은 '동(冬) 수탉'과 '하(夏) 암탉'이란 이름을 잊어버릴까봐 두려워 길을 가며 계속 되뇌었다. 이들은 한참을 되뇌다가 그만 '동(冬) 수탉'을 '동(洞) 수탉'이라고 잘못 외워버렸다. 인간 세상에 도착

한 이들은 산속의 동굴에 가서 수탉을 찾았지만 한 마리도 찾을 수 없었다, 그래서 결국 암탉만 100마리를 잡아서 천상으로 돌아갔다. 이에 서왕모가 대노하여 잡아온 닭을 모두 하늘 밑으로 던져 버렸는데, 그 중 한 마리를 지나가던 목동이 잡았다. 가난한 목동은 산욕기인 누나가 젖이 나오지 않아 마침 걱정하고 있던 터였다. 그래서 그는 암탉을 고아서 누나에게 먹였다. 그러자 산부의 젖이 샘처럼 솟아올랐다. 이때부터 사람들은 산욕기에 암탉을 먹으면 좋다고 여기게 되었다.”

물론 이것은 하나의 전설에 불과하다. 닭은 원래 영양이 풍부하여 민간에서는 닭을 ‘영양의 원천’ 혹은 ‘세상을 구하는 명약’이라고 부를 정도였다. 중의학에서는 닭이 오장(五臟)에 좋고, 정력을 보강하며, 비장과 위를 건강하게 하고, 근육과 뼈를 튼튼히 하고, 혈액 순환을 좋게 하고, 월경 주기를 일정하게 하는 등의 효과가 있다고 한다. 따라서 산모가 닭을 많이 먹으면 체력을 보충하는데 매우 큰 도움이 된다. 호북성에서 산모가 산욕기에 매끼마다 닭으로 만든 와관계탕(瓦罐鷄湯)을 챙겨먹는 것은 매우 당연한 일이라 할 수 있다.

닭과 양으로 아기의 탄생을 축하한다

- 출산 후 3일째 되는 날의 음식

아기가 태어나면 친척과 친구들이 모두 찾아와 축하를 하는데, 이때에도 연회를 열어 이에 보답해야 한다. 민간에서는 이를 가리켜 삼조(三朝)라고 한다.

삼조(三朝)는 반드시 아기를 낳고 3일째 되는 날 열어야하는 것은 아니며 9일째 되는 날에 열어도 상관없다. 삼조는 그 유래가 이미 오래되었다. 『도서집성(圖書集成)·인사전(人事典)』에 이에 관한 기록이 있다. "동위(東魏)의 고징(高澄)은 풍익공주(馮翊公主)를 아내로 맞아 아들을 낳았는데, 3일째 되는 날 술, 음식, 금 비단, 붉은 비단 옷, 병어 등을 선물로 받았다. 또한 측천무후 때 습유(拾遺)의 관직을 맡던 장덕(張德)은 아들을 낳고 3일 후에 양을 도살하여 동료들을 대접했다."

삼조날에는 손님이 술, 음식, 비단 등을 선물해야 할 뿐 아니라 아이를 낳은 집에서도 연회를 크게 베풀어 손님들을 환대해야 했다. 이로부터 천여 년 전의 사람들도 삼조의 예를 매우 중시했음을 알 수 있다.

민간의 삼조는 고대 유풍을 계승하는 동시에 각 지역의 특색을 가지고 있다. 그러나 어느 지역이든지 음식은 삼조에서 빠질 수 없는 중요한 구성 요소이다.

삼조 축하 선물을 보낼 때는 음식이 빠질 수 없다. 호남성 한수현(漢壽縣) 일대에서는 삼조 축하 선물로 친척과 친구들이 일등급 쌀, 살진 암탉, 신선한 계란, 생선, 고기, 적사탕 등과 같은 산모의 보양 식품을 보낸다.

호북성 양자호(梁子湖) 일대에서는 친척들이 한 손에는 국수와 계란을 넣고 천으로 덮은 대나무 바구니를 들고, 다른 한 손에는 늙은 암탉 한 마리를 들고 삼조 연회에 참석하러 온다.

외할머니는 삼조날 가장 중요한 역할을 하며, 선물 역시 가장 신경을 써서 보낸다. 운남성에서는 삼조날에 외할머니가 대량의 닭, 계란, 적사탕, 찹쌀을 딸에게 주는데, 이를 '축하의 쌀을 보낸다' 라고 한다. 선물을 받은 산모는 시댁에 계란 한 바구니를 드려 이웃의 친척과 친구들에게 선물하도록 한다.

　광서 대신현(大新縣) 안평(安平) 일대의 삼조는 매우 독특하다. 친정 집에서는 찹쌀밥 100근과 거위 알 20개를 선물해야 하고, 시댁에서는 마을의 꼬마들을 불러 방을 돌며 "아가야 이리와! 밭 갈러 가자! 농사 지으러 가자!"라고 외치게 한다. 아이들이 이렇게 다 외치고 나면 찹쌀 밥 한 덩이와 거위 알 한 개씩을 나누어 준다.

　산모에게 음식을 선물하는 것은 아마 분만을 한 산모가 제때에 보양 식품을 먹어 영양을 보충하는 것이 필요하기 때문일 것이다.

　민간의 예의 절차에 따르면 아기가 태어난 가정에서는 선물과 축하를 받은 후 친척과 친구들을 초대해 연회를 베풀어야 한다. 이러한 삼

● 삼조를 축하하는 선물함

조연(三朝宴)은 일반적인 결혼식 연회나 장례식 연회와는 조금 다르다. 삼조연은 보통 두 단계로 나누어 진행된다. 집에 온 손님들은 우선 삶은 계란을 넣은 붉은 설탕물이나 미주(米酒)를 한 그릇 먹거나 계란 국수를 먹는데, 이를 가리켜 과중(過中)이라 한다. 과중을 하고 나서야 비로소 술과 음식을 먹기 시작한다.

삼강(三江) 동족(侗族)의 삼조연은 전국을 통틀어 아마 가장 성대하고 세심한 삼조연일 것이다. 이곳에서는 하객이 도착하면 우선 계란을 넣은 미주(米酒)를 대접한 후에 동족의 유차(油茶)로 환대를 하는데, 이 차는 오색찬란해 아름다운 것이 특징이다. 음식을 먹을 때는 누구나 젓가락을 한 짝만 사용해야 하며 절대 두 짝을 모두 사용해서는 안 된다. 또한 차를 마시는 횟수도 짝수가 되게 해야 한다. 이곳에서는 차를 홀수로 마시는 것을 '절름발이 차' 라 하여 불길하게 여기기 때문에 주인을 화나게 하지 않으려면 손님은 최소한 차를 두 잔 마셔야 한다. 그러고 나서 더 이상 마시고 싶지 않으면 젓가락을 빈 잔 위에 올려두면 된다. 만약 이러한 풍습을 모르고 짓가락을 계속 손에 들고 있거나 탁자 위에 둔다면 주인은 계속해서 차를 따라 줄 것이다. 술과 차를 다 마시고 나서 주인은 모든 손님에게 돼지고기 꼬치를 두 개씩(꼬치 하나에는 고기가 네 덩이 있고 무게는 약 4량(兩, 1량은 약 37.5g) 정도 되는데, 모두 대나무 막대에 꽂혀있다) 주고 집에 가져가서 친척이나 친구들에게 대접하도록 한다.

이어서 오후에는 외가댁 손님들이 오는데, 털을 뽑고 깨끗하게 씻은 후 돼지 피를 바른 무게가 100여 근 정도 나가는 살진 돼지 한 마리를 네 명의 남성이 대나무 받침대로 받쳐 들고 따라온다. 그 외의 젊은 남자들은 미주(米酒) 두 항아리를 나누어 들고, 다른 사람들은 고기나 직물을 손에 들거나 어깨에 메고 온다. 저녁이 되면 10여 개의 식탁을

길게 한 줄로 늘어놓고 양쪽에 손님들이 앉는다. 식탁에는 소금에 절인 생고기, 익힌 돼지고기, 신맛이 나는 생선, 시큼하게 발효시킨 채소, 콩국 등 갖가지 맛있는 음식을 풍성하게 차린다. 이러한 음식들은 모두 외가댁에서 준비한 것이기 때문에 이를 가리켜 '외가댁 밥을 먹는다' 라고 한다.

9

민족별 음식 습관

천태만상 각양각색

중국의 선조들은 중원 지역 밖(주로 중국 북부와 서부)에 사는 소수민족을 호인(胡人, 오랑캐)이라고 불렀다. 또한 그들이 입는 옷을 호의(胡衣), 먹는 음식을 호식(胡食)이라고 했다. 중국 선조들의 표현대로 하자면 이슬람교 음식, 지금의 서양 요리, 현재 중국에서 유행하는 켄터키 프라이드치킨, 햄버거, 샌드위치, 핫도그 등은 모두 호식이라고 할 수 있다. 중국 음식 문화의 발전은 이러한 호식을 포함한 각 소수민족의 음식 문화와 매우 밀접한 관계에 있다. 왜냐하면 맛있는 중국 음식 중 상당수가 각지의 소수민족으로부터 유래되었기 때문이다.

천산 사막 서역풍 – 위구르족의 음식

중국 북서쪽 변경 지방에 살며 이슬람교를 믿는 위구르족은 특수한 지리환경, 기후, 산물, 종교, 문화 등의 영향으로 독특한 식습관을 형성했다. 이들은 소, 양, 치즈, 구운 음식, 낭(饢, 낭 : 구운 빵의 일종), 좌판(抓飯, 조반 : 손으로 먹는 볶음밥) 등을 즐겨 먹고, 식품 위생과 예절을 매우 중시한다. 또한 돼지, 말, 노새, 개, 자신이 죽인 동물, 동물의 피 등은 일체 먹지 않는다.

1. 낭(饢)과 양고기 좌판(抓飯)

위구르족은 밀가루를 주식으로 하며 낭, 양고기 좌판, 바오즈(包子, 포자 : 찐빵), 국수 등을 즐겨 먹는다. 낭은 밀가루 반죽이나 옥수수 반죽을 특수 제작한 불구덩이에 넣고 구운 원형 빙(餅)이다. 낭은 크기와 두께가 다양하다. 다낭(大饢, 대낭)은 주로 손님을 접대하는 세숫대야 크기의 낭이고, 샤오위안낭(小圓饢, 소원낭)은 둥글고 가장자리가 두꺼우며 가운데에 둥근 구멍이 하나 있는 자동차 타이어 모양이며, 결혼 선물로 주는 바오낭(薄饟, 박낭)과 일반적으로 먹는 낭은 둥글고 두꺼운 판지모양이다. 러우낭(肉饟, 육낭)은 잘게 썬 양고기를 양파, 후추, 소금 등과 버무려 소를 만들고 밀가루 반죽으로 싸서 굽고, 유낭(油饟, 유낭)은 우유와 양기름을 밀가루와 함께 반죽하여 굽는다.

신강(新疆)에는 도시나 농촌, 농업 지역이나 목축 지역 가릴 것 없이 모든 집에 낭을 굽기 위한 불구덩이가 있고, 낭을 파는 가게를 도처에서 찾아 볼 수 있다. 낭을 먹는 방법은 매우 다양한데, 가장 보편적인 것은 찐빵을 먹듯이 먹는 것이다. 이가 좋지 않은 노인들은 마른 낭을 손으로 쪼개서 펄펄 끓는 물에 넣고 불린 뒤 사발을 위에 엎어 놓고 뜸을 들여 부드럽게 한 뒤 먹는다. 이밖에 양고기 탕에 담가서 먹거나 나이차(奶茶, 내차 : 우유차), 포도를 곁들여 먹기도 한다. 위구르족은 외출을 할 때 종종 낭을 휴대하는데, 맛이 좋을 뿐 아니라 수분이 적어서 곰팡이가 피거나 쉽게 변질되지 않기 때문이다. 일반적으로 한 번 구운 낭은 며칠 동안 먹을 수 있다.

● 위구르족 특색 식품

손님이 오면 주인은 차를 대접하고 이어서 낭을 한 그릇 내온다. 주인은 직접 손으로 낭을 쪼개서 손님이 먹을 수 있도록 하는데, 그릇 안의 낭은 정방향으로 놓아야 하며 절대 뒤집어 놓아서는 안 된다. 위구르족은 낭을 종종 선물로 주는데, 친척이나

● 구운 생선

친구가 결혼할 때, 딸이 친정에 오거나 친정에서 시댁으로 돌아갈 때 낭을 선물한다. 또한 먼 길을 떠날 때 가족이나 친척, 친구들이 고기 바오즈, 유가오(油糕, 유고 : 기름 떡), 낭을 선물해, 가는 도중에 먹을 수 있도록 한다.

양고기 좌판(抓飯)은 밥과 반찬이 합쳐진 음식으로 기름과 고기를 많이 넣고, 열량이 높기 때문에 위구르족이 가장 즐겨 먹는 겨울 음식 중 하나다. 우선 양의 꼬리를 기름과 함께 연기가 날 정도로 굽고, 호두 알 크기로 썬 양고기를 넣고 소금과 함께 볶아 반쯤 익힌다. 여기에 매우 잘게 썬 파, 홍당무 채, 약간의 고춧가루 등을 넣고 다시 볶은 뒤 탕과 쌀을 넣고 약한 불로 익힌다. 마지막으로 이 위에 건포도, 가늘게 썬 설탕에 절인 동과(冬瓜) 등을 뿌리고 그릇에 담아 손으로 먹는다. 민족 간의 교류가 활발해짐에 따라 좌판은 이미 한족과 회족 등 다른 민족의 인기 음식이 되었다. 이에 따라 만드는 법도 각 민족의 입맛에 따라 여러 가지로 변화하게 되었다. 예를 들어 양기름을 싫어한다면 식물성 기름을 사용할 수 있고, 양고기도 소고기로 바꿀 수 있다. 또한 여름에 홍당무가 없다면 토마토로 대체할 수 있고, 손으로 먹지 않고 식기를 사용하여 먹을 수도 있다.

2. 양꼬치와 통양구이

양꼬치[烤羊肉串, 카오양러우촨 : 고양육관]는 위구르족의 전통적인 먹거리이다. 신강에서는 큰 음식점이든 작은 음식점이든 거의 모든 음식점에서 양꼬치를 판다. 양꼬치를 만드는 데 쓰이는 주요 도구는 장방형의 화로와 쇠꼬챙이이다. 만드는 순서는 고기 썰기, 꼬챙이에 꿰기, 화로에 굽기, 조미료 첨가하기의 네 단계로 나눌 수 있으며, 불꽃이 일지 않는 무연탄이나 숯을 연료로 사용하여 굽는다. 화로 속의 석탄이 연기가 나지 않을 만큼 태워졌을 때 고기를 꽂은 꼬챙이를 화로 위의 석쇠에 올려놓는다. 고기 표면에서 기름이 나오고 오그라들기 시작할 때 소금, 고춧가루, 회향가루를 뿌리고 구우면 된다. 이 세 가지 조미료 중에서 양고기의 맛을 가장 잘 돋구어주는 것은 바로 회향가루이다. 회향가루를 일단 뿌리면 양고기는 코를 찌르는 냄새를 풍기기 시작한다.

통양구이[烤全羊, 카오취안양 : 고전양]는 위구르족의 고급 연회에서 항상 나오는 전통 요리로 만드는 법은 다음과 같다. 우선 한 살 먹은 새끼 면양을 골라 도살한 뒤 가죽을 벗기고 네 발굽과 내장을 제거한 뒤 철사를 꽂아서 고정시킨다. 그 다음 푼 계란, 밀가루, 강

● 구운 바오즈(包子)

● 양꼬치

황 가루, 소금물을 잘 섞은 즙을 양의 몸에 바르고, 양의 몸에 작은 구멍을 몇 개 뚫는다. 마지막으로 낭을 굽는 불구덩이에 양을 집어넣고 빈틈없이 밀폐시킨 뒤 한 시간 반 정도 구우면 완성된다.

먹을 때는 다른 조미료는 필요 없고, 소금만 조금 준비하면 된다. 완성된 통양구이는 겉은 바삭하고 속은 부드러우며 매우 맛있다. 일부 위구르족은 고기를 잘랐을 때 단면이 아직 핏기를 띠고 있을 정도로 단시간에 구운 통양구이를 즐겨 먹는데, 이들은 이런 양고기가 신선하고 부드러워 더 맛있다고 여긴다.

초원에 바람이 불면 소양을 굽어보네 – 몽고족의 음식

내몽고 자치구의 드넓은 초원에서 생활하는 몽고족은 독수리를 활로 쏘아 떨어뜨리는 기마민족의 기백과 물과 풀을 따라다니며 사는 고된 생활을 이겨내는 정신을 바탕으로 독자적이고 특색 있는 음식 문화를 창조했으며, 이는 오늘날까지도 계승되고 있다.

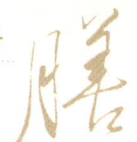

1. 끼니마다 빠질 수 없는 백식(白食)

몽고족은 우유로 만든 음식을 백식(白食)이라고 하는데, 이를 몽고어로는 차간이더(查幹伊德)라고 한다. 즉 순결하고, 상서롭고, 숭고하다는 의미이다. 백식에는 우유로 만든 음료와 음식이 포함된다. 우유로 만든 음료에는 생우유, 요구르트, 나이차(奶茶, 내차 : 우유차), 젖술 등이 있고, 우유로 만든 음식으로는 젖두부, 치즈, 버터, 나이수(奶酥, 내소 : 치즈의 일종), 나이유(奶油, 내유: 버터의 일종), 나이피(奶皮) 등이 있다.

몽고차(蒙古茶)라고도 하는 나이차는 초원의 유목민들이 가장 즐겨 마시는 음료로, 특히 중장년층이 좋아한다. 목축 지역에는 '하루를 음식을 먹지 않고 살지언정 차가 없이는 하루도 살 수 없다' 라는 말이 있을 정도이다. 나이차와 차오미(炒米, 초미 : 기장을 끓이고 볶고 빻아서 만듦)는 유목민의 가장 일상적인 음식이다. 이른 아침 부녀들은 젖을 짠 후 가장 먼저 차를 끓인다.

유목민이 차를 좋아하는 이유는 대체로 다음 세 가지이다. 첫째, 겨울과 여름에 일교차가 큰 목축 지역에서 차를 마시면 겨울에는 추위를 쫓고, 여름에는 더위를 막고, 낮에는 건조함을 막아주며, 밤에는 온기를 더할 수 있다. 둘째, 채소가 적은 목축 지역에서 차를 마시면 영양소의 균형을 맞추고, 비타민을 보충할 수 있다. 셋째, 소고기, 양고기, 치즈를 자주 먹는 유목민들에게 차는 느끼함을 달래고 소화를 촉진하는 효능이 있다.

● 나이차(奶茶)

오늘날에는 다음과 같은 방법으로 차를 끓이는 것이 유행이다. 청전차(靑磚茶)나 흑전차(黑磚茶)를 빻아서 작은 봉투에 넣고 이것을 다시 끓는 물에 넣거나 찻잎을 바로 솥에 넣고 몇 분 동안 부글부글 끓인 후 신선한 생우유를 천천히 붓는 것이다. 우유와 물의 비율은 상황과 개인 기호에 따라 다른데 대체로 1대3에서 1대6의 비율이다. 솥 안의 물과 우유가 끓으면 숟가락으로 저어주고, 차와 우유가 서로 섞여 향기가 진동을 하면 완성된다.

● 몽고족이 차를 마실 때 곁들이는 나이펜(奶片)과 나이수(奶酥)

나이피(奶皮)는 새해나 명절에 어른들께 드리는 선물로 많이 쓰인다. 우유를 펄펄 끓인 후 하루나 이틀 냉각시키면 지방이 표면에 한 겹 응고되어 마치 벌집 모양의 곰보빵처럼 된다. 이것을 젓가락으로 떼어내어 접시 위에 놓고, 반달 모양으로 접어서 통풍이 잘되는 그늘에서 말리면 바로 나이피가 완성된다. 나이피를 만드는 데 쓰이는 우유는 가을에 짜낸 우유가 가장 안성맞춤이다. 젖소는 가을에 가장 살지기 때문에 가을에 짜낸 우유가 지방 함량이 가장 높다. 나이피 안에 백설탕을 넣거나 나이피를 차오미(炒米)와 함께 섞어 먹으면 매우 달고 맛있다.

맛이 좋고 질이 높은 음식인 나이유(奶油)는 바이유(白油, 백유)와 황유(黃油, 황유)로 나눌 수 있다. 생우유를 우유통이나 냄비, 그릇 등에 넣고 발효시키면 위쪽에 지방이 둥둥 뜨는데 이것을 숟가락으로 걷어낸 것이 바로 바이유이다. 바이유는 지방 함량이 매우 높고 영양이 풍부하며 약간 신맛을 띤다. 이 바이유를 이용해서 황유도 만들 수 있다. 바이유를 철냄비에 넣고 약한 불로 천천히 끓이면서 숟가락으로 자주 저어준다. 물이 완전히 증발하고 색깔이 약간 노란색을 띠게 되면 황유가 완성된다. 맛이 진하고 향기로운 황유는 손님을 접대하는 고급 음식이다. 유목민들은 손님이 황유를 먹기 편하게 하기 위해 그릇이나 소, 양의 위장에 담는다.

2. 하루라도 거를 수 없는 홍식(紅食)

몽고족은 육식을 홍식(紅食)이라고 부르는데, 몽고어로는 이를 우란이더(烏蘭伊德)라고 한다. 즉, 홍색 음식이라는 뜻이다. 몽고족이 즐겨 먹는 고기류는 소고기와 면양고기이고, 그 다음으로는 산양고기, 낙타고기, 말고기 등이 있다. 수렵 계절에는 사냥한 황양을 먹기도 한다. 고기 요리 중에서 가장 특색 있는 것은 통양구이[烤全羊]이고, 가장 보편적인 것은 서우바(手把, 수파) 양고기로 거의 매일 먹는다.

몽고족은 양고기를 삶을 때 아무것도 넣지 않으며 고기가 익으면 바로 먹어 고기의 신선도를 유지한다. 특히 서우바(手把) 양고기를 삶을 때는 너무 오래 삶는 것을 싫어하고 아주 잠깐만 삶는다. 그러나 내몽고 동부에 있는 몽고족과 한족의 잡거 지역에 사는 몽고족들은 조미료를 넣고 부드럽고 야들야들해질 때까지 삶은 서우바 양고기를 좋아한다. 또 일부 지역의 몽고족들은 양의 허리고기를 크게 썰어 기름을 발라 튀긴 다자양(大炸羊, 대작양)을 좋아한다. 이밖에 소고기는 주로 겨울철에 먹는다.

통양구이는 몽고족이 경축 연회에서 귀빈을 대접할 때 내놓는 요리이다. '통양'을 몽고어로 '슈스(秀斯)'라고 하는데, 통양 요리가 나오는 연회를 '슈스 연회'라고 한다. '슈스 연회'에서는 손님이 소고기와 양고기로 만든 요리를 한창 먹고 있을 때 통양구이가 나온다. 통양구이를 먹는 방법은 두 가지가 있는데, 하나는 손님들에게 보이고 나서 주방으로 다시 가져가 껍질 쪽 고기를 가로 반 치, 세로 두 치 길이의 사각형 모양으로 썰어 접시 위에 놓은 다음, 뼈 쪽 고기를 썰어 같이 상에 올리는 방식이다. 그리고 나머지 한 가지는 주방장이 손님들 앞에서 고기를 써는 방식이다. 일반적으로 통양구이를 올린 후 몽고 바오즈(包子), 쌀밥, 양뼈탕 등을 연달아 올린다.

장백산과 흑룡강이 있는 설국(雪國)의 풍속 – 만주족의 음식

관동(關東)의 장백산(長白山)과 흑룡강(黑龍江) 지역에서 세력을 키우기 시작한 만주족은 적극적이고 남다른 진취정신으로 대청(大淸)제국을 건설하여 중국을 무려 260년간 통치했다. 과거 수렵생활을 하던 만주족은 오늘날 농업을 주요 생계 수단으로 삼는 민족으로 발전했으며 민족 전통과 북방 한랭 지역 농경민족의 공통적인 특징이 잘 어우러진 식문화를 발전시켰다.

1. 보보(餑餑)와 쏸탕쯔(酸湯子)

보보(餑餑, 발발)는 북방 방언으로 만터우(饅頭, 소가 없는 찐빵)와 케이크, 과자, 빵류의 음식을 가리킨다. 오랜 역사를 자랑하는 보보는 청대의 궁정음식이 되기도 했다. 만주족의 중요한 주식인 보보

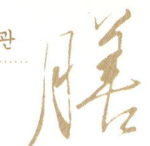

는 종류가 매우 많은데, 계절에 따라서 만드는 법도 각양각색이다. 즉 봄에는 콩고물 보보를, 여름에는 소방나무 보보를, 가을과 겨울에는 찰떡 보보를 만든다. 콩고물 보보는 기장쌀을 제분하여 콩고물과 함께 쪄서 만드는데, 노란 빛깔을 띠며 맛있다. 소방나무 보보는 수수가루와 으깬 팥고물을 혼합하고 겉을 소방나무 잎으로 싸서 찌면 완성되며, 입에 넣을 때 소방나무 잎의 향이 감돈다. 찰떡 보보는 기장쌀을 불려서 제분한 뒤 으깬 콩을 넣고 찐다. 기름에 지지거나 설탕을 찍어서 먹을 수도 있는데 매우 달콤하고 향기롭다. 이밖에 유명한 것으로는 샤오워터우(小窩頭, 소와두)라고도 불리는 궁중의 '밤가루 워워터우(窩窩頭, 와와두 : 옥수수떡)', 사치마(薩其瑪, 살기마 : 밀가루, 설탕, 계란을 함께 반죽하여 튀긴 후, 물엿으로 굳힌 과자), 칭동링다(淸東陵大, 청동릉대) 보보 등이 있다.

만주족은 여름에 쏸탕쯔(酸湯子, 산탕자)를 즐겨 먹는다. 쏸탕쯔는 옥수수를 발효시켜 만든 반죽으로 국수나 칼싹두기(밀가루 반죽을 칼로 굵직하고 조각지게 썰어서 만드는 음식)를 만들어 탕이 들어 있는 솥에 바로 넣어 만든다. 만드는 방법을 자세히 설명하자면, 우선 옥수수를 물에 불려 제분을 하고 천으로 찌꺼기를 거른다. 걸러진 고운 가루를 항아리에 넣고 약간 시큼해질 때까지 발효를 시킨다. 그 다음 손가락에 깔때기 모양의 그릇을 끼우고 긴 면발을 뽑아내어 끓는 물에 잠시 넣었다가 그릇에 담으면 완성된다. 다른 방법으로는, 발효시킨 반죽에 설탕을 섞어 풀처럼 만든 뒤 국자를 이용해 솥의 가장자리에서 중

● 쏸차이(酸菜, 산채 : 더운물에 데쳐서 시큼하게 발효시킨 채소)

앙으로 흘려보내면 소 혓바닥 모양의 보보가 완성된다. 이를 '소 혓바닥 보보' 라고 하는데, 약간 신맛이 나고 매우 맛있다.

2. 쉐창(血腸)과 바이러우(白肉)

만주족은 돼지 창자를 피로 채운 쉐창(血腸, 혈장)을 먹는 습속이 있는데, 주로 음력 12월 돼지를 도살할 때 만든다. 돼지 피에 소금, 생강, 고춧가루, 조미료 등을 넣고 간을 맞춘 뒤 돼지의 소장에 채워 넣는다. 소장은 2척에

● 쉐떠우푸(血豆腐, 혈두부)

조금 못 미치는 길이가 가장 적당하며, 양 끝을 가는 끈으로 단단히 묶는다. 소장에 피를 너무 가득 채우면 삶을 때 터질 수가 있으므로 주의한다. 어느 정도 삶아졌을 때 깨끗한 바늘로 소장에 구멍을 몇 개 뚫는데, 이는 기체를 배출시켜 소장이 부풀어 올라 터지는 것을 막고, 삶는 시간을 조절하기 위해서이다. 즉, 구멍으로 피가 새어나오지 않으면 즉시 소장을 건져내어 찬물에 넣는다. 소장을 썰어서 바로 먹어도 되고, 간장, 식초, 다진 마늘, 생강즙, 고추기름 등에 찍어 먹어도 된다. 쉐창은 신선하고 담백해서 많이 먹어도 물리지 않아 술안주나 반찬에 모두 잘 어울린다.

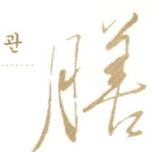

만주족은 삶은 바이러우(白肉, 백육)를 즐겨먹는다. 바이러우는 돼지고기를 큼지막하게 썰어 깨끗이 씻은 후 물에 넣고 삶은 뒤 생강, 파, 붓순나무 열매, 산초나무 열매, 계피나무 껍질, 육두구(강장제나 향미료로 쓰이는 열매) 등의 조미료를 넣고 다시 야들야들해질 때까지 삶아 만든다. 삶아진 돼지고기를 썰어서 간장, 식초, 잘게 썰어 절인 부추꽃, 다진 마늘, 고추기름, 겨잣가루 등으로 간을 한 양념에 찍어 먹으면 고기가 기름져도 느끼하지 않다.

후바이러우(糊白肉, 호백육)도 만주족이 즐겨먹는 음식중 하나다. 후바이러우를 만드는 방법은 다음과 같다. 우선 껍질이 붙어있는 삼겹살을 큼직큼직하게 썰어 불꽃으로 껍질을 지지고 태워 깔끔하게 제거한다. 그 다음 고기를 끓는 물에 넣고 어느 정도 삶은 뒤 건져내어 물기를 제거한다. 솥의 물이 끓으면 다시 고기를 넣고 파, 생강, 산초나무 열매, 붓순나무 열매 등의 조미료를 넣고 고기가 흐물흐물해질 때까지 약한 불로 삶는다. 고기를 썰어 준비된 양념에 찍어 먹어도 되고, 설탕을 넣은 뜨거운 황주(黃酒)와 함께 먹으면 고기와 술이 잘 어우러져 색다른 맛이 있다. 바이러우를 먹는 것은 만주족의 전통이라고 할 수 있는데, 『청패유초(淸稗類鈔)』에 관련기록이 있다.

"큰 제사나 경축할 만한 일이 있을 때 만주족은 고기를 먹는 연회를 베푼다. 만주족이든 한족이든, 아는 사람이든 모르는 사람이든 누구나 갈 수 있다.……자신이 직접 고기를 잘라서 먹는데, 많이 먹을수록 주인이 더 기뻐한다. 고기를 더 가져오라고 연달아 소리치는 자가 있으면 주인은 반드시 그에게 감사의 뜻을 표시해야 한다. 고기는 모두 바이러우인데, 간장 없이 그냥 먹으면 더욱 부드럽고 맛있다. 양이 많은 사람은 열 근까지도 먹을 수 있다."

3. 만주족의 쏸차이(酸菜)

북방의 겨울은 한랭하고 신선한 채소가 적기 때문에 만주족의 민간에서는 가을과 겨울이 교차되는 시기에 배추로 쏸차이(酸菜, 산채)를 담근다. 배추의 뿌리를 제거하고 깨끗이 씻은 후 끓는 물에 살짝 데친 후 항아리에 넣어 십여 일 동안 발효시켜 신맛이 나면 쏸차이가 완성된다. 만주족은 쏸차이를 이용하여 각종 반찬을 만드는데, 쏸차이와 함께 삶은 바이러우와 당면은 만주족이 즐겨먹는 겨울 음식이다. 쏸차이는 삶고, 고고, 볶고, 무치는 등의 방법으로 먹을 수 있고, 휘궈(火鍋, 샤브샤브)에 넣어서 먹으면 색다른 맛을 즐길 수 있다. 이밖에 쏸차이는 자오쯔(餃子, 만두)의 소로도 쓰인다. 동북 지방의 만주족은 집집마다 이듬해 봄까지 먹을 수 있는 양의 쏸차이를 담근다.

돼지고기, 양고기, 닭고기 등과 쏸차이를 함께 삶으면, 우러나온 탕이 매우 신선하고 개운해서 가슴 속까지 시원해짐을 느낄 수 있다. 쏸차이와 함께 삶는 고기는 지방질이 없는 살코기보다는 어느 정도 비계 덩어리가 붙어있어 기름진 고기가 좋다. 그래야만 고기와 우려낸 탕이 더욱 맛이 좋고, 쏸차이도 더욱 부드럽고 매끈하며 아삭아삭하고 상큼하다.

장족 마을에 귀한 손님이 오셨네 – 장족(壯族)의 음식

중국의 소수민족 가운데 인구가 가장 많은 민족인 장족(壯族)은 오랜 세월 동안 발전을 거듭하면서 식습관과 조리 기술이 주변의 한족과 많이 비슷해졌지만 부분적으로는 여전히 민족의 특색을 유지하고 있다. 장족은 찹쌀과 생선회를 즐겨먹고, 손님을 집에 초대하

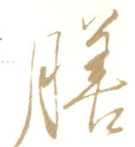

기 좋아하는 것으로 유명하다.

1. 꽃찹쌀밥과 쭝바

　　장족이 기념일을 경축할 때 반드시 먹는 꽃찹쌀밥[花糯米飯, 화눠미판 : 화나미반]은 오색밥, 오채(五彩) 찹쌀밥, 오색 찹쌀밥이라고도 한다. 새해와 명절에 장족은 꽃찹쌀밥을 서로에게 선물로 주고 축복을 하며 깊고 두터운 정을 과시한다.

　　꽃찹쌀밥을 만드는 법은 우선 각종 식물의 뿌리, 줄기, 잎, 꽃을 절구로 잘게 빻아서 물에 불리거나 일정 시간 끓여서 갖가지 색깔의 즙을 만든다. 이 즙을 사용하여 물에 불려 깨끗이 씻은 찹쌀에 물을 들이고 찌면 다양한 색깔의 꽃찹쌀밥이 완성된다. 꽃찹쌀밥의 색깔은 검은색, 붉은색, 노란색, 녹색, 자주색, 흰색

● 오채 꽃찹쌀밥

(쌀의 원래 색깔) 등 예닐곱 가지가 있는데, 오색이 가장 보편적이다. 꽃찹쌀밥은 색깔에 따라 쓰이는 장소가 다르다. 예를 들어 노란 꽃으로 즙을 만들어 물들인 노란 찹쌀밥은 성묘할 때, 귀신을 맞이하거나 보낼 때 사용한다.

　　장족은 쌀밥을 휴대하기 좋게 종종 주먹밥 모양으로 빚는데, 모양이 특이한 만큼 맛도 색다르게 느껴진다. 꽃찹쌀밥도 예외는 아니다. 꽃찹

187

쌀밥을 주먹밥 모양으로 만들어 한 곳에 두면 오색찬란한 주먹밥이 눈부시게 아름답다. 꽃찹쌀밥의 색을 내는 원료는 착색뿐 아니라 간을 맞추는 역할까지 하는데, 색깔에 따라 그 맛과 향도 다르다. 또한 쌀밥에 물을 들이면 쉽게 쉬거나 상하지 않아 음식의 부패를 방지하고 신선도를 유지하는 효과까지 거둘 수 있다.

장족은 찹쌀로 만든 쭝쯔(粽子)를 즐겨 먹는데, 장족은 이를 가리켜 쭝바(粽粑, 종파)라고 한다. 쭝바는 종류가 매우 다양한데, 여기에서는 가장 특색 있는 두 가지를 소개하도록 하겠다.

하나는 운남성 문산(文山) 장족(壯族)·묘족(苗族) 자치주의 '말다리[馬脚杆, 마자간 : 마각간] 쭝바'이다. 이 쭝바는 가로 10~15cm, 세로 30cm의 대형 종려나무 잎으로 싸여 있다. 그 모양이 마치 발굽이 달린 말의 다리처럼 생겨서 '말다리 쭝바'라는 이름이 붙게 되었다. 만드는 방법은 우선 찹쌀을 씻어서 30분 이상 불리고, 마른 종려나무 잎을 태워 재로 만든다. 그 다음 찹쌀에서 물을 걸러내고 여기에 재를 넣고 고르게 섞은 뒤, 여기에 채썬 햄, 밤, 기름을 넣고 다시 고르게 혼합한다. 마지막으로 신선한 종려나무 잎으로 겉을 싸서 솥에 물을 넣고 같이 삶으면 완성된다. 소금이나 설탕을 첨가해 짜게 혹은 달게 먹을 수 있고, 아무것도 첨가하지 않고 그냥 먹어도 좋다. 검누런 빛깔의 '말다리 쭝바'는 향이 좋고, 입에 들어갔을 때 그 느낌이 매우 매끄럽다. '말다리 쭝바'는 차게 해서 먹어도 좋고 뜨겁게 해서 먹어도 좋은데 보존할 수 있는 기간이 길어 명절의 필수 음식이다. 또한 장족의 청춘 남녀들은 장이나 가우(歌圩, 노래 부르기 대회)에 갈 때, 짝짓기를 하러 갈 때 '말다리 쭝바'를 준비해 서로에게 선물한다.

나머지 하나는 광서 장족 자치구 영명현(寧明縣)에서 춘절(春節)에 만드는 '대장(大壯) 쭝바'이다. 족히 팔선상(八仙床) 크기는 될 만한 놀랄 정도로 크기를 자랑하는 '대장(大壯) 쫑바'는 겉은 파초 잎으로 싸여 있고, 안에는 뼈를 발라낸 소금에 절인 돼지 다리가 있다. 쫑바를 다 싸면 물이 가득한 커다란 항아리에 넣어 뚜껑을 굳게 닫고, 항아리의 주변에 볏짚으로 꼰 새끼를 놓고 불사른다. 새끼가 타

● 광서 용승(龍勝) 옛 마을

면 주위에 끊임없이 겨를 집어넣으며 7일 동안 항아리를 가열하면 마침내 쫑바가 익게 된다. 춘절이 오면 신이 난 사람들은 대형 쫑바를 이고 거리를 거닐며 제사를 지낸다. 그 다음 사람들과 상서로움을 상징하는 이 대형 쫑바를 나눠 먹으며 모두가 한마음 한뜻이 되었으며, 화목하고 사이가 좋음을 확인한다.

2. 선지[拌吃生血]와 생선회[魚生]

　　　　장족들이 즐겨 먹는 선지[拌吃生血, 반츠성쉐 : 반흘생혈]를 만드는 법은 다음과 같다. 아직 온기가 남아있는 돼지, 양, 닭, 거위 등의 생피를 깨끗한 그릇에 붓고 계속 휘저어 응고되지 않도록 한다. 여기에 조미료를 넣고 볶은 고기와 내장을 뜨거울 때 들이붓고 고르게 저어준 뒤 응고시키면 먹을 수 있다. 장족은 선지를 먹으면 피의 양을 증가시키고 원기를 보충할 수 있다고 여긴다.

　　생선회[魚生, 위성 : 어생]는 장족이 명절에 손님을 접대하는 요리이다. 신선하고 연하며 살이 통통하게 오른 잉어의 비늘을 벗기고 가시를

제거한 뒤 깨끗이 씻어둔다. 그런 다음 아주 얇게 썰어 참기름, 소금, 파, 마늘, 생강 등에 버무리고 식초, 간장 등의 양념을 따로 준비한다. 먹을 때는 개인의 기호에 따라 생선회에 식초나 간장 등을 찍어 먹으면 입맛에 맞게 즐길 수 있다. 생선회는 날로 먹는 것이므로 반드시 싱싱하고 위생적인 생선을 써야한다.

찹쌀과 신맛을 좋아한다 – 묘족의 음식

중국의 서남, 중남 지역에 분포하고 있는 묘족은 독특한 식습관을 가지고 있다. 찹쌀을 귀하게 여기는 묘족에게 찹쌀은 풍작과 상서로움의 상징이다. 묘족은 '맵지 않으면 음식이 아니다' 라고 말할 정도로 맵고 새콤한 맛을 좋아하고, '묘족의 개, 이족(彝族)의 술' 이란 속담처럼 개고기를 즐긴다. 또한 술을 차 마시듯 할 정도로 술을 몹시 좋아하는데, 연회를 열면 반드시 취할 때까지 마셔야만 비로소 연회를 마친다.

1. 쏸차이(酸菜), 쏸러우(酸肉), 쏸위(酸魚)

묘족들은 일반적으로 신맛이 나는 음식을 좋아해서 집집마다 음식을 절이는 항아리가 있는데, 이를 쏸탄(酸罈, 산담)이라고 한다. 묘족은 채소, 생선, 돼지고기, 닭고기, 거위고기 등을 신맛이 나게 절여서 먹는 것을 좋아한다. 묘족은 채소가 나지 않는 계절을 대비해 각종 푸른 채소, 고추, 무, 콩꼬투리, 마늘종 등을 절여서 쏸차이(酸菜, 산채)를 만들어 둔다.

쏸러우(酸肉, 산육)는 우선 신선한 고기를 큼지막하게 썰어 고기 위에 소금을 뿌리고, 그 위에 다시 고기를 얹고 소금을 뿌리고 하는 식으로 고기를 겹겹이 쌓아 누른다. 3일 정도 지나 소금이 녹아서 고기 속으로 스며들면 찹쌀밥과 첨조주(甛糟酒)를 섞어서 끓이고 이것을 고기에 바른다. 마지막으로 고춧가루와 기타 양념을 넣고 항아리 입구를 밀봉한 뒤 물이 약간 담긴 대야 안에 뒤집어 놓고 공기가 통하지 않게 한다. 약 2주 정도 지나면 새콤하고 맛있는 쏸러우를 맛 볼 수 있다.

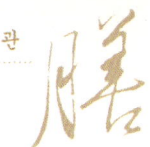
● 묘족 특색의 새콤한 생선 요리인 쏸위(酸魚, 절인 생선)

큰 하천이 없는 묘족 거주 지역에도 생선 요리는 있다. 속칭 준어(蠢魚)라고 불리는 토종 물고기가 논두렁에 사는데, 기르기가 쉬워 생산량도 매우 많다. 봄인 2~3월에 모를 심고 물고기를 양식하면 가을인 7~8월쯤에 이르러 반 근에서 한 근 남짓 정도까지 자란다. 1~2년을 계속 기르면 작은 것은 1~2근, 큰 것은 무려 3~4근에 달한다.

해마다 가을이 되면 묘족들은 '쏸위(酸魚, 산어) 만들기 대회'를 벌인다. 사람들은 논두렁이나 냇물에서 싱싱한 물고기를 잡은 다음 복부를 갈라 내장을 제거하고 소금과 고춧가루를 넣고 고르게 섞은 뒤 2~3일 정도 소금에 절여둔다. 그 다음 물고기 위에 찹쌀가루와 옥수수가루를 뿌려 항아리 속에 집어넣고 보름 정도 밀봉해두면 완성된다. 경우에 따라서는 물고기를 3~5일 정도 절이고 말린 후에 물고기의 배에 반쯤 익힌 좁쌀이나 정미하지 않은 쌀을 가득 채워 항아리 속에 넣고 밀봉한 뒤 물이 약간 담긴 대야 안에 뒤집어 놓기도 한다. 이렇게 보름 정도 지나면 소금이 완전 스며들어 맛이 새콤해지고, 색은 등황색을 띠며, 육질이 바삭바삭하고 연해진다. 꺼내서 바로 먹어도 비린내가 나지 않고 새콤한 것이 아주 맛있다.

묘족은 물고기, 고기, 채소 등을 절이는 항아리를 안채나 담장 옆에 둔다. 부유한 가정은 이러한 항아리가 매우 많은데, 낯선 사람도 이 항아리 숫자만 세어보면 그 집안의 형편이 어떤지 묻지 않아도 금새 알 수 있다.

2. 독특한 풍격의 잡주(咂酒)

묘족은 유구한 양주(釀酒) 역사를 가지고 있다. 누룩 제조, 발효, 증류, 혼합에서 저장에 이르기까지 묘족은 일련의 완벽한 양주 기술을 가지고 있다. 술의 종류도 매우 여러 가지인데 그 중 가장 특색 있는 것은 잡주(咂酒)다.

잡주를 만드는 방법은 우선 찹쌀, 밀, 수수, 좁쌀, 돌피 등의 원료를 솥에 집어넣고 증류시킨다. 그 다음 누룩을 고르게 반죽하여 말리고 물을 약간 뿌려 항아리에 넣은 뒤 불 옆에서 발효시키는데, 온도를 섭씨 60도 정도로 유지시키면 하루 뒤에 신맛이 단맛으로 변한다. 이어서 불을 끄고 돼지 방광 가죽으로 항아리의 입구를 틀어막고 서늘한 곳에 보관한다. 이렇게 해서 만들어진 술은 누런 빛깔에 광택이 나고 그윽한 향이 나며 맛이 진하다.

이 술을 적당히 마시면 식욕이 증진되고 소화가 잘 되며 피로가 해소된다. 술을 마실 때는 항아리를 열어 끓인 물을 넣고(겨울에는 따뜻한 물을, 여름에는 찬 물을 사용함), 대나무 관을 꽂아서 빨아 마신다. 대나무는 물대나무가 가장 적합하고, 대나무관의 길이는 항아리의 크기에 따라 결정된다. 마디가 없는 대나무를 쓰는 것이 좋은데, 만약 마디가 있으면 미리 통하게 해야 한다. 술자리에 모인 사람들은 술 항아리를 둘러싸고 둥글게 앉는다. 최고령자가 먼저 술을 마시면 왼쪽에서 오른쪽으로 앉

은 순서대로 차례로 돌려가며 마신다. 술을 다 빨아 마시면 찬물이나 더운물을 다시 붓고 우려내어 농도가 엷어져 술맛이 거의 나지 않을 때까지 마실 수 있다. 잡주 항아리를 일단 개봉하면 남은 술의 농도가 진하든 연하든 그 날로 마시고 버리며 다음에 다시 마시지 않는다.

토속적인 향기가 물씬 풍기는 유차 – 요족(瑤族)의 음식

오랜 시간에 걸쳐 끊임없이 이주를 한 요족(瑤族)은 '남령(南嶺)에 요족이 없는 산이 없다' 라는 말이 있을 정도로 광범위한 지역에 분포하고 있다. 이 때문에 요족은 거주 지역에 따라 주요 생계 수단과 식습관에 차이가 있다. 농경 생활을 하며 쌀, 돼지, 소, 닭, 거위, 채소, 과일을 주로 먹는 요족이 있는가 하면, 금수를 잡아먹고 야생 식물을 캐서 끼니를 잇는 수렵 생활을 하고 있는 요족들도 있다.

1. 죽통밥[竹筒飯]과 자(鮓)

산간 지역에 사는 요족은 차가운 음식을 먹는 습관이 있다. 음식을 만들 때는 휴대와 보관이 용이한지를 먼저 고려한다. 그래서 쫑바(粽粑, 종파 : 찹쌀 주먹밥)나 죽통밥[竹筒飯, 주통판 : 죽통반]은 요족들이 즐겨 만드는 음식이 되었다. 『중화전국풍속지(中華全國風俗志)』에 관련 기록이 있다. "요족은 죽통을 솥으로 삼는다. 음식은 익어도 대나무는 타지 않으니 참으로 기이하도

● 죽통밥은 요족이 즐겨먹는 음식이다.

다." 죽통밥은 휴대와 보관에 용이할 뿐 아니라 매우 향긋하기도 하다.

　요족은 고기, 생선, 거위 등으로 ‘자(鮓)’를 만들어 먹는다. 입동(立冬)에서 이듬해 입춘(立春)이 되기 전까지가 자(鮓)를 만드는 최적기이다. ‘돼지 자’는 우선 털을 뽑고 깨끗이 씻은 돼지를 토막토막 자르고 항아리에 넣는다. 그런 다음 소금, 백주(白酒), 차유(茶油), 회향 가루를 첨가해 고르게 섞고 두 시간마다 한 번씩 저어준다. 5~10시간이 지난 뒤 꺼내어 깨끗하게 씻어서 말린 항아리에 집어넣는데, 이때 항아리를 가득 채우고 입구를 밀봉해야 한다. 이렇게 해서 30일이 지나면 완성된다. ‘닭·거위·생선 자’를 만드는 방법도 이와 유사한데, 다만 고기를 토막토막 써는 과정을 생략하고, 돼지고기에 비해 생강가루, 백주, 차유를 좀 더 많이 넣으며, ‘생선 자’에는 빻아서 볶은 쌀가루를 첨가한다. 산 속에 사는 요족은 새를 사냥하는 데도 매우 능숙하므로 독특한 풍미의 ‘새 자’를 만들기도 한다.

2. 젓가락 한 짝으로 마시는 유차(油茶)

　요족은 유차(油茶)를 즐겨 마신다. 친절하고 손님 접대를 좋아하는 요족은 손님이 집에 오면 낯설든 익숙하든 관계없이 모두 부인이 유차로 대접하며, 손님이 많이 마실수록 주인은 더욱 좋아한다. 순박한 광서 계북(桂北)의 요족은 손님이 오는 것을 기

● 요족은 손님을 매우 친절하게 접대한다.

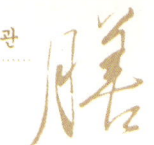

뿐 일이라고 생각하므로 주인은 매우 정중하게 대접한다. 손님이 자리에 앉으면 먼저 차가운 차를 한 잔 대접하여 손님이 마음을 안정시키도록 한다. 만약 손님이 한 번에 잔을 깨끗이 비우면 주인은 매우 기뻐한다.

이어서 주인은 유차를 내오는데, 유차가 담긴 사발 옆에는 젓가락이 한 짝만 놓여 있다. 요족은 유차를 마시는 것을 정식 식사라고 생각하지 않기 때문에 젓가락을 한 짝만 놓는 것은 이후에 정식 식사가 나온다는 것을 의미한다. 이곳의 풍습에 따르면 유차를 석 잔 비운 손님이야말로 진정한 좋은 친구이다. 입에 맞지 않는다고 하여 손님이 유차를 거절하면 주인은 손님이 자신을 깔보고 있다고 생각한다. 유차는 덖은 찻잎으로 탕을 끓여서 생강, 고추, 소금 등의 조미료를 넣고 식기 전에 볶은 쌀과 볶은 콩 등을 풀어 만드는데, 그 맛이 매우 특이하다.

첩첩산중 토가족 마을 – 토가족(土家族)의 음식

토가족(土家族)은 호남성, 호북성, 사천성, 귀주성, 중경시가 만나는 곳에 거주한다. 고달픈 생존환경과 수차례 반복된 환난의 역사로 말미암아 토가족은 호탕하고, 강인하고, 순박한 민족기질을 형성했다. 뿐만 아니라 조상을 숭배하고, 지난 일을 되새기며, 협동단결하고, 무예를 숭상하는 민족정신을 함양하게 되었다. 또한 토가족은 변변치 않은 일상적인 음식에도 감사드릴 줄 알며 검소한 식생활을 하면서도 기꺼이 진수성찬으로 손님을 대접하고 조상께 제사를 지내는 풍속습관을 가지고 있다.

1. 신맛과 매운맛을 좋아하는 토가족

토가족의 식습관은 지리환경의 영향을 매우 많이 받았다. 지세가 높아 한랭하면서도 다습한 기후에 살고 있는 토가족은 추위를 쫓고 습기를 제거하기 위해 고추를 먹는 습관이 생겼다. 또한 산길이 험해 교통이 불편하여 물건을 사러 다니기 불편하기 때문에 일상 음식 문제를 해결하기 위해 음식을 절여서 저장하는 방법을 사용하게 되었다. 따라서 모든 토가족 가정에는 음식을 담그는 데 쓰이는 항아리가 하나씩 있다. 절인 음식은 신맛을 띠며 식욕을 자극시키기도 한다. 이처럼 지리적 요인의 영향으로 토가족의 음식은 매운맛과 신맛을 두드러지게 띠게 되었다.

토가족은 채식을 위주로 하는데, 끼니마다 쏸차이(酸菜)와 고추가 빠지지 않는다. 쏸차이는 푸른 채소, 무, 고추 등을 소금물에 절여서 만드는데, 그 맛이 새콤하고 상쾌하며 아삭아삭하다. 토가족은 요리를 할 때 고추를 부재료가 아닌 주재료로 사용한다. 그들은 새빨간 고추를 반으로 갈라 씨를 제거하고 찹쌀가루나 옥수수가루를 곁들이고 소금과 함께 버무린다. 이것을 항아리에 넣고 밀봉하는데 일정시간이 지나면 수시로 꺼내 먹는다. 이것을 기름에 튀기면 붉은 광택이 나고 새콤하면서도 매운맛이 나 식욕을 자극시킨다.

쏸러우(酸肉), 쏸위(酸魚), 라러우(臘肉, 납육)는 토가족의 특색 음식이다.

쏸러우는 비계를 약 2량(兩)의 무게로 썰고 소금, 오향(五香, 산초, 회향, 계피, 팔각, 정향)을 넣고 몇 시간 동안 절인 뒤 옥수수가루를 섞는다. 이것을 항아리에 넣어 보름 정도 두면 완성된다. 꺼내서 다른 조미료를 첨가해 익혀 먹으면 맛이 새콤하면서도 쫀득쫀득하고, 기름지지만 느끼하지 않다.

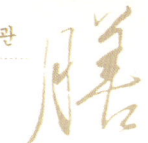

쏸위는 무게가 반 근 이상 나가는 생선의 내장을 제거하고 깨끗이 씻은 뒤 뱃속에 옥수수가루나 좁쌀 혹은 귀리가루나 밀가루를 넣고 소금과 함께 버무려 항아리에 넣고 밀봉한다. 일이년 동안 보관해도 변질되지 않으며 바로 먹어도 좋고 익혀 먹어도 좋다. 기름으로 튀기면 황금빛이 나고 바삭바삭하며 향기롭고 새콤한 특징이 있으며 양념을 따로 하지 않아도 된다. 민간에서는 쏸위를 항상 갖추어 놓고 손님이 오면 대접한다.

매년 음력 12월 31일 토가족은 새로운 일 년의 시작을 준비하고, 친척과 친구들에게 선물을 하기 위해 집집마다 돼지고기로 라러우(臘肉)를 만든다. 이곳에서는 이 음식을 투라러우(土臘肉, 토랍육)라고 하는데, 그 제조 방법이 대대로 전해 내려오고 있다.

● 토가족은 추위를 쫓고 습기를 제거하기 위해 시거나 매운 음식을 즐겨 먹는다.

우선 돼지고기를 큼지막하게 토막으로 썰고 소금, 산초, 후추를 넣고 일주일 동안 담근 뒤 이삼일 동안 연기에 그을린다. 그 다음 재를 털어내고 가열한 식물성 기름을 고기의 표면에 뿌리고 그늘에서 말린다. 이것을 볏짚 속에 묻어두거나 식물성 기름 속에 담가 둘 수도 있는데, 이삼년 동안 변질되지 않는다. 먹는 방법은 매우 다양한데, 주로 찌거나 볶아서 먹는다. 민간에서는 '삼 년 된 라러우가 손님을 대접하기 좋다' 라는 말이 전해오고 있다.

2. 쉐더우푸(血豆腐), 찹쌀 바바(粑粑), 모내기날 탕위안(湯圓)

　　　　새해를 맞거나 명절을 쇨 때 혹은 친척친구들이 방문할 때 토가족의 식탁에는 항상 쉐더우푸(血豆腐, 혈두부)가 빠지지 않는다. 토가족의 전통음식인 쉐더우푸는 신선한 두부에 깨끗한 돼지피를 넣고 소금, 고추, 귤껍질, 다진 비계와 함께 버무린 뒤 손으로 덩어리 모양을 빚어서 표면이 거무스레하고 안이 약간 딱딱해질 때까지 땔나무에 불을 붙여 연기로 그을려 굽는다. 먹을 때는 얇게 썰어서 돼지고기와 함께 볶거나 가늘게 채썰어서 고추와 파를 넣고 볶아 먹을 수 있다. 입에 넣으면 산뜻하고 바삭바삭하면서도 부드러워 식욕을 돋우어 주며, 안주로 제격이다.

● 찹쌀 바바

　　　　찹쌀 바바(粑粑, 파파 : 호떡 모양의 빵)는 토가족 민간에서 가장 사랑받는 음식 중 하나이다. 토가족은 명절에 친척이나 친구들에게 주로 바바를 선물하고, 딸의 산욕기에도 바바를 선물하고, 집을 수리할 때 대들보를 향해 바바를 던지기도 한다. 선물을 할 때는 일반적으로 작은 바바 20개와 큰 바바 1쌍을 보낸다. 희(喜)자와 수(壽)자가 붉은 글씨로 쓰여 있는 큰 바바는 어른께 드리고, 작은 바바는 동년배나 아이들에게 나누어 준다. 신혼 첫날 밤 신랑은 신부에

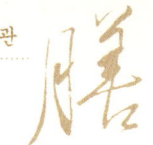

게 반드시 바바를 선물로 주어야 한다. 결혼 후 신혼부부가 처음으로 친정집을 방문할 때, 친정집에서도 찹쌀 바바를 선물한다.

　모 심는 날은 토가족의 정식 명절은 아니지만 이때 토가족의 마을은 마치 명절을 쇠는 것처럼 시끌벅적하다. 어른아이 할 것 없이 모두 희색이 만연하고 명절과 같이 분위기가 들떠있다. 호북성 남서쪽 일대의 토가족 농민은 매년 모를 심는 날 집집마다 ‘모내기날 탕위안(湯圓, 소가 들어있는 새알심을 넣은 탕)’을 먹는다. 이 탕위안은 찹쌀 90%, 기장 10%로 이루어져 있는데, 각각 설탕과 돼지고기로 소를 만들며, 달짝지근하고 매우 맛있다. 그릇마다 탕위안 네 개나 다섯 개를 담아 먹는데, 이는 사계절 재운이 트이고 오곡이 풍성하기를 바라는 마음을 표현한다.

10

음식에 관한 여러 가지 상식

식사하는 모습이 정겹고 정취 있구나

  몇 해 전 미국의 한 잡지는 '어느 나라의 요리가 가장 맛있을까?'라는 질문으로 설문조사를 실시한 바 있다. 그 결과 대부분의 사람들이 중국요리가 가장 맛있다고 응답했다. 이들은 중국요리가 인류 문명의 꽃을 활짝 피웠을 뿐만 아니라 기나긴 세월에 걸친 인류 음식 문화의 발전과정을 보여주고 있다고 생각한다. 이 활짝 피어난 꽃을 시들지 않게 하기 위해 선조들은 노고와 정성을 아끼지 않았다. 그중에서도 특히 수많은 요리사, 미식가, 선현들이 발휘한 지혜는 높이 기릴 만하다. 이들 가운데 일부는 세상에 이름이 알려지지 않았거나 역사적으로 이름이 전해지지 않지만 중국 요리 발전에 커다란 공로를 세웠다.

맛의 일인자 상식낭자 – 고대의 전문 요리사

  중국의 요리 문화는 유서가 매우 깊고 요리사의 기술이 매우 뛰어나다. 그러나 고대에 요리를 직업으로 삼은 자들은 대부분이 남자였다. 당송 이후에 이르러 여자 요리사들도 많이 생겨나기 시작했는데, 궁정의 어선방(御膳房)과 민간의 요릿집에 모두 여자 요리사가 있었다. 운이 좋아 황제를 위해 요리하는 요리사를 가리켜 상식낭자(尙食娘子)라 하고 관리를 위해서 요리하거나 주점, 찻집의 주방에서 일하는 요리사를 가리켜 주낭(廚娘)이라고 했다.

  주낭은 당시 사회에서 지위가 비록 낮긴 했으나 매우 인기 있는 직업이었다. 일반 서민 가정에서는 딸을 낳으면 모두들 주낭으로 키우고 싶어 할 정도였다.

  당대의 방천리(房千里)는 당시 영남(嶺南)에서 벼슬을 할 때 목격한 상황을 『투황잡록(投荒雜錄)』에 기록했다. "영남에서는 부잣집이든 가

난한 집이든 딸에게 자수와 방직을 열심히 가르치지 않고, 주방에서 칼질을 연습시키며 술, 장, 김치, 젓갈을 잘 담그는 딸을 최고로 여기니, 이것이 변경 지방 사람들의 천성이란 말인가? 그래서 백성들이 다투어 청혼을 하는 한 처자에게 물었더니 대답하기를, '저는 바느질은 정말 못하지만 뱀장어, 드렁허리 요리만큼은 정말 맛있게 합니다' 라고 말했다."

뿐만 아니라 송대 요영(廖莹)의 『강행잡록(江行雜錄)』에도 당대 영남 지방의 상황과 매우 비슷한 송나라 수도의 주낭을 묘사한 부분이 있다. "수도의 중하류층 서민들은 남자아이를 낳으려 하지 않고, 여자아이를 낳으면 보물단지처럼 귀하

● 고대의 전문 요리사

게 여겼다. 아이가 자라면 그 자질에 따라 기술을 가르쳐 사대부 집안의 하인으로 보냈다. 이들은 시녀, 심부름꾼, 장보기, 바느질, 연극, 빨래, 시동(侍童), 부엌일 등 다양한 일을 했으며 그 등급이 각기 달랐다. 그 중에서 주낭의 신분이 가장 낮았으나 대단한 부호가 아닌 이상 주낭을 고용하지 못했다."

이로써 주낭은 당시에 돈을 매우 잘 버는 직업이었고, 일반 사람들은 주낭을 고용할 경제적 능력이 없었음을 알 수 있다. 『강행잡록』에는 이밖에도 퇴직하여 고향으로 돌아온 강릉(江陵)의 한 태수(太守)에 관한

이야기가 있다. 수도에서 맛본 요리가 몹시 그리웠던 그는 사람들에게 부탁해 갓 20살의 용모가 빼어나고 글을 읽을 줄 아는 수도의 한 주낭을 고용했다. 며칠 후 주낭은 태수의 집을 향해 출발했는데 5리 밖에서 길을 멈추고는 짐꾼을 태수에게 보내 편지 한 통을 전달했다. 편지는 그녀의 친필로 쓴 것이었는데, 글씨가 매우 반듯했다. 편지에서 그녀는 태수에게 사면에 휘장을 친 겨울용 가마를 보내 자신을 맞이하라고 요구했다. 빨간 치마와 녹색 저고리를 입은 주낭이 태수의 집 대문에 들어섰는데, 용모가 단정하고 기품 있어 보였으며, 그야말로 태수의 기대 이상이었다. 주낭은 좌우를 둘러보고는 물러갔다. 태수는 친척, 친구들과 함께 잔을 들고 주낭이 온 것을 축하했다. 이윽고 주낭은 재주를 뽐내 진수성찬을 차렸다. 주낭이 차린 음식은 향기롭고 정갈하며 섬세하고 이루 형언할 수 없을 정도로 훌륭했다. 모인 사람들은 음식을 남김없이 먹어 치웠으며 서로를 마주보며 주낭의 음식 솜씨를 극찬했다.

연회를 순조롭게 마치고 주낭에게 보수를 주어야 할 때가 되었다. 주낭은 연회를 열 때마다 비단 100필이나 20~30만 냥을 달라고 요구했다. 태수는 퇴직한 처지라 주낭의 말을 듣고 놀라 자빠질 지경이었다. 태수는 "나는 세력이 미약하여 이 같은 연회는 자주 열기도 어렵고, 이 같은 고급 주낭을 데리고 있기도 힘들다"라고 남몰래 중얼거렸다. 얼마 후 태수는 핑계를 대고 주낭을 해고했다.

남송 초년, 임안(臨安, 지금의 항주)의 전당문(錢塘門)에 송오수(宋五嫂)라는 주낭이 있었다. 그녀는 북송의 수도였던 변경(汴京) 출신으로 싸이셰경(賽蟹羹, 새해갱 : 생선 국)을 맛있게 하기로 유명했다. 당시 재위에 있던 송 고종(高宗) 조구(趙構)가 하루는 서호(西湖)에 와서 놀다가 고국이 그리워 싸이셰경을 만들라고 명령했다. 고종은 싸이셰경을 매우 맛있게 먹고는 송오수에게 많은 돈을 하사했다. 이때부터 싸이셰경

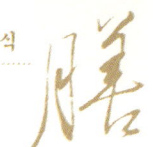

은 전국에 이름이 알려졌으며 송오수는 이 덕분에 거부가 되었다. 후에 싸이셰경은 '송오수 위갱(魚羹, 어갱)'으로 이름을 바꿨고, 오늘날까지 항주의 대표 요리로 전해 내려오고 있다. 후대의 시인들은 "그대의 음식 솜씨가 좋다 했더니 당년의 송오수를 아는구려"와 같이 송오수의 조리 기술을 칭송하는 시를 짓기도 했다.

이처럼 범상치 않은 기예를 발휘했던 송대의 주낭들은 도대체 어떠한 모습이었을까? 중국 역사박물관에 소장된 송대 화상전(畵像磚)에는 송대 주낭의 모습이 그려져 있다. 그녀들은 머리를 바짝 틀어 올리고 옷매무새가 단정하며, 온화하고 점잖으며 귀티가 나는 자태를 뽐내고 있다. 쪽진 머리는 주방 일을 곧 시작한다는 것을 의미한다. 고기를 썰고, 차를 끓이고, 그릇을 씻고……온 정신을 집중하여 일하는 모습이 눈앞에 선하다. 이처럼 고고한 주낭의 자태로 미루어 볼 때, 송대의 일반 부호들이 이들을 고용할 경제적 능력이 되지 않았다는 말은 아마 과장이 아닐 것이다.

이러한 화상전들은 송대의 무덤에서 출토되었다. 송나라 사람들은 무덤에 주낭이 그려진 화상전을 같이 묻었는데, 이는 생전에 이들을 고용하는 부를 누리지 못했으니 사후에라도 이 소원을 이루고 싶다는 바람을 나타낸다. 혹은 생전에 주낭을 고용했듯 사후에도 주낭의 시중을 받길 바라는 소망을 드러낸 것일 수도 있다. 보아하니 맛있는 음식을 먹는 복을 누리려면 주낭을 고용하지 않고는 별다른 방도가 없었던 모양이다.

청대 시단의 대가이자 미식가였던 원매(袁枚)는 『수원식단(隨園食單)』에서 당시의 관료와 부호 집안의 명요리를 대량으로 소개했는데, 요리사들의 성명은 절대다수가 누락되어 있고, 두 명의 여자 요리사가 원매의 찬사를 받았다. 한 명은 강소성 의정남문(儀征南門) 밖의 소미인

(蕭美人)으로 간식거리를 잘 만들었으며, 만터우, 떡, 자오쯔 등을 작고 앙증맞은 크기로 눈처럼 하얗게 만들었다. 다른 한명은 도방백(陶方伯)의 부인으로 10여 종의 달콤한 간식을 만드는 데 능했다. 당시 한 총독(總督)은 "도방백 부부가 만든 10종류의 간식을 먹어보면 천하의 간식들을 모두 내다 버릴 수 있다"라고 말할 정도였다. 그러나 안타깝게도 도방백 부부가 죽은 뒤 이 간식들의 요리법도 모두 전해오지 않는다.

군자는 부엌을 멀리하라 – 옛날 요리사들의 지위

『맹자(孟子)·양혜왕상(梁惠王上)』에 다음과 같은 말이 있다. "군자는 금수의 살아 있는 모습을 보고서는 차마 그것이 죽어 가는 것을 보지 못하며, 금수의 애처롭게 우는 소리를 듣고서는 차마 그 고기를 먹지 못합니다. 그래서 군자는 부엌을 멀리하는 것입니다."

이것은 맹자와 제(齊) 선왕(宣王)의 대화로 군자는 반드시 인애(仁愛)의 마음을 가지고 있어야 한다는 뜻이다. 그런데 사실상 맹자는 군자가 고기를 맛있게 먹도록 하기 위해 금수를 도살하는 장면을 보지 말고, 금수의 비명 소리를 듣지 말라고 권한 것이었다.

'군자는 부엌을 멀리 할지어다'라는 맹자의 말은 바로 이러한 이치이며, 그 속에 부엌을 경시하는 의미는 조금도 들어있지 않음을 알 수 있다. 과거에 사람들은 이 말을 군자는 부엌에 들어가지 말라는 말로 이해하고 소나 돼지를 도살하는 것과 요리하는 것을 소인이 하는 일로 여겼는데, 이는 실로 큰 오해가 아닐 수 없다.

사람들의 생각과는 정반대로 선진(先秦) 시기 요리사의 지위는 비교적 높았다. 전하는 바에 따르면 중국의 역대 제왕인 복희(伏羲)는 요리사와 비슷한 일을 하던 인물이었다. 『제왕세기(帝王世紀)』에 이에 관한 기록이 있다. "태호(太昊) 복희는 희생물을 포주(庖廚, 부엌)에 채웠다. 그래서 포희(庖犧)라고도 한다." 복희(伏義)는 '복희(伏犧)'라고도 쓰는데 이는 '사냥감을 잡고 엎드리다'라는 뜻이다. 중국의 역대 제왕이 요리사 출신이었고 또 이 직업으로 이름을 지었다는 것은 중화문명 초기에 요리사의 지위가 비교적 높았으며, 남들이 무시할 정도는 결코 아니었음을 알 수 있다.

은상(殷商) 시기 이윤(伊尹)은 요리에 능해서 재상 자리에 올랐다. 상왕은 이윤의 요리 이론과 방법에 감탄해마지 않았다. 중국 현대작가 전종서(錢鍾書)의 산문 『흘반(吃飯, 밥을 먹다)』에 재상 이윤에 대한 언급이 있다. "이윤은 중국 최초의 철학가 요리사이다. 그의 눈에 모든 인간 사회는 요리를 하는 부엌과도 같았다. 『여씨춘추(呂氏春秋)·본미편(本味篇)』에는 이윤이 맛을 내는 이치로 탕(湯)왕을 설득시키고, 군침이 돌게 하는 식단으로 가장 위대한 통치철학을 이야기했다는 기록이 있다. 이러한 관념은 중국 고대의 정치의식에 깊게 스며들었다."

● 이윤(伊尹) "큰 나라를 다스리는 일은 작은 생선을 요리하듯 해야 한다."

그래서 중국 고대에는 재상 노릇을 일컬어 "국의 간을 맞추고, 솥의 불을 조절한다"라는 말로 비유했으며, 노자(老子)도 "큰 나라를 다스리는 일은 작은 생선을 요리하듯 해야 한다"고 강조했다.

춘추 시기 제(齊) 환공(桓公)이 총애하던 근신(近臣) 역아(易牙)도 요리의 명수였다. 『맹자(孟子)·고자상(告子上)』에 "맛에 관한 한, 천하의

● 산동 요리 바오투산셴
(豹突三鮮, 박돌삼선 : 해삼,
전복, 새우로 만든 요리)

모든 사람들이 역아에게 기대한다"라는 말이 있고, 소식(蘇軾)의 『노도
부(老饕賦)』에도 '포정(庖丁, 소를 잡아 뼈와 살을 발라내는 솜씨가 아주 뛰
어났던 고대의 이름난 요리인의 이름)의 칼질과 역아의 요리 솜씨'를 칭찬
하는 시구가 있다. 이밖에도 많은 문학 작품에서 역아의 이름을 솜씨가
뛰어난 요리사를 지칭하는 대명사로 사용하고 있다.

요리사가 사람들의 존경을 받으려면 역시 자신의 진짜 기술에 의지
해야 한다. "어느 직업이든지 가장 뛰어난 인재가 나타날 수 있다"는
중국 속담처럼, 요리사도 남다른 기술을 보유하고 있으면 자연히 사람
들의 존중을 받게 된다. 특히 오늘날에는 "핵폭탄을 만드는 사람이 계
란 부치는 사람만 못하다"라는 우스갯소리가 있을 정도로 요리사의 지
위가 많이 향상되었다. 이러한 우스갯소리가 완전히 맞는 말은 아니지
만 요리사가 이미 미천한 직종이 아니라는 현실 상황을 반영한다. 뿐만

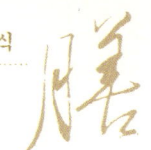

아니라 오늘날의 군자들은 부엌을 멀리하지 않고, 오히려 가까이 하고 있으며, 요리사는 이미 인기 직종의 하나로 자리 잡았다.

요리 이름은 요리사 맘 내키는 대로 – 재미있는 음식이름과 그 뜻

몇 해 전 조주(潮州)의 한 음식점에서 '나라를 지키는 요리'라는 뜻을 가진 후궈차이(護國菜, 호국채)라는 음식 이름을 보고 산해진미가 아닐까 하며 주문했다. 그런데 상에 나온 요리는 다름 아닌 고구마 잎이었다. 모두들 어이없어하자 주인이 이를 보고 이 요리의 이름에 얽힌 이야기를 하나 들려주었다. 전하는 바에 따르면 1278년 송대의 마지막 황제 조병(趙昺)이 남쪽의 조주로 피난을 와서 깊은 산속의 옛 절에 묵게 되었다. 승려들은 그가 송나라의 황제라는 말을 듣고 매우 극진히 대접했다. 피곤하고 굶주려 보이는 황제의 모습을 보고 승려들은 절에 심은 고구마의 신선한 잎사귀를 따서 쓴 맛을 제거하고 탕을 만들었다. 마침 굶주린 데다 갈증이 났던 황제는 향긋한 푸른빛 탕을 벌컥벌컥 들이키고는 매우 개운하여 극찬을 했다. 황제는 자신과 송나라를 지키기 위해 쌀과 채소가 떨어진 상황에서도 방책을 강구하여 탕을 끓여준 승려들의 행동에 매우 감동하여 이들이 끓인 탕의 이름을 '나라를 지키는 요리'라는 뜻의 '후궈차이(護國菜)'로 지었다. 이때부터 고구마 잎을 끓인 탕에 이와 같은 멋진 이름이 붙게 되었고, 이는 오늘날까지도 전해지고 있다. 현재 광동성 대부분의 음식점에서 재료와 제작 방법이 한층 업그레이드된 '후궈차이'를 맛볼 수 있다.

"요리 이름은 요리사 맘 내키는 대로"라는 한 요리사의 빈정대는 말처럼 요리 이름을 짓는 일은 얼핏 보면 매우 간단해 보인다. 중국 요리의 이름들을 살펴보면 확실히 정해진 규칙 없이 마음대로 지은 듯한 느낌이 든다. 새로운 요리를 만들기 전부터 이름을 확정지을 수도 있고, 만들고 나서 적절한 이름을 붙일 수도 있다. 요리라는 것이 주재료, 부재료, 조미료, 물, 불, 조리기구 등 기본 조건의 제약을 반드시 받아야 하는 것임에 반해 요리 이름은 아무런 제약이나 구속도 없는 듯하다. 그러나 사실은 그렇지가 않다. 수천수만 가지의 중국 요리 이름을 함께 배열해 놓고 잠시만 분석해 봐도 중국 요리 이름에는 어느 정도 규율이 있고, 풍부한 문화적 배경이 있으며, '우아하고 아름다운' 이름을 기본 원칙으로 하고 있음을 어렵지 않게 발견할 수 있다.

맛있는 요리에 금상첨화로 우아하고 아름다운 이름까지 붙어 있으면 분명 먹는 이의 기분을 유쾌하게 하고, 식욕을 증진시키며, 이름이 단기간에 널리 퍼지는 효과가 있을 것이다. 그러나 아무리 맛있는 요리일지라도 이름이 지극히 평범하면 알게 모르게 요리의 가치를 떨어뜨리게 될 것이다. 그러므로 좋은 요리는 색, 향, 맛, 모양, 그릇 외에도 '이름'이 관건이다. 중국의 선조들은 이를 매우 유념하여 사람 이름을 짓듯 심사숙고해서 요리 이름을 지었다. 이리하여 중국 요리의 이름은 일종의 재미있는 문화현상이 되었다. 중국 요리의 이름은 다음의 몇 가지 유형으로 귀납해 볼 수 있다.

첫째, 축하형이다. 궁중 요리는 황제의 환심을 사기 위해 주로 상서롭고 복을 기원하는 자구로 이름을 짓는데, 이는 특히 청나라 황실의 어선방 요리에서 두드러지게 나타나는 특징이다. 가장 흔한 예가 제비집 '만'자 금은오리[燕窩 '萬'字金銀鴨子], 제비집 '년'자 삼선 닭[燕窩 '年'字三鮮肥鷄], 제비집 '여'자 튀긴 오리[燕窩 '如'字鍋燒鴨子], 제비집 '의'자 저민 닭고기[燕窩 '意'字什錦鷄絲]의 사품(四品) 요리인데, 합치

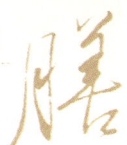

면 '영구히 뜻하는 바를 이루다' 라는 뜻의 '만년여의(萬年如意)'가 된
다. 이와 유사한 예로 '홍복만년(洪福萬年, 큰 복을 영원히 누리리라)',
'강산만대(江山萬代, 나라가 영원하리라)', '만수무강(萬壽無疆)' 등의
사품 요리가 있다. 사품 요리의 주위에는 '오복봉수(五福捧壽) 복숭
아', '장수 백설탕 떡[壽意白糖糕]', '장수 거여목 떡[壽意苜蓿糕]' 등을
놓는다.

　　민간에서도 축복이나 길조의 뜻을 담아 요리 이름을 짓는 것을 선호
한다. 예를 들어 죽순 돼지 갈비에 '한 걸음 한 걸음 높이 올라가다' 라
는 의미인 '부부가오성(步步高昇, 보보고승 : 돼지 갈비의 일종인 '天梯' 는
'하늘사다리' 라는 뜻도 있음)' 이란 이름을 붙였다.
또 발채 돼지 족발은 '돈을 벌다' 라는
의미인 '파차이다오서우(發財
到手, 발재도수 : 채소의 한
종류인 '발채(發菜)' 는
'돈을 벌다(發財)' 와 발음
이 같음)' 라 부른다. 이
밖에 푸른 채소 위에 버섯
을 올려놓은 요리를 '금전이
사방에 있다' 라는 뜻에서 '진쳰만디
(金錢滿地, 금전만지)' 라 한다.

● 궁바오지딩(宮保
鷄丁, 닭고기 볶음)은 사천성
총독 정보정(丁寶楨)이 개발
한 음식이다.

　　둘째, 전고(典故)형 이다. 이러한 유형의 음식 이름은 풍부한 역사
전고를 가지고 있다. 예를 들어 사천성의 대표요리 궁바오지딩(宮保鷄
丁, 궁보계정)은 청대 광서(光緒) 연간 사천성 총독 정보정(丁寶楨)이 개
발한 음식이다. 함풍(咸豊) 연간에 진사에 급제하여 후에 사천성 총독

에 임명된 정보정은 고추, 돼지고기, 닭고기를 같이 튀긴 요리를 매우 좋아했다. 정보정은 연회를 열어 손님들을 대접할 때 주방장에게 땅콩과 닭고기로 '차오지딩(炒鷄丁, 초계정)'을 만들도록 했다. 이 요리는 육질이 부드럽고 맛있어 손님들에게 인기가 매우 많았다. 후에 정보정은 공을 세워 '태자소보(太子少保)'에 봉해졌는데, 사람들은 그를 '정궁보(丁宮保, 딩궁바오)'라고 불렀다. 이리하여 정보정의 집에서 만든 초계정도 '궁바오지딩'이라 불리게 되었으며 사천성의 유명 요리가 되었다. 청말 민국 초기 사천 요리가 전국에 퍼지면서 궁바오지딩은 각지에 있는 사천 음식점의 전통 요리로 자리 잡았으며, 국내외적으로 이름을 떨치게 되었다.

또 다른 예로는 북송의 시인 소동파(蘇東坡)의 이름으로 명명된 둥포러우(東坡肉, 동파육)가 있다. 소동파는 고기 요리를 잘 만들었는데, 둥포러우는 그가 호북성 황주(黃州)에 있을 때 만든 것이다. 그의 『식저육시(食猪肉詩)』에는 다음과 같은 구절이 있다. "황주의 질 좋은 돼지고기는 가격이 매우 싸지만 부자는 먹지 않으려 하고 가난한 사람들은 먹는 방법을 모르네. 물을 적게 넣고

● 대시인 소동파도 중국 전통의 명요리를 하나 개발했다.

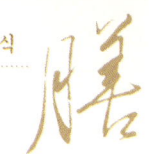

약한 불로 삶으면 다 익은 다음 제 맛이 나누나." 그러나 당시 둥포러우
는 유명한 요리는 아니었다. 후에 항주로 간 소동파가 농민들과 제방을
쌓고 다리를 건설하자 서호의 풍경이 더욱 아름다워졌다. 소동파가 돼
지고기를 좋아한다는 소문을 들은 백성들은 그의 은혜에 보답하기 위
해 돼지고기를 대량으로 선물했다. 이에 소동파는 선물 받은 고기를 네
모나게 썰고, 여기에 기름과 설탕을 넣어 살짝 볶고, 다시 간장을 넣고
익혀 농민들에게 나누어 주었다. 소동파의 요리를 맛본 사람들은 고기
가 기름지나 느끼하지 않고 매우 맛있다고 입을 모아 칭찬하면서 이를
'둥포러우' 라 불렀다. 이때부터 둥포러우는 유명한 전통 요리가 되어
오늘날까지 이름을 떨치고 있다.

이밖에 바왕볘지(覇王別姬, 패왕별희), 우호우칭(五侯鯖, 오후청), 우
신즈(無心炙, 무심자), 포탸오창(佛跳墻, 불도장), 마포더우푸(麻婆豆腐,
마파두부), 칭증우창위(淸蒸武昌魚, 청증무창어) 등의 요리는 모두 이름과
관련된 전고가 있다.

셋째, 흥미형이다. 이러한 유형의 요리 이름은 비교적 많은데, 이는
음식을 먹는 사람을 즐겁게 할 뿐 아니라 즐겁고 편안한 식사 분위기를
조성한다. 예를 들어 '신선(神仙)' 으로 명명된 요리는 선셴조우(神仙粥,
신선죽), 선셴탕(神仙湯, 신선탕), 선셴푸구이빙(神仙富貴餠, 신선부귀병),
셴런롄(仙人臠, 선인련) 등이 있는데, 평범한 재료의 요리이지만 독특한
이름으로 흥미를 끈다. 또한 '용(龍)' 과 '봉(鳳)' 으로 명명된 요리는 룽
펑상웨(龍鳳賞月, 용봉상월), 룽펑청샹(龍鳳呈祥, 용봉정상), 룽펑훠투이
(龍鳳火腿, 용봉화퇴), 룽바오펑단(龍抱鳳蛋, 용포봉단), 바오차오룽펑쓰
(爆炒龍鳳絲, 폭초용봉사), 판룽황위(蟠龍黃魚, 반룡황어), 펑츠하이썬(鳳
翅海蔘, 봉시해삼) 등이 있다. 그런데 이러한 요리는 대부분 닭고기나

오리고기를 '봉(鳳)'이라 하고, 돼지고기, 뱀고기, 생선을 '용(龍)'이라 일컫은 것이다. 예를 들어 죽순 닭고기 볶음은 '펑루주린(鳳入竹林, 봉입죽림)', 흰 버섯을 썰어 넣은 삶은 닭발은 '쉐니펑좌(雪泥鳳爪, 설니봉조)', 메추리알을 넣은 삶은 닭발은 '밍웨잉페이추이(明月映翡翠, 명월영비취)', 햄과 닭고기를 삶은 것은 '위수과진첸(玉樹掛金錢, 옥수괘금전)', 암탉과 수탉을 같이 요리한 것은 '롼펑허밍(鸞鳳和鳴, 난봉화명)', 닭과 뱀을 같이 곤 것은 '룽펑청샹(龍鳳呈祥, 용봉정상)', 용봉정상에 뱀장어를 추가한 것은 '하이루콩(海陸空, 해륙공)'이라 한다. 이밖에 '원앙(鴛鴦)'이나 '기린(麒麟)'으로 명명한 요리는 위안앙위펜(鴛鴦魚片, 원앙어편), 위안앙더우푸(鴛鴦豆腐, 원앙두부), 차오두이위안앙(巧對鴛鴦, 교대원앙), 위안앙구이위(鴛鴦桂魚, 원앙계어), 치린루위(麒麟鱸魚, 기린노어), 치린샹두(麒麟象肚, 기린상두) 등이 있다.

넷째, 숫자형이다. 이러한 유형은 숫자를 첫 글자로 삼아 요리 이름을 지은 것이다. 예를 들어 이핀더우푸(一品豆腐, 일품두부), 얼두메이카이(二度梅開, 이도매개), 싼위안바이즈지(三元白汁鷄, 삼원백즙계), 쓰시위안쯔(四喜圓子, 사희원자), 우웨이궈겅(五味果羹, 오미과갱), 류푸가오뎬(六福糕點, 육복고점), 치싱추이더우(七星脆豆, 칠성취두), 바바오카오야(八寶烤鴨, 팔보고압), 주잔페이창(九轉肥腸, 구전비장), 스웨이위츠(十味魚翅, 십미어시), 바이냐오차오펑(百鳥朝鳳, 백조조봉), 쳰층가오(千層糕, 천층고) 등이 있다. 이들 숫자들은 모두 나름대로의 비유가 있다. 예컨대 싼위안바이즈지(三元白汁鷄, 삼원백즙계)의 '삼원(三元)'은 고대 과거시험의 우등 합격자인 회원(會元), 해원(海員), 장원(壯元)을 뜻하며, 이를 빌어 이 음식을 먹는 사람이 부단히 진보하고 차차 승진하길 기원한다. 또한 쓰시위안쯔(四喜圓子, 사희원자)에는 음식을 먹는 사람이 복

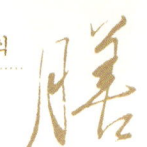

(福), 녹(祿), 수(壽), 희(禧)의 사희(四喜)나 오랜 가뭄에 단비가 내리고, 타향에서 지우와 해후하고, 동방화촉을 밝히고(신혼 첫날밤), 어려운 시험에 합격하는 사희(四喜)를 얻을 수 있다는 뜻이 깃들어 있다.

다섯째, 소박형이다. 이러한 유형은 요리의 재료, 모양, 맛, 색깔, 질감, 용기, 조리 방법 등의 특징으로 소박한 이름을 지은 것이다. 예를 들면 황니지(黃泥鷄, 황니계 : 노란 진흙 닭), 탕추리위(糖醋鯉魚, 당초리어 : 새콤달콤한 잉어), 치과지(汽鍋鷄, 기과계 : 냄비 닭), 카오루주(烤乳猪, 고유저 : 구운 아기 돼지), 가리지(咖喱鷄, 가리계 : 카레 닭), 수마챠오(酥麻雀, 소마작 : 바삭바삭한 참새), 파양러우(扒羊肉, 배양육 : 삶은 양고기), 자양완(炸肉丸, 작육환 : 튀긴 고기 완자), 바오주간(爆猪肝, 폭저간 : 튀긴 돼지 간) 등이 있다.

멋진 요리 이름을 짓는 것도 하나의 학문이라 할 수 있다. 너무 직접적인 표현은 재미가 없고, 너무 추상적이어도 좋지 않으며 이름과 실제가 조화롭게 통일되어야 한다. 이러한 면에서 상업 광고는 좋은 본보기이다. 광고는 함축적이면서도 상품의 내용과 맞아떨어져야 효과를 극대화할 수 있다. 요리 이름도 이와 마찬가지이다. 이점에서 중국의 선조들은 이미 많은 공헌을 했다. 현대의 중국인들은 이러한 기초 위에서 부단한 창조와 혁신을 통해 더욱 품위 있고 아름다운 이름을 중국 요리에 부여하고, 이로써 더 많은 사람들이 중국 요리에 매료될 수 있도록 해야 한다.

주나라 천자의 명요리 - 팔진(八珍)

팔진(八珍)이 무엇일까? 일반인들은 제비집, 곰발바닥, 상어 지느러미, 원숭이 뇌, 사슴 힘줄, 전복 등의 산해진미가 팔진이라고 여긴다. 이러한 견해는 부분적으로는 맞다. 왜냐하면 근대의 상팔진(上八珍), 중팔진(中八珍), 하팔진(下八珍)에 이러한 요리가 포함되어 있기 때문이다. 그러나 완전히 맞는 말은 아니다. 팔진은 원래 여러 가지 방법으로 조리해 주(周)왕실에서 먹던 8가지 요리를 가리키는 말이었다. 이 요리의 조리 방법이 『예기(禮記)·내칙(內則)』에 빠짐없이 기록되어 있다. 이는 고대 경전 가운데 가장 오래된 요리책이라 할 수 있다. 이 책에 실린 팔진의 구체적인 내용은 다음과 같다.

일진(一珍)은 순오(淳熬)이다. 육즙을 졸여 쌀밥 위에 뿌리고 기름을 뿌린다. 사실상 고기 덮밥과 유사하다.

이진(二珍)은 순모(淳母)이다. 육즙을 졸여 쌀밥 위에 뿌리고 기름을 뿌리는 일진의 방법과 같으나 주재료가 다르다.

삼진(三珍)은 포돈(炮豚)과 포양(炮羊)이다. '포(炮)'는 새끼 돼지나 새끼 양을 도살한 후 뱃속에 대추를 채우고 겨이삭띠로 잘 싼 뒤 진흙을 바르고 불 속에 넣어 굽는 것을 뜻한다. 진흙이 마르면 겨이삭띠와 함께 제거하고 손을 깨끗이 씻은 뒤 돼지나 양 표면의 불을 쪼여 쭈글쭈글해진 껍질을 벗겨낸다. 이어서 돼지나 양의 몸 전체에 쌀가루를 고루 바르고 기름 솥에 넣고 튀긴다. 그리고 돼지나 양을 향료와 함께 작은 솥에 담은 다음 이 솥을 큰 솥에 넣고 중탕하여 3일 동안 계속해서 쉬지 않고 끓인다. 완성되면 다섯 가지의 조미료를 곁들여 먹는다. 이는 굽고, 튀기고, 찌는 세 가지의 요리 방법을 사용하고, 무려 열 단계

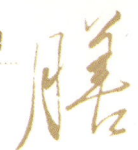

이상의 조리 단계를 거치는 매우 정교한 요리이다.

사진(四珍)은 도진(擣珍)이다. 소, 양, 사슴, 노루 등의 등심 고기를 계속해서 두드려 힘줄을 제거하고 조리한 뒤 양념을 해서 먹는다.

오진(五珍)은 지(漬)이다. 신선한 소고기를 얇게 저미고 섬유질을 제거해서 술에 하루 정도 담가둔다. 먹을 때는 육즙과 매실장으로 간을 해서 먹는데, 이 요리는 일종의 '고기회'라고 할 수 있다.

육진(六珍)은 오(熬)이다. 소, 양, 고라니, 사슴, 노루 등의 고기를 두드려 껍질을 제거한 뒤 삿자리 위에 놓고 생강가루나 계피가루를 뿌려 바람에 말린다. 먹을 때는 육즙을 넣고 불에 지지거나 말린 것을 그냥 먹어도 좋다.

칠진(七珍)은 삼(糝)이다. 소, 양 혹은 돼지고기 1인분을 갈아서 쌀 2인분과 섞어 떡을 만들어 지진다.

팔진(八珍)은 간료(肝膋)이다. 돼지의 간을 떼어내어 기름을 바르고 장으로 간을 해서 불에 넣고 굽는데, 기름이 마르면 완성된다.

● 바전더우푸(八珍豆腐, 팔진두부: 질그릇에 새우, 해삼, 표고버섯, 마늘과 살짝 튀긴 두부를 넣고 간장으로 간을 해서 끓인 요리)

주대의 팔진은 중국 요리가 하나의 예술이 되었다는 중요한 지표이며, 주나라의 요리 기술이 정교하고 과학적이었음을 보여준다. 팔진은 다양한 기술을 이용해 요리를 하는 선례를 개척했다. 후대의 화려한 각종 요리들은 모두 이러한 주대의 기초를 토대로 발전했으며, 심지어는 요리 이름까지도 팔진을 답습했다.

당(唐)대의 팔진은 무엇을 지칭하는 말이었을까? 유안기(俞安期)의 『당류함(唐類函)』에서 그 답을 찾을 수 있다. "『예(禮)』에 의하면 소위 팔진이란 소, 양, 고라니, 사슴, 노루, 돼지, 개 등의 몸을 보양하는 음식을 뜻한다. 후대에는 이것이 용의 간, 봉황의 척추, 표범의 태반, 잉어의 꼬리, 물수리 고기, 원숭이의 입술, 곰의 발바닥, 매미 모양 유제품[酥酪蟬]으로 과장되었고, 지역마다 달라 북방 지역은 제호(醍醐, 우유에서 정제한 최상의 음료), 노루의 목구멍, 야생낙타의 발굽, 사슴의 입술, 낙타의 젖으로 만든 유제품, 백조 고기, 양 젖, 말 젖 등이었다." 이로써 당대 팔진의 재료는 주대보다 훨씬 더 고급스러워졌음을 알 수 있다.

청대에는 상팔진(上八珍), 중팔진(中八珍), 하팔진(下八珍)이 출현했는데, 청대 팔진은 전대의 팔진을 계승한 것 외에도 제비집이나 해삼 같은 해산물을 추가했다.

오늘날에는 한 가지 음식에서 여덟 가지 맛이 나는 것도 팔진이라 부르고 있다. 팔진떡, 팔진면, 팔진죽 등은 모두 여덟 가지 맛이 한데 합쳐진 음식으로 팔진이 새롭게 발전하여 탄생한 유형이라 할 수 있다.

'팔진'이란 명칭은 3천여 년이란 세월을 거쳤으며, 역사가 발전하면서 그 내용은 비록 끊임없이 바뀌고 있지만 명칭만큼은 대대로 계승되고 있다. 이는 중국 음식의 역사에서 주대 팔진이 특수한 지위를 차지하고 있음을 말해주는 것이다.

솥에 손가락을 넣어 분쟁이 일다 - 중국 고대인들의 식사방법

중국 고대인들은 손, 젓가락, 숟가락의 세 가지를 이용하여 음식을 먹었다. 이중 손과 숟가락의 사용은 젓가락보다 훨씬 앞섰다.

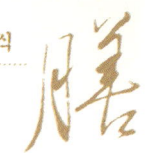

　　손으로 음식을 집어 먹는 것은 원시 시대에서 계승된 전통으로 상주(商周) 시기에도 여전히 계속되었다. 상나라 청동기 명문(銘文)에 있는 향(饗)자는 두 사람이 손을 뻗어 쟁반 위의 음식을 집으려는 모습이다. 이처럼 음식을 손으로 집는 모습을 본뜬 청동 명문은 『금문편(金文編)』에서도 쉽게 찾아 볼 수 있다.

　　선진 시기 문헌에서도 손으로 음식을 집어 먹었다는 사실을 드러내는 구절이 있다. 『좌전(左傳)·선공사년(宣公四年)』의 기록을 보자. "초(楚)나라 사람이 큰 자라를 정(鄭)나라의 영공(靈公)에게 바쳤다. 이때 마침 정나라의 공자 송(宋)과 공자 가(家)는 영공을 알현하러 조정으로 가고 있었는데, 공자 송의 집게손가락이 움직였다. 공자 송은 그것을 공자 가에게 보이면서 이렇게 말했다. '식지가 움직이면 반드시 맛있는 음식을 먹게 되더군.' 과연 궁에 들어가니 요리사가 큰 자라를 요리하고 있었다. 이를 본 두 사람은 마주보며 웃고 말았다. 영공이 그 연유를 묻자 공자 가가 그 내용을 설명해 주었는데, 이 말을 듣고 영공은 공자 송에게만 요리를 주지 않았다. 화가 난 공자 송은 자라를 요리한 솥에 손가락을 넣고 빨면서 자리를 물러났다. 공자 송의 이러한 불손한 태도를 보고 영공은 그를 없애야겠다고 생각했다." 여기서 '집게손가락이 움직였다'와 '손가락을 솥에 넣었다'는 모두 손으로 음식을 먹는 동작이다.

　　이상의 기록이 사실을 입증하기에 아직 부족하다고 느껴진다면, 『예기(禮記)』에 기록된 주대의 손으로 음식을 먹는 예절을 살펴보자. 『예기·곡례상(曲禮上)』에서 이르길, "공식불포(共食不飽), 공반불택수(共飯不澤手), 무단반(毋摶飯), 무방반(毋放飯)"이라 했다. 우선 공식불포(共食不飽)는 '남과 함께 음식을 먹을 때에는 배부르도록 먹지 말라'는 뜻이다. 그렇다면 공반불택수(共飯不澤手)는 무슨 뜻일까? 정현(鄭

玄)은 이를 "땀이 나는 손은 불결하다. 택(澤)은 두 손을 비비는 것을 뜻한다."라고 주해했고, 공영달(孔穎達)의 주해에 따르면, "이는 남과 같은 그릇에 밥을 덜어 함께 먹을 때의 예절을 뜻한다. 택(澤)은 '광택'을 이른다. 고대의 예(禮)에서는 밥을 먹을 때 젓가락을 사용하지 않고 손을 사용했는데, 다른 사람들과 같이 밥을 먹으려면 손이 깨끗해야 하고, 밥을 먹기 전에 두 손을 비벼서 다른 사람이 더럽다고 느끼게 해서는 안 된다."이다. 즉, 손을 비비면 땀이 나게 되는데, 이러한 손으로 음식을 집어 먹으면 비위생적이라고 생각했던 것이다.

그렇다면 무단반(毋摶飯)은 또 무슨 뜻일까? 단반(摶飯)에 대해 정현은 "배부르게 먹기 위해 양보하지 않는 것이다"라고 했고, 공영달은 "남과 같이 밥을 먹을 때 밥을 뭉치게 되면 자연히 많이 먹게 된다. 즉 배부르게 먹기 위해 양보하지 않는 것이다."라고 했다. 마지막으로 무방반(毋放飯)에 대해 정현은 "손으로 먹다가 남은 밥을 다시 그릇에 두면 사람들이 불결하다고 생각하므로 이렇게 해서는 안 된다"라고 주해했다. 결론적으로 『예기(禮記)』에 실린 이 말은 "여러 사람이 같이 음식을 먹을 때에는 자신이 배부르게 먹는 것만 생각해서는 안 되며, 손을 청결히 해야 한다. 또한 손으로 밥을 둥글게 뭉쳐서는 안 되고, 먹다가 남은 밥을 여러 사람이 같이 먹는 그릇에 두어서는 안 된다."라는 뜻이다.

이러한 문헌 기록들로부터 상주 시기의 사람들이 손으로 음식을 먹는 습관이 있었다는 사실을 명백히 알 수 있다. 중국의 일부 변경 지역에서는 이후에도 꽤 오랜 시간 동안 손으로 음식을 먹었으며, 신강의 위구르족이나 대만의 고산족들은 여전히 손으로 밥을 먹는 습속이 남아있다.

실제로 오늘날의 아프리카 대륙, 서아시아, 인도, 동남아시아, 오세 아니아, 중남미의 원주민들은 일반적으로 손으로 음식을 집어 먹으며, 그중 절대다수가 오른손으로 식사를 한다. 『예기(禮記)·내칙(內則)』에 나오는 "아이가 스스로 밥을 먹을 때가 되면 오른손을 사용하도록 가르치라"라는 말은 세계 어느 곳에서나 일맥상통하는 것 같다. 흥미로운 점은 각 지방의 손으로 음식을 먹는 방식은 이외에도 여러 가지 공통점이 있다는 사실이다. 일본의 인류학자 이시게 나오미쓰(石毛直道)는 손으로 음식을 먹는 관습이 남아있는 세계의 여러 지방에서 인류학 현지답사를 했으며, 음식을 직접 손으로 먹어본 경험도 백 번이 넘는다. 그는 『음식문명론(飮食文明論)』에서 다음과 같이 밝혔다. "이슬람교도들의 음식 예절은 식사 전후에 손을 깨끗이 씻고, 오른손으로 밥을 먹으며 손님이 오면 남녀가 따로 식사를 하는 것이다."

● 양러우서우좌판(羊肉手抓飯, 양육수조반: 손을 사용하여 먹는 이슬람교도들의 양고기 볶음밥)

이시게 나오미쓰는 또한 다음과 같은 예를 들었다. "오른손으로 음식을 먹는 예절은 인도와 이슬람의 공통적인 특징이다. 대부분의 이슬람 세계에서 손으로 음식을 먹는 문화를 유지하고 있다. 또한 미리 사

람 수대로 개인의 몫을 나누어 놓는 방식은 거의 사용하지 않으며, 일
반적으로 공용 그릇에 음식을 담아 손으로 먹는다.……인도를 제외하
고 손으로 음식을 먹는 문화를 가지고 있는 사람들은 입이 직접 닿는
음료를 제외하고는 음식을 개인의 몫으로 나누어 먹는 일이 거의 없다.
만약 음식을 작은 개인 접시에 담는다면 손으로 집어서 먹기가 확실히
불편할 것이다. 특히 사발형 그릇의 경우에는 더욱 그러하다. 손으로
음식을 먹다보면 혼란스러운 상황이 발생하기도 하지만 같이 사용하는
식기를 하나 정해두면 음식의 낭비를 막을 수 있는 장점이 있다. 아마
도 이러한 공용 그릇이라는 물리적 조건 때문에 손으로 음식을 먹는 관
습이 유지될 수 있었던 것 같다. 어떻게 보면 이것은 선사시대 사람들
이 함께 모여서 음식을 먹던 방식과 유사하다고 할 수 있다. 따라서 손
으로 음식을 먹는 문화는 인류 고대의 음식 문화를 계승한 것이라 할
수 있다.”

● 젓가락

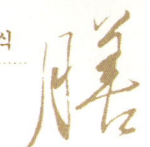

　　중국의 선조들은 어째서 이미 식기를 갖추었음에도 여전히 손을 사용해서 음식을 먹었을까? 문헌 기록을 살펴보면 이러한 방식은 기념의식을 진행하거나 손님을 초대했을 때 많이 사용했던 것 같다. 아마도 공동의 그릇에 음식을 담아 먹으면 서로 더욱 친밀해질 수 있다는 선조들의 생각이 이러한 음식 문화를 탄생시켰고, 더불어 오랜 시간 동안 계승될 수 있었던 것이다.

11 전통 식기

맛있는 음식은 예쁜 그릇에

청대 광서(光緒) 연간 진사(進士) 출신의 양정분(梁鼎芬)은 민국(民國) 시대 이후 집에서 연회를 열 때마다 획화(劃花, 도자기에 칼로 파서 새긴 그림) 기법으로 문양을 넣은 정요(定窯, 송나라 때 정주(定州)에서 만든 자기) 항아리에 거위 날개를 담아 손님들을 대접했다. 1923년 거인(擧人) 출신의 북경 정부 재정부장 왕극민(王克敏)의 부친은 양정분의 연회에서 거위 날개를 담은 정요 항아리를 보고 농담을 한마디 했다. "양대감, 양대감의 거위 날개는 값이 만금은 되나보오!" 양정분은 이 말이 무슨 뜻인지 알아차리지 못하고, "별 말씀을요. 닭 날개 한 항아리가 몇 푼이나 되겠습니까?"라고 말했다. 그러자 왕극민의 부친은, "만금짜리 거위 날개가 아니고서야 어떻게 송대의 유명 가마터에서 구운 자기 항아리에 담을 수가 있겠소?"라고 말했다.

사실상, 중국 음식은 색, 향, 맛, 모양 등의 아름다움뿐만 아니라 식기의 아름다움도 매우 중시한다. 색, 향, 맛, 모양, 식기는 중국 음식과 떼려야 뗄 수 없는 5대 요소이다. 맛있는 음식과 아름다운 식기의 조화와 통일은 중국 음식 문화의 우수한 선통으로, "맛있는 음식이 아름다운 그릇만 못하다"라는 말이 있을 정도이다. "맛좋은 포도주를 야광배(夜光杯)에 담아"라는 시구처럼, 야광배에 마시는 술과 깨진 유리잔에 마시는 술은 다를 수밖에 없다. 여기서 다르다는 것은 술이 달라서가 아니라 분위기가 다르기 때문이다. 분위기를 내기 위해서는 음식 자체에 들이는 공도 중요하지만 그에 걸맞은 식기를 사용하는 것도 매우 중요하다.

중국에서는 일찍이 상고시대에 도기 재질의 식기가 출현했으며, 이때 이미 식기의 아름다움까지 고려하기 시작했다. 일부 귀족의 무덤에서 출토된 식기에는 매우 생동감 있는 채색의 물고기, 노루, 새, 개구리 등의 동물 문양과 각양각색의 기하학적 문양이 그려져 있다. 이러한 무

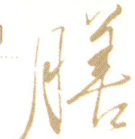

늬장식은 귀족들이 사용하던 식기 특유의 소박한 아름다움을 표현한다.

상주시기에는 청동 식기가 출현했다. 상주 왕실이나 귀족들이 사용했던 청동 식기에는 무늬, 조각, 투조 등의 장식이 있다. 이러한 장식은 매우 정교하고 아름다우며 단정해서 소박하고 장중한 멋이 있다.

춘추전국 시기 제후들의 연회에는 목조 칠 식기를 사용했는데, 그 형태가 매우 정교하고 문양이 우아해서 감탄이 절로 나게 한다. 진한 이후 출현한 금은, 도자 식기는 공예가 매우 정교하며, 중국 고대의 식기 제작 수준은 전성기를 맞이하게 되었다.

중국 식기의 정교한 제작 기술과 뚜렷한 계승 관계는 세계에서 보기 드문 예이다. 중국의 식기는 중국 문화의 자랑이자 인류 물질 문화의 중요한 문화유산이라 할 수 있다.

고풍스럽고 우아하며 무늬가 정교하다

– 청동으로 만든 식기

● 청동 식기

세월이 흐르고 시대가 변화하면서 인류의 식기도 끊임없이 개선되고 보완되었다. 모든 취사도구와 식기의 탄생은 사회 생산력이 새롭게 발전했음을 상징한다. 왜냐하면 사회가 새로운 단계로 발전해야만 새로운 식기가 출현할 수 있기 때문이다. 상주 청동 식기의 제작과 사용도 이러한 규율에서 예외일 수는 없다.

신석기 시대의 사람들은 흙으로 만든 그릇으로 밥을 먹고, 흙으로 만든 잔으로 물을 마셨으며, 여전히 토기 식기의 단계에 머물러 있었다. 그런데 상주시기에 이르자 비약적인 발전을 통해 휘황찬란한 청동기 시대에 진입하게 되었고, 왕실의 식기는 청동기를 사용하여 제작했다. 청동이란 순동과 기타 화학 원소의 합금으로, 가장 보편적인 것은 동과 주석의 합금과 동과 철의 합금인데, 빛깔이 흑청색을 띠고 있기 때문에 청동이란 이름을 얻게 되었다.

청동의 발명 이전에 상대에서는 홍동(紅銅, 순동(純銅))을 사용하던 시절이 있었는데, 홍동은 재질이 무르고 청동만큼 단단하지

● 상대의 새 모양 청동 술잔

않았다. 홍동과 비교하여 청동은 다음의 세 가지 장점이 있다. 첫째, 녹는점이 낮아 주조하기 쉽다. 둘째, 주석이나 철의 비율에 따라 다양한 경도의 제품을 생산할 수 있다. 셋째, 용액이 거침없이 잘 흐르고 기포가 적어서 정교하고 아름다운 문양을 주조할 수 있다. 따라서 청동의 발명은 생산도구와 귀족 식기에 있어 획기적인 창조물이라고 할 수 있다. 중국 고대 문헌에서는 상주 시대의 청동을 가리켜 '금(金)' 또는 '길금(吉金)'이라고 하는데, 길금은 바로 순도가 높고 아름다운 청동을 뜻한다.

상주 시대 청동제조업은 모두 왕실이 독점했으며, 권세 있고 지위가 높은 귀족들은 청동으로 만든 정(鼎)을 고기를 담는 그릇과 기장, 조,

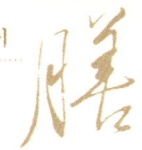

쌀, 수수 등을 담는 쟁반, 물이나 술을 담는 잔으로 사용했다. 이러한 식기들은 귀족 권력의 상징물이 되었다.

정(鼎)은 상주 왕실에서 가장 많이 사용한 식기로 현재의 솥에 해당하며 고기를 삶거나 담는 데 사용했다. 형태는 대부분 둥근데 손잡이가 두 개이고 발이 세 개 달렸으며, 발이 네 개 달린 방정(方鼎)도 있다. 초기의 청동 정은 모두 도정(陶鼎, 도자기 솥)을 모방하여 만든 것인데, 도정에는 없는 특징도 일부 있다. 예를 들어 정의 두 손잡이가 입구의 가장자리 위에 있는데, 이는 정을 사용할 때 갈고리를 걸기 위함이다.

현재 이미 출토된 정 가운데 가장 작은 서주의 영령덕정(嬴霝德鼎)은 전체 높이가 불과 10여cm이다. 반면 가장 큰 상대 후기의 사모무방정(司母戊方鼎)은 전체 높이 133cm, 너비 78cm, 입구 길이 110cm, 무게 875kg이다. 전국시대에 술을 저장하던 청동 그릇으로 가운데에는 얼음을 놓아 술을 차갑게 할 수 있었다. 사모무방정은 장방형의 그릇 위쪽에 손잡이가 달려있고, 다리가 네 개 달렸으며, 속은 비었고, 전체적으로 운뢰문(雲雷紋, 구름번개 무늬)이 기본 문양으로 장식되어 있다. 손잡이의 외곽에는 한 쌍의 호랑이 문양이 장식되어 있다. 호랑이는 입을 서로 마주하고 있는데 그 사이에는 마치 호랑이에게 잡아먹히고 있는 듯한 사람의 머리가 하나 있고, 손잡이의 측면 가장자리에는 물고기 문양이 있다. 정의 위와 아래에는 기(夔, 뿔이 있는 외발의 괴수) 문양의 사각 틀이 장식되어 있는데, 두 마리의 기가 서로 흉악하게 마주보며 탐색하는 모습을 하고 있으며 가운데는 짧은 돌기로 나뉘어져 있다. 정의 네 모서리는 돌기로 장식되어 있고, 돌기를 중심으로 세 개의 수면문(獸面紋, 짐승얼굴 무늬)이 있으며, 위쪽은 우수문(牛首紋, 소머리 무늬), 아래쪽은 도철문(饕餮紋, 괴수 무늬)이 있다. 정 사면의 중앙은 아무런 문양이 없는 장방형의 여백이다. 다리는 수면문으로 장식되어 있고,

아래에는 세 개의 줄무늬가 있다. 정의 안쪽 벽에는 '사모무(司母戊)'라는 세 글자의 명문이 있다.

사모무방정은 세계에서 찾아보기 힘든 귀중한 청동 문물이자 상대 왕실 식기의 대표작이다. 조형이 매우 우아하고, 기세가 웅장하며, 문양이 아름답고 장중하며, 기술이 정교한 사모무방정은 상(商)문화 전성기의 산물이다. 이렇게 거대한 정이 실용적인 목적으로 제작된 것은 분명 아니었을 것이다. 학술계에서는 정의 안쪽에 있는 '사모무'라는 세 글자에 대한 분석을 통해 상왕이 자신의 어머니 '무(戊)'에게 제사를 지내기 위해 이 정을 만들었을 것으로 추정하고 있다. 즉, 상왕은 이 그릇에 고기 등의 제물을 담아 제사를 지냈던 것이다.

사모무방정은 1939년 하남성에서 출토되었다. 1948년 5월 29일 중앙 박물관과 고궁 박물관은 남경에서 연합 전시회를 열었는데, 장개석(蔣介石)은 이를 친히 관람하고 사모무방정 앞에서 기념 촬영을 했다. 이를 통해 당시 사람들이 이 정을 얼마나 중시했는지 짐작할 수 있다. 후에 국민당은 사모무방정을 대만으로 가져가려 했으나 너무 무거워 이 계획을 취소할 수밖에 없었다. 1949년 이후 사모무방정은 남경 박물관에 소장되다가, 1959년 북경에 중국역사박물관이 세워지면서 이곳으로 옮겨졌다. 이밖에도 비교적 유명한 정은 우정(盂鼎, 서주 초기의 청동 솥), 대극정(大克鼎, 서주 중기의 청동 솥), 모공정(毛公鼎, 서주 후기의 청동 솥) 등이 있다.

전체적으로 보았을 때 정은 시대와 지역에 따라 그 모양과 제작 방법이 다르다. 상대 전기의 정은 대부분 몸체가 둥글고 발이 뾰족한 첨족정(尖足鼎)이지만, 몸체가 네모지고 기둥모양의 발을 가진 주족방정(柱足方鼎)이나 납작한 발을 가진 편족정(扁足鼎)도 일부 있다. 상대 후기에는 첨족정이 점차 사라지고 위쪽은 정(鼎)의 모양을 하고 아래쪽은

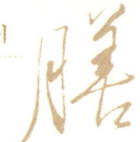
역(鬲, 세 발 달린 솥의 일종)의 모양을 한 분당정(分檔鼎)이 많이 제작되었다. 서주 후기에 이르러서는 편족정과 방정이 대부분 사라지고 정의 발은 굽 모양을 띠게 되었다. 전국시대와 한대의 정은 대부분 입구가 안쪽으로 수축되고, 발은 매우 짧은 굽 모양이었으며, 뚜껑이 있었다. 또한 뚜껑에는 꼭지나 세 마리의 작은 짐승 모양이 있었다.

용도면에서 볼 때, 상대 왕실의 정은 확정(鑊鼎), 승정(昇鼎), 배정(陪鼎)의 세 종류로 나눌 수 있다. 확정은 형체가 비교적 크고 뚜껑이 없으며 제사용 고기를 삶는 데 사용했다. 『주례(周禮)·천관(天官)·팽인(烹人)』에 보면 장공정확(掌共鼎鑊)이란 말이 있는데, 이에 대해 정현은 "확(鑊)은 고기나 생선을 익히는 데 사용한 그릇으로, 음식이 다 익으면 정(鼎)에 담았다."라고 주해했다. 승정은 확정에서 익힌 고기를 담는 데 사용했고, 정정(正鼎)이라고도 불렀다. 배정은 조미료를 담아 두던 정으로 승정과 짝이 되어 사용되었다.

이밖에도 고대의 정은 일종의 권세의 상징이었다. 『주례(周禮)』에서는 천자가 9정, 제후가 7정, 경대부가 5정, 원사가 3정을 갖도록 규정하고 있다. 춘추전국 시기 제후와 경대부는 분수에 지나치는 행동을 하여 제후가 9정, 경대부가 7정으로 정의 숫자를 점차 늘렸다. 9정과 7정은 제사를 지낼

● 전통 식기인 청동 솥

231

● 전국시대에 술을 저장하던 청동 그릇으로 가운데에는 얼음을 놓아 술을 차갑게 할 수 있었다.

때 소, 양, 돼지의 삼생(三牲)을 모두 갖춘 대뢰(大牢)를 뜻하고, 5정은 양과 돼지만을 갖춘 소뢰(少牢)를, 3정은 돼지만 갖춘 것을 뜻한다. 정의 많고 적음은 '신분이 높은 사람과 낮은 사람은 차이가 있고, 귀천이 분명하다'는 논리의 상징이다. 그래서 고대 문헌에 기록된 제왕의 생활을 살펴보면 열정이식(列鼎而食)이나 종명정식(鐘鳴鼎食)이라는 표현이 나온다. 즉 정(鼎)을 벌여 놓고 식사를 하는 것은 진수성찬을 차려놓고 호사롭게 먹는 사치스러운 생활을 비유하는 말이었다.

후에 정은 일종의 예기(禮器)로 발전했다. 제왕과 귀족은 제사나 연회 의식을 진행할 때 정을 사용했으며, 정은 종교적이고 무술적인 색채를 농후하게 띠게 되었다. 후대에는 심지어 정을 국가 정권의 상징이라 여기기도 했다. 전설에 따르면 대우(大禹)는 구주(九州)에서 조공으로 받은 쇠를 녹여서 구정(九鼎)을 만들었는데, 이는 나라를 상징하는 보배로 후대에 전해졌다. 그래서 후세 사람들은 국가에서 중대한

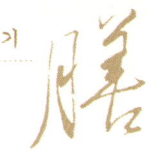

책임을 맡고 있는 신하를 정보(鼎輔)라 했다. 또한 정 아래의 발이 커다란 솥을 받치고 있는 것에 비유하여 정권을 장악하는 것을 정정(定鼎)이라 했다. 이처럼 '정보'와 '정정'은 모두 식기인 '정'으로부터 비롯된 말이다.

색채가 아름다우면서도 튼튼하다 – 옻칠한 식기

인류 역사에서 천연칠을 최초로 발명하여 사용한 것은 아마도 중국인들이다. 고고학에 따르면 일찍이 6~7천 년 전의 하모도(河姆度) 문화 시대에 중국의 선조들은 칠기를 사용했다. 이후 은상 시대에는 형형 색깔의 도료를 사용했고, 칠기에 금박을 입히거나 보석을 상감하는 기법이 개발되어 당(唐)대 금은평탈(金銀平脫) 기법의 모태가 되었다. 서주와 춘추 시대를 거치면서 칠기 제작 기술은 날로 정교해졌다. 하남성 준현(濬縣) 신촌(辛村)에 있는 서주 말기 무덤에서 방조화문(蚌組花紋) 칠기가 출토되었는데, 학자 곽보균(郭寶鈞)은 이를 '중국 나전(螺鈿, 광채가 나는 작은 자개 조각을 여러 가지 모양으로 박아 붙여서 꾸미는 공예 기법)의 효시'라며 매우 높게 평가했다. 전국 시대에 이르러 점점 많은 사람들이 칠기의 우수한 품질을 알게 되었다. 즉 칠기는 가볍고 편리하며 튼튼하고, 부식되지 않고, 열에 강하며, 잘 부패하지 않는다. 게다가 용도에 따라 외형을 융통성 있게 바꿀 수 있고, 심미적 요구에 따라 장식 모양을 새롭게 할 수 있는 등의 장점이 있었다. 이리하여 각 제후들이 일상생활에서 사용하던 청동 기물은 점차 칠기로 대체되기 시작했다.

전국 시대에는 초나라의 칠기가 가장 번성하고 종류가 많았으며 완(碗, 사발), 반(盤, 쟁반), 두(豆, 굽이 높고 뚜껑이 있는 나무 제기), 배(杯,

잔), 준(樽, 술잔), 호(壺, 주전자), 방(鈁, 술을 담는 네모난 그릇), 우상(羽觴, 술잔), 치(卮, 바닥이 둥근 술잔), 비(匕, 국자, 숟가락), 작(勺, 국자, 주걱) 등 광범위한 용도로 활용되었다. 아래에서 출토된 진품 두 점을 소개하도록 하겠다.

봉조형쌍련칠배(鳳鳥形雙聯漆杯)는 호북성 강릉(江陵)의 유명한 고도 기남성(紀南城)에서 출토되었다. 기남성은 춘추전국 시기 초나라의 수도 영(郢)이 자리했던 곳이다. 봉조형쌍련칠배는 높이 8.2cm, 너비 17cm로 전체적으로 봉황이 잔 두 개를 지고 있는 형상이다. 앞부분은 봉황의 머리와 목이고, 뒷부분은 꼬리와 날개이며, 가운데에 통 모양으로 생긴 잔 두 개가 있는데, 잔의 가운데에 구멍이 뚫려 있어 서로 통한다. 잔에 장식된 봉황 조각은 머리를 든 채 날개를 펴고 날아가려는 모습을 하고 있는데, 입에는 흑칠 진주를 하나 물고 있고, 가슴과 배 밑의 발은 잔 전체를 받치고 있다. 봉황의 머리, 목, 가슴, 털에는 깃털을 상징하는 비늘 모양 문양이 있다. 꼬리와 날개의 아랫부분은 홍색을 띠고 있으며, 이 부분을 제외한 몸 전체에는 흑칠을 하고 다시 홍색, 황색, 금색의 삼색으로 둥근 고리, 점, 새털구름, 방사선 문양 등을 칠했다. 이 기물은 칠이 매우 섬세하고 묘사가 사실적이며, 매우 높은 회화 기교를 구현했다.

봉황의 머리 꼭대기, 목 측면, 두 날개, 가슴 아래 부분에는 은색의 보석이 8개 상감되어 있어 봉황을 더욱 화려하고 아름답게 보이도록 한다. 두 잔의 안쪽에는 홍칠이 되어있고, 입구 쪽의 안쪽 벽에는 황색의 새털구름 문양이 있다. 잔의 외벽 상·하단에는 홍색과 황색이 교차하는 파도 문양이 있으며, 가운데에는 서로를 휘감고 있는 흑색의 두 마리 용이 있다. 용의 머리는 두 잔이 이어지는 부분을 향해 뻗어있고, 용의 몸에는 금색의 반점과 주황색의 둥근 고리 문양이 있다. 용 문양외의 여백은 홍색으로 칠해져 있으며 황색의 구름 문양이 있다. 잔의 밑바닥은 흑칠이 되어 있으며, 홍색으로 몸을 서리고 있는 용 두 마리를 또 그렸다. 용과 봉황의 형상을 하나의 잔에 표현하여 용봉정상(龍鳳呈祥, 용과 봉황은 상서로운 조짐을 나타낸다)의 뜻을 나타낸 것임을 알 수 있다.

● 칠안(漆案, 칠 소반)과 칠반(漆盤, 칠 쟁반)

　두 잔의 바깥쪽 측면에는 아기 새 모양의 발이 두 개 있는데, 모두 흑칠이 되어 있고, 홍색, 황색, 금색의 깃털 문양이 있다. 아기 새는 두 날개를 펴고 두 발을 구부리고 온 힘을 다해 두 잔을 받치고 있는 듯한데, 그 표정이 매우 사랑스럽다. 또한 이러한 장식 기법은 거대한 두 잔을 실제보다 훨씬 가벼워 보이게 하는 효과가 있다.

　다음으로 채칠원앙목조두(彩漆鴛鴦木雕豆)는 강릉의 초나라 무덤에서 출토되었다. 전체 높이가 25.5cm로, 쟁반, 손잡이, 받침대의 세부 분으로 구성되어 있다. 쟁반은 깊이 5cm, 받침대는 높이 4.4cm, 손잡이는 지름 3.5cm이다. 이 기물은 나무를 조각해서 만든 것이며, 손잡이에 있는 장부는 쟁반의 장붓구멍에 끼워져 있다. 손잡이와 받침대에는 대칭을 이룬 삼각형 구름 문양과 새털구름 문양이 있어 장중하고 평온해 보인다. 쟁반은 비교적 깊고 뚜껑은 돌출되어 있는데, 정말 절묘하게도 뚜껑과 쟁반이 하나로 합쳐져 한 마리의 원앙 모양을 이루며, 머리, 몸, 날개, 발, 꼬리가 모두 살아있는 것처럼 생동감 있게 묘사되었다. 이는 『시경(詩經)·소아(小雅)』 중의 "원앙새가 어량에서 왼쪽 깃을 접네, 군자님은 영원토록 복을 누리시겠네"라는 시구를 연상시킨다.

이 기물의 원앙꼬리 부분의 양측에는 대칭을 이룬 두 마리의 금봉황이 있다. 상서로움과 행복의 상징인 봉황은 기물을 더욱 귀중하게 보이게 한다. 이 기물은 조각이 정교하고 조형이 독특하며, 원앙의 전신에는 금색, 황색, 주홍색, 흑색 등으로 정교한 묘사를 했고, 기물의 조각과 알록달록한 색채는 서로를 더욱 돋보이게 하는 효과를 내고 있다. 이처럼 화려한 식기는 결코 일반 연회용은 아니었을 것이다. 이는 아마도 초나라 왕실에서 혼례 등의 성대한 연회를 열 때 사람들의 소망을 기탁하는 목적으로 사용된 기물이었을 것이다

정교함과 화려함의 극치 – 금은 식기

중국에서 황금을 사용한 역사는 매우 오래되었다. 고고학에서 발굴한 바에 따르면 지금으로부터 3천여 년 전의 상대에 이미 황금을 사용하기 시작했다. 일반적으로 볼 때, 진(秦)나라 이전의 금은기 공예는 아직 청동기 주조 공예의 범주를 벗어나지 못했다. 한대, 특히 동한 이후 금가공의 발전으로 금은기 제작이 청동기 제작 공예와 분리되어 독립된 공예예술이 되었다.

각지에서 출토된 대량의 당대 금은 식기로 미루어 볼 때, 당대에는

금은 식기 제작이 매우 성황을 이루었음을 알 수 있다. 송대의 금은기 제작은 전대의 기초 위에서 더욱 발전하고, 상업화되었다. 황실, 궁정, 제후, 대신, 부상, 거상 등이 대량의 금은 식기를 사용했을 뿐 아니라 일부 서민들과 술집, 음식점에서도 금은 식기를 사용했다. 청대의 금은기 공예는 전대미문의 발전을 이룩하여 궁정용 금은기가 일상생활의 여러 영역에 보급되었다. 이제부터 금은 식기 가운데 진품(珍品) 네 점을 골라 살펴보도록 하자.

● 전국시대의 화려한 식기로 왕실귀족들만이 소유할 수 있었다.

　첫째, 전국초기 증후을묘(曾侯乙墓)에서 출토된 금잔(金盞)과 금숟가락[金匕]이다. 1978년 호북성 수주시(隨州市) 뇌고돈(擂鼓墩) 부근에서 전국 초기 증국(曾國)의 군주 후을(侯乙)의 무덤이 발견되었다. 무덤 안에서 잔, 숟가락, 그릇 뚜껑 등의 금제 기물이 출토되었는데 그중 금잔과 금숟가락이 가장 정교하다. 잔의 높이는 10.7cm, 입지름 15.1cm, 발의 높이 0.7cm, 무게 2,150g으로 지금까지 중국에서 출토된 가장 무거운 금기이며 순금 함량이 무려 98%이다. 금잔 안에는 금숟가락이 있는데, 전체 길이 13cm, 무게 50g이다.

● 꽃 모양의 부조가 있는 굽이 높은 은잔으로 송대의 은기이다.

이 금잔은 조형이 장중하고 손잡이, 뚜껑, 몸체, 발을 분리 주조했기 때문에 주조 공예가 매우 복잡하다. 즉 청동기 주조 방법과 매우 유사한데 기물의 몸체와 부속품을 따로 주조한 뒤 다시 도가니에 넣고 주조하여 합치거나 용접해서 이었다. 기물 표면의 문양은 매우 정교한데, 특히 반리문(蟠螭紋, 몸을 서리고 있는 뿔이 없는 용 문양)에 돌출되어 부조된 뾰족한 구름 문양은 솜털처럼 가늘다. 이러한 주조 공예는 같은 시기 중원 지역의 반리문과는 비교조차 할 수 없이 정교하다.

금잔과 금숟가락은 무덤 주인인 중국의 군주 후을이 생전에 사용하던 호화스러운 식기로, 금잔에는 음식물을 담았다. 금숟가락에는 구멍이 투각되어 있는데, 이는 탕의 건더기를 먹는 데 사용했던 것으로 보인다.

둘째, 당대의 원앙연판문(鴛鴦蓮瓣紋) 금사발이다. 1970년 서안(西安) 남교(南郊) 하가촌(何家村)에서 당대 금은기 천여 점이 발굴되었는데, 이는 중국 당대 금은기 발굴사상 유례없던 일이다. 발굴된 유물 가운데 원앙연판문 금사발이 가장 진귀하다.

원앙연판문 금사발은 입구가 넓고 가운데가 볼록하며 나팔형의 둥근 굽이 있다. 높이 5.5cm, 입지름 13.7cm, 굽지름 6.7cm이다. 기물의 표면에는 부조식 연꽃잎이 두 층으로 새겨져 있는데, 한 층에 10개의 꽃잎이 있다. 위층에 있는 연꽃잎 안에는 여우, 토끼, 노루, 사슴, 앵무새, 원앙 등 희귀 금수들이 새겨져 있고, 금수 주위에는 대칭을 이룬 화초가 채워져 있다. 아래층 연꽃잎은 모두 인동문(忍冬紋, 넝쿨이 뻗어가는 형상을 도안한 무늬)으로 되어있다. 굽 안에는 원앙이 한 마리 새겨져 있고 인동문이 장식되어 있다. 굽 표면에는 방승문(方勝紋, 회백색 마름모꼴 무늬)이 장식되어 있고, 꽃잎이 4개 있는 연꽃 문양을 간략화한 마름모꼴 문양의 도안이 있다. 굽의 하단에는 연주문(聯珠紋, 구슬을 꿴 모양)이, 굽의 안쪽 하단에는 장미 모양이 장식되어 있다. 기물의 안쪽에는 '구량반(九兩半)'이란 글자가 써있는데, 이는 당대 궁정에서 금은기를 관리하기 위해 남긴 표지이다. 『홍루몽(紅樓夢)』에서 원앙(鴛鴦)은 가모(賈母)의 몸종으로 금은기를 관리했는데, 매번 사용 후에 무게를 잰 후 넣어 두었다. 당대 궁정 금은기의 관리자는 가벼운 금은기를 무거운 것으로 바꿔치기하는 것을 방지하기 위해 매 기물에 먹으로 무게를 표시하거나 기물에 직접 무게를 새겨 넣었다. 이로부터 금은기가 매우 귀중한 물건이었음을 알 수 있다.

셋째, 당대 도금 은다구(銀茶具)이다. 법문사(法門寺) 지궁(地宮, 절에서 사리, 기물 등을 두는 건물)에서 도금 은다구가 출토되었는데, 이중에는 다연자(茶碾子), 연축(碾軸), 다라자(茶羅子)라고 하는 다구가 있다. 당송 시기에 마시는 차는 대부분이 둥근 떡 모양이어서 끓일 때 갈아서 분말로 만들어야 했다. 따라서 맷돌[碾]과 체[羅]는 차를 끓이는 데 쓰이는 중요한 도구였다.

● 금을 상감한 소머리 모양의 마노(瑪瑙, 장식품을 만드는 데 쓰이는 보석의 일종)잔

당대 황실의 금은기를 제조하는 부처는 당 중기 전에 민간 금은 작업장과 관영 작업장 두 곳이 있었는데, 관영 작업장은 바로 소부감(小府監) 중상서(中尙署) 관할의 금은 작업장이었다. 그러나 당 말기에 이르러서는 황제의 사치가 극에 달해 소부감 작업장의 금은기로는 황제의 욕구를 만족시킬 수 없었다. 이리하여 문사원(文思院)이라는 부서를 따로 설치해 황실에서 필요한 정교한 금은옥 제품을 만들고, 환관을 문사원사(文思院使)로 임명했다. 법문사에서 출토된 다구들은 바로 문사원에서 제작한 것으로 당시 최고의 금속 공예 수준을 대표한다.

넷째, 청대 운룡문호로금집호(雲龍紋葫蘆金執壺)이다. 이 금집호는 청대 황제가 사용하던 술잔으로 궁정 금은 작업장의 장인이 심혈을 기울여 독특하게 제작했다. 호(壺) 전체는 표주박[葫蘆] 모양으로, 높이가 29cm, 호의 볼록한 부분의 지름이 16cm, 가장 넓은 곳의 너비가 25cm로 너무 크지도 작지도 않은 적절한 크기이다. 호의 표면의 위쪽에는 큰 원이, 아래쪽에는 작은 원이 장식되어 있는데, 두 원이 만나는 부분이 안으로 쏙 들어가 표주박 모양을 이루며 매우 아름답다.

청대 궁정의 기물은 조형과 장식을 매우 중시했으며, 특히 섬세하고 화려한 스타일을 선호했다. 이 금집호는 부조의 방법을 사용하여 문양이 돌출되어 있고, 호의 표면에는 문양이 빈틈없이 장식되어 매우 호화스럽고 화려한 장식 효과를 낸다. 호 전체는 상서로운 구름과 승천하는 용 문양으로 주로 장식되어 있다. 용은 봉건 황제의 화신으로, 이러한 무늬장식과 조형은 매우 상서로운 의미를 갖고 있다. 이는 청대 궁정에서 자주 사용하던 장식 소재로 사해승평(四海昇平, 온 천하가 태평하다), 길상만대(吉祥萬代, 영원히 상서롭다)라는 뜻이 담겨 있다.

훌륭한 명성을 자손만대에 남기다 – 도자기

　중국의 도자기 생산은 유구한 역사를 자랑하고 있다. 고고학에 따르면 중국 초기의 도기는 신석기 시대의 자산(磁山)과 배리강(裴李崗) 문화 시대로 거슬러 올라갈 수 있다. 자기의 생산은 도기보다 조금 늦은 상대에 시작되었고, 동한 이후 성황을 이루었다. 당송 이후 중국의 도자 공예 기술은 나날이 발전하여 최고의 수준에 이르렀다. 따라서 여기서 소개하고자하는 고대의 도자기는 대부분 당송 이후의 유물이다. 그럼 지금부터 대표적인 몇 점의 도자기를 살펴보자.

● 자호(瓷壺, 도자 주전자)

　첫째, 당삼채(唐三彩) 사발이다. 이 기물은 당나라 영태공주(永泰公主)의 무덤에서 출토되었다. 영태공주 이름은 선혜(仙蕙)이고, 당 고종(高宗) 이치(李治)와 무측천(武則天)의 손자 중종(中宗) 이현(李顯)의 일곱째 딸로 17세의 나이에 요절했다. 중국 도자기의 꽃이라 할 수 있는 당삼채는 일종의 저온 유약도기로 백색의 점토로 바탕을 만들고 구리, 철, 코발트, 망간 등의 원소가 함유된 광물을 유약의 착색제로 사용한다. 유약에는 납을 대량으로 넣어 매용제(媒熔劑)로 사용하고, 섭씨 800도의 온도에서 굽는다. 유약은 짙은 녹색, 연녹색, 남색, 황색, 백색, 갈색 등 여러 가지 색

● 자반(瓷盤, 도자 쟁반)

깔이 있다. 따라서 삼채(三彩)라고 하는 것은 실질적으로는 여러 가지 색깔의 도기를 가리키는 말이다. 삼채 도기는 송대와 요(遼)대에도 생산되었지만 당대에 발명되었고, 당대에 가장 유행했기 때문에 '당삼채' 라는 이름이 붙었다.

당나라 영태공주의 무덤에서 출토된 당삼채 사발은 조형이 단정하고 장중하며, 장식이 독특하고, 안과 밖에 모두 백색의 유약을 입혔다. 도기에는 열두 줄의 녹색 사선 무늬가 있고, 위쪽에는 갈색의 가는 줄무늬가 있으며, 도기는 상하 두 층으로 구분된다.

둘째, 명대의 영락 청화압수배(永樂靑花壓手杯)이다. 홍무(洪武) 2년(1369년), 명나라 조정은 경덕진(景德鎭)의 주산(珠山)에 자기를 굽는 가마를 설치하여 어기창(御器廠)이라 하고, 관리를 보내 도기 굽는 것을 감독했으며 완성품은 수도로 보내 황실에서 사용했다.

압수배(壓手杯)는 명대 영락 연간 경덕진의 어용 가마에서 제작한 새로운 형태의 자기 잔이다. 이 자기는 높이 5.4cm, 입지름 9.1cm, 바닥지름 3.9cm로 작은 사발 모양이다. 입구가 약간 바깥으로 삐쳐 있고 배가 볼록하며 밑바닥에 굴곡이 있고 굽이 둥글다. 이 잔은 제작이 정교하고 형체가 예스럽고 소박하다. 잔의 안과 겉에는 청화(靑花)가 장식되어 있는데, 색깔이 매우 푸르다. 잔의 가운데에는 독특한 형식의 연관(年款, 제작 시기를 파놓은 글자)이 있다.

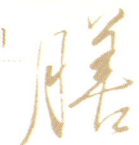

영락청화압수배는 명대 자기 중에서 유일하게 문헌 기록으로 실증되는 유물이자 중요한 연구 가치가 있는 세상에 드문 보물이다. 명대 곡응태(谷應泰)가 편찬한 『박물요람(博物要覽)』에 이 잔에 관한 묘사가 있다. "영락년에 만든 압수배는 가운데에 공을 가지고 노는 두 마리의 사자가 있다. 공안에는 대명영락년제(大明永樂年制)라는 여섯 자의 전서가 쌀알같이 쓰여 있는데, 이러한 형식이 가장 상품(上品)이며 원앙심(鴛鴦心)과 화심(花心)이 그 뒤를 잇는다. 잔의 표면에는 푸른 청화가 장식되어 있는데, 매우 정교하고 아름답다. 제작한 지 오래되었기 때문에 그 가치가 더욱 높다."

경덕진 어용 가마에서 생산한 자기 잔은 종류가 매우 많다. 계항배(鷄缸杯), 삼추배(三秋杯), 포도배(葡萄杯) 등은 모두 가벼운 데 반해, 압수배는 반대로 무겁고 장중한 특징을 가지고 있다. 압수배는 입구 가장자리가 약간 밖으로 삐쳐 있어 손에 쥐었을 때 꼭 맞을 뿐만 아니라 크기가 적당하고 안정감이 있어 '압수(壓手)'라는 이름을 갖게 되었다. 이 잔은 두터워서 약간 무거운 감이 있긴 하지만 손에 쥐었을 때 조금도 둔하지 않고 민첩하고 예쁘며, 차나 술을 마시기에 모두 적당하고 품위 있다. 압수배는 도공들의 높은 자기 제조 기예를 보여주는 걸작이라 할 수 있다.

셋째, 명대 성화두채인물배(成化斗彩人物杯)이다. 이 잔은 표면에는 향락을 즐기는 문인이 묘사되어 있어 고사배(高士杯)라고도 한다. 잔의 높이는 3.8cm, 입지름 6.1cm, 바닥지름 2.7cm이다. 표면이 매끄럽고 가벼우며 입구가 넓

● 자완(瓷碗, 도자 사발)

243

다. 배가 둥글며 잔의 바닥이 안쪽으로 약간 오목하게 들어갔다. 잔의 밑바닥에는 해서체로 대명성화년제(大明成化年制)라는 여섯 글자가 쓰여 있다. 잔의 몸체에는 두 폭의 인물화가 있는데, 하나는 백아(伯牙)가 거문고를 가지고 친구를 방문하는 모습이다. 백아는 두 손을 아래로 늘어뜨리고 시동이 오른손에 거문고를 안고 있으며, 두 사람은 옷을 바람에 나부끼며 한가로이 산간의 평지를 걸어가고 있는 듯하다. 다른 하나는 왕희지와 거위이다. 왕희지는 강기슭에 앉아 거위를 감상하고 있고 시동이 책을 들고 옆에 서 있다. 그 밖에 여백은 푸른 소나무, 늘어진 버들, 매화, 국화, 암석, 화초 등으로 채워져 있으며, 전체적으로 문인이 향락을 즐기는 모습을 묘사했다.

성화두채배(成化斗彩杯)는 가장 유명한 인물배 외에도 삼추배(三秋杯), 포도배(葡萄杯) 등이 있다. 이 술잔들은 조형이 우아하고, 일부 소형 잔은 두께가 매미의 날개처럼 얇아서 손가락을 비춰볼 수도 있다. 전하는 바에 따르면 성화(成化) 황제는 만귀비(萬貴妃)를 사랑하여 매일 진귀한 골동품을 하나씩 선물했는데, 성화두채배는 바로 황제가 애첩의 환심을 사기 위한 선물용으로 제작되어 발전하기 시작한 것이라 한다. 따라서 성화두채자기 가운데에는 대형 식기가 없고 대부분이 예쁘고 앙증맞은 소형 술잔이다.

두채자기는 명청 양대 채색 자기의 걸작으로, 명대 문헌에는 성화두채자기를 성화오채(成化五彩)나 춘화간장오색(春花間裝五色, 봄꽃에 오색이 담겨있다)이라고 일컫고 있다. 채색 자기가 부단히 발전함으로써 색을 입히는 방법도 점차 복잡해졌다. 따라서 청대 건륭(乾隆) 시기에 이르러서는 청화 윤곽선으로 장식된 기물을 '오채(五彩)'와 구별하기 위해 '두채'나 '전채(塡彩)'라 불렀다. 성화 시기 채색 자기는 제작이 정교하고 가벼우며 색이 화려해 명청 황실에서 큰 사랑을 받았다.

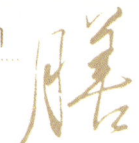

당시 성화두채는 예술적 가치뿐 아니라 경제적 가치도 높았다. 만력(萬曆) 황제는 『야획편(野獲編)』에서 "성화두채자기는 백금의 가치가 있다"라 했고, 청대 『당씨사고(唐氏肆考)』에서도 "신종묘기(神宗廟器)는 궁중에 잔이 한 쌍 있는데, 명말에 이미 값이 십만 냥까지 뛰었다."라는 기록이 있다.

● 고대의 상아로 만든 잔으로 터키석이 상감되어 있다.

중국 전통의 식기 재료는 도자, 금, 은, 구리, 칠기 외에도 수장, 마노, 옥, 주석, 자목, 상아, 대나무, 서각 등 매우 풍부하다. 이 식기들에는 날아가는 백학, 승천하는 용, 희롱하는 봉황, 날개를 펼친 금조, 나비와 꽃, 미녀, 화훼, 산수화 등이 그려져 있거나 투조되어 있어 시적인 정취가 있다. 중국인들의 근면한 노동과 지혜가 압축되어 있는 정교한 식기는 보는 이들로 하여금 식기를 제작한 예술가들에 대한 경외감이 생기게 한다. 이처럼 중국 역사상 출현했던 아름답고 정교한 식기들을 우리는 중국의 소중한 보물이라 할 수 있을 것이다.

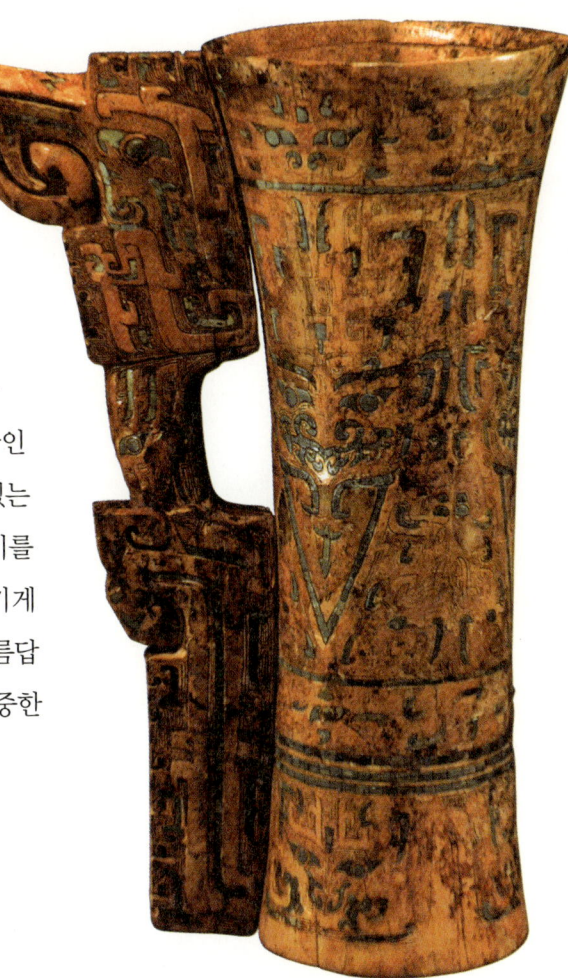

12

중국 전통 음식의 표준 양식

음식과 보양에는 법도가 있다

● 보양 음식 이치바바오바오(益氣八寶煲, 익기팔보보: 연밥, 녹두, 율무, 찹쌀, 백합 등으로 만듦)

중국인들은 감기와 같은 질병에 걸리면 일반적으로 생강탕 등을 끓여 먹고 땀을 내어 병을 치료한다. 이에 대해 양실추(梁實秋)는 『식품과 약물』에서 매우 감개하여 말했다.

"현대 병원은 환자식을 개선하고 급식 시설을 확충할 필요가 있다. 미래에 병원은 아마도 요양원과 비슷한 큰 음식점이 될 것이다. 최종적으로 우리는 건강과 질병이 서로 돕는 역할을 한다고 인식하는 수준까지 다다라야 한다. 그때에 인류는 질병을 예방하기 위해 음식을 먹을 것이며, 더 이상 질병을 치료하기 위해 약을 먹는 일은 없을 것이다. 이 점에 대해서 현재 서양인들은 아직 충분히 인식하지 못하고 있다. 왜냐하면 서양인들은 병이 났을 때만 의사를 찾지, 병이 나지 않았을 때 의사를 찾지는 않기 때문이다. 질병의 예방 차원에서 음식을 먹는 수준에 도달해야만 보약과 치료용 약의 경계가 허물어질 것이다."

사실 중국의 선조들은 일상생활에서 음식이 매우 중요한 역할을 하고 있으며, 음식과 인체 건강이 매우 밀접한 관계를 맺고 있음을 일찍이 깨달았다.

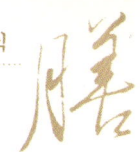

음식에 예의를 담는다 - 음식의 배합 규칙

　　밥을 먹는 것은 누구나 할 수 있는 일이다. 그러나 과학적인 식사방법에 대해서는 모르는 사람이 많다. 이에 대해 중국의 선조들은 끊임없는 연구를 해왔다.

　　서주 초기, 먹는 일을 중시한 주나라 사람들은 과학적인 식사 방법을 탐색하기 시작했다. 군왕과 귀족이 과학적인 식사를 할 수 있도록 조정에 식의(食醫)를 두고, 의사의 우두머리가 되도록 했다. 식의란 음식의 맛과 위생을 돌보는 전문 의사로 현대의 영양사와 유사한 직종이다. 『주례(周禮) · 천관(天官)』에 식의 업무에 대한 기록이 있다. "왕의 육식(六食), 육음(六飮), 육선(六膳), 백수(百羞), 백장(百醬), 팔진(八珍)을 책임진다." 이 기록으로부터 식의는 군왕과 귀족들의 먹는 곡물, 고기, 음료, 장 등 각종 음식을 관리했음을 알 수 있다. 식의는 이러한 음식들을 단순하게 배합하여 상에 올리는 것이 아니었다. 건강과 예의의 각도에서 출발하여 음식의 맛, 온도, 사계절에 따른 입맛, 반찬의 조화 등을 모두 고려했다. 식의는 주로 다음과 같은 사항들을 중시했다. "밥은 봄처럼 따뜻해야 하고, 국은 여름처럼 뜨거워야 하고, 장은 가을처럼 시원해야 하고, 음료는 겨울처럼 차가워야 한다. 조미료는 봄에 신맛을 많이 먹고, 여름에 쓴맛을 많이 먹고, 가을에 매운맛을 많이 먹고, 겨울에 짠맛을 많이 먹는 게 좋으며, 꿀과 같이 단 것을 넣어서 밥과 반찬의 맛을 조절한다. 밥과 반찬의 배합은 소고기와 멥쌀, 양고기와 기장, 돼지고기와 조, 개고기와 수수, 기러기고기와 보리, 생선과 줄(볏과 식물의 한 종류)이 가장 이상적이다."

　　『예기(禮記) · 내칙(內則)』과 『주례(周禮) · 천관(天官) · 식의(食醫)』에 이와 동일한 음식 배합 원칙이 있는데, 그 문구가 완전 일치한다. 이러

● 카오성하오(烤生蠔, 고생호: 구운 굴)

한 음식의 배합 규칙은 후대에 미친 영향이 매우 크며, 많은 요리 관련 서적이 요리의 맛을 조절하는 것을 논할 때 이러한 관점을 중복하여 서술했다.

물론 이러한 음식의 배합 규칙이 식이요법에서 본받을 만한 것은 아니다. 그러나 근본적으로 보았을 때, 이는 중국 고대 의학 중의 '천인합일(天人合一) 사상'의 영향을 받은 것이다. 중의학에서는 사람과 자연계가 밀접한 관계를 맺고 있기 때문에 계절에 따라 다른 음식을 먹어야 하며, 적기에 적절한 맛을 선택하고 단맛으로 음식의 맛을 조절해야 한다고 본다.

현대 영양학에서는 사계절에 따라 오미(五味, 단맛, 쓴맛, 신맛, 매운맛, 짠맛)를 선택해서 먹자는 주장은 없지만 오미의 배합을 매우 중시한다. 오미에는 인체에 부족해서는 안 되는 물질이 함유되어 있기 때문에 오미를 적절히 배합하면 건강하고 장수할 수 있다.

예를 들어 단맛은 설탕에서 나오는데, 설탕은 열량의 주요 공급원이

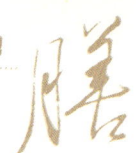

자 인체가 성장하고 발육하는 데 필요한 필수 물질로 산독증(酸毒症)을 방지할 뿐만 아니라 해독을 하는 역할도 한다. 그러나 설탕을 너무 많이 먹으면 구강의 산성도가 너무 높아져서 충치를 일으키고 심하면 동맥경화를 유발하여 심혈관 질병의 원인이 될 수 있다.

신맛은 식욕을 증진시키고 비장을 건강하게 하며, 간장의 기능을 강화하고 철분과 인의 흡수율을 증대시킨다. 그러나 많이 먹으면 위액이 다량 분비되어 소화기관이 상한다.

쓴맛은 습기를 제거하고 이뇨 등의 작용을 한다.

매운맛은 위장의 운동을 촉진시켜 소화액의 분비를 증대시키고, 혈액순환과 체내대사를 촉진시킨다. 뿐만 아니라 풍을 제거하고 추위를 쫓으며, 근육을 풀고 혈액 순환을 좋게 한다. 그러나 너무 많이 먹으면 위 점막을 지나치게 자극시키므로 일부 질병이 있는 환자들은 매운 것을 먹지 않는 게 좋다.

소금은 인체 염소와 나트륨의 주요 공급원으로 세포와 혈액 간의 삼투압 평형과 정상적인 염분대사를 조절한다. 그러나 과량으로 섭취하면 신장과 동맥에 부담을 주게 되고, 장기적으로 염분을 과다 섭취하

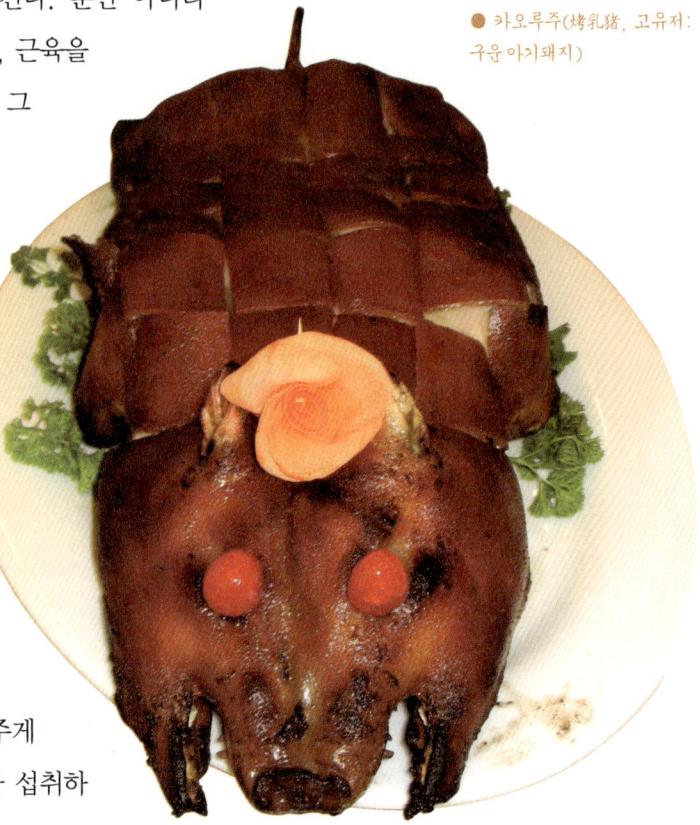

● 카오루주(烤乳猪, 고유저: 구운 아기돼지)

면 혈관이 막혀 혈압이 상승하게 된다.

　결론적으로 누구나 자신이 좋아하는 맛이 있겠지만 편식을 하지 말고 과학적인 음식 배합방법으로 균형 잡힌 식사를 하도록 하자.

오곡으로 영양하며, 오과로 보조한다
– 음식을 통한 과학적 보양 방법

　　의학은 병을 예방하고 질병을 치료하기 위한 것이며, 음식은 영양을 보충하고 보양하기 위한 것이다. 모두 병을 없애고 수명을 연장한다는 데 목적이 있다. 중국에서는 '의학과 음식의 기원은 하나다'라는 말이 있고, 최초의 약물은 모두 음식이었으며, 최초의 의료 방법은 식이요법이었다. 즉, 중국 의학과 음식은 처음부터 떼려야 뗄 수 없는 인연을 맺었다. 중국의 음식은 곡물, 채소, 소량의 고기류로 구성되어 있다. 오랜 실진과 경험을 통해 중국인들은 어떤 음식이 인체의 어디에 효과가 있고, 어떤 병을 치료할 수 있는지 알게 되었다. 따라서 음식을 치료의 수단으로 삼는 중의학은 다음의 소중한 지식을 축적하게 되었다.

　첫째, 고대인들은 일상생활에서 신체 건강에 가장 많은 영향을 주는 것이 음식이라고 생각했다. 그래서 일찍이 '병은 입으로부터 들어온다'라고 하여 사람들의 경계심을 높였다. 신체의 건강을 지키려면 우선 음식에 주의해야 한다는 것은 두말할 필요도 없다. 중국의 조상들은 구석기 시대에 이미 불을 사용할 줄 알았고, 익힌 음식을 발명했다. 이는 인류의 진화를 앞당겼을 뿐 아니라 인체의 건강과 질병의 예방에 모두 중요한 의의가 있다.

둘째, 중국의 조상들은 일찍이 먹을 수 있는 음식과 먹을 수 없는 음식, 많이 먹어도 되는 음식과 적게 먹어야 할 음식에 대한 개념이 있었다. 서주 시대 사람들은 비린내와 노린내 등의 냄새 때문에 먹어서는 안 되는 여섯 종류의 고기가 있다고 여겼다.

● 싼허후이비(三河匯碧, 삼하회벽: 민물고기 요리)

사회가 진보하면서 춘추전국 시기 사람들은 과학적이고 위생적인 식생활을 더욱 중시하게 되었다. 사람들은 냄새가 변하거나 색이 변한 음식을 먹으면 병이 생기기 쉬우므로 먹어서는 안 된다고 여겼다. 그래서 공자는 곰팡이가 피고 쉰내가 나는 음식, 부패하고 변질된 고기와 생선, 색깔이 변하거나 냄새가 고약한 음식, 태우거나 설익은 음식, 조리 방법이 잘못된 음식 등은 모두 먹어서는 안 된다고 말했다. 이는 비단 공자만의 견해가 아니라 일찍이 중국 선조들이 세웠던 음식 위생을 중시하는 우수한 전통이다. 한(漢)대 명의 장중경(張仲景)의 『상한론(傷寒論)』에는 "더러운 밥, 상한 고기, 악취가 나는 고기는 모두 사람을 해친다. 자살한 육축(六畜, 소, 말, 돼지, 양, 닭, 개)은 독이 있으니 먹으면 안 된다."라는 말이 있다. 따라서 변질된 음식은 먹어서는 안 된다는 공자의 말은 과학적인 근거가 있는 셈이다.

공자는 "밥을 먹을 때는 말을 하지 말라"라고 했다. 밥을 먹을 때 말을 너무 많이 하게 되면 소화에 지장을 줄 뿐 아니라 음식이 기관에 들어갈 수도 있다. 공자는 또한 "생강이 들어간 음식을 버리지 말되, 많이 먹지는 말아라"라고 했다. 생강은 고기의 비린내를 없애주고 소화를 촉

● 쑤후이쓰바오(素燴四寶, 소회사보: 동과, 버섯, 수세미, 고추 등으로 만든 요리)

진시키는 기능이 있고, 노인들의 건강에 특히 좋지만 많이 먹어서는 안 된다.

셋째, 곡식, 과일, 채소, 고기 등의 음식을 혼합하여 합리적이고 균형 잡힌 영양 섭취를 할 것을 주장했다. 중국 최초의 의학서 『내경(內經)·소문(素問)·장기법시론(臟器法時論)』에서 언급한 "오곡(五穀)으로 영양하며, 오과(五果)로 보조하고, 오축(五畜)으로 보익하며, 오채(五菜)로 충양(充養)해야 한다"는 견해는 지금까지도 매우 과학적이라고 여겨진다. 누구나 알다시피 단백질은 인체가 가장 필요로 하는 영양소로, 예나 지금이나 중국인들은 식물성 단백질로부터 단백질을 보충했다. 그런데 이 식물성 단백질이 병의 예방·치료와 수명 연장에 도움을 준다는 것이 현대 과학에서 증명되었다. 이는 동물성 단백질에는 없는 식물성 단백질의 효능이다. 이점은 일찍이 중국 고대인들이 이미 숙지했던 바로 중국 고대 의학에서 여러 번 언급되었다.

중국 고대 의학에서는 쌀은 원기를 보충하고 체액의 분비를 촉진하고, 수수는 원기를 돕고 비장을 튼튼히 하며 양성음허(陽盛陰虛)와 불면증을 치료한다고 여겼다. 밀은 허약증과 무기력증을 치료하고 피부를 튼튼히 할 뿐만 아니라 위장을 두껍게 하고 근력을 강화시킨다고 생각했으며, 대두는 원기를 보충하고 해독을 한다고 여겼다. 메밀은 식욕을 증진시키고 기력을 보충하며 감기를 예방하고, 고구마는 위를 튼튼히

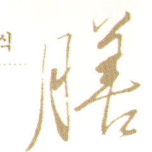

하고 기력을 증강시키며 혈색을 좋게 하고, 참깨는 오장을 보양하고 골수를 채우며 근육을 늘리는 효과가 있다고 여겼다.

채소는 더욱 특수한 의약 효과가 있다. 예를 들어 마늘은 가스를 내보낼 뿐만 아니라 통증을 멈추게 하고 살균 작용을 하며 오랫동안 먹으면 혈액 지질을 감소시켜 혈액을 맑게 하는 효과가 있다. 무는 가래를 제거하여 폐를 맑게 해주고 기침과 실성증(失聲症) 등을 치료한다.

넷째, 식이요법을 주장했다. 식이요법은 중국 고대 백성들의 오랜 경험을 바탕으로 창조되었으며, 농업과 음식업이 크게 발전한 덕에 그 내용이 풍부해지고 질이 향상되었다. 식이요법에 사용되는 음식의 종류는 단순한 탕류와 주류에서 유제품, 음료, 국, 떡, 과자, 요리 등 매우 다양한 음식으로 발전했다. 『주례(周禮)·천관(天官)』의 '식의(食醫)'는 음식의 위생에 주의하고 식이요법으로 질병을 치료할 것을 주장했다. 이들의 인식이 아직 감성적인 단계에 머물러 있어 구체적인 저술을 남기지는 않았지만 그들의 음식 배합방법을 살펴보면 식이요법에 해당하지 않은 것이 없으며, 이는 『예기(禮記)』에도 적지 않은 기록이 남아 있다.

군자는 배불리 먹지 않는다 – 음식 절제에 얽힌 사상들

중국 고대의 사상가들은 대부분 과식을 하지 않고 음식을 절제하며 일정한 한도를 유지할 것을 주장했는데, 이것이 사회와 특히 노인의 건강에 이롭다고 여겼다. 노인은 위장 기능이 약해서 과식을 하게 되면 소화하기 힘들어 병에 걸리기 쉽기 때문이다. 물론 중국의 사상가들이 음식을 절제하자는 견해를 펼치게 된 데에는 풍부한 사회적, 문화적 배경이 있다.

『묵자(墨子)·절용(節用)』에는 다음과 같은 말이 있다. "고대의 성왕 (聖王) 요(堯)임금은 음식에 관한 법을 정하여 '허기진 배를 채워 기운을 이어가고 팔다리의 힘을 강화하고, 귀와 눈이 밝게 듣고 볼 수 있을 정도면 거기서 멈춘다. 음식의 맛과 향을 지나치게 중시하거나 이국의 진귀한 음식을 쫓을 필요가 없다.'라고 했다. 이것은 무엇 때문일까? 요임금은 천하를 통치하여 남쪽으로는 월남(越南)을 평정하고, 북쪽으로는 유도(幽都)를 정복하고, 동쪽의 태양이 뜨는 곳에서 서쪽의 태양이 지는 곳까지 다스렸으므로 신하로서 굴복하지 않는 자가 없었다. 그는 천하를 평정했을 때 그 지위가 매우 존귀했음에도 검소하고 소박하여 끼니마다 한 가지 종류의 양식으로 밥을 해 먹고, 한 가지 종류의 탕을 마셨다. 또한 흙 그릇에 밥을 먹고 흙 잔에 물을 마시고 술을 마셨다. 주(周)왕의 위엄 있는 의식 절차를 요임금은 행하지 않았다." 묵자는 음식을 먹는 가장 큰 목적은 몸을 건강하게 하고 영양을 섭취하기 위한 것이라고 주장했다.

그러나 음식은 또 하나의 목적이 있는데, 그것은 바로 향락이다. 중국 고대의 사상가와 요리사는 건강과 향락이라는 음식의 이 두 가지 목적을 모두 중시했다. 그러나 특권을 누리고 있는 귀족들은 주로 후자를 중시하여 대량의 산해진미를 먹고 난 이후 위에 부담을 주고 소화가 잘되지 않아 오히려 건강을 해치는 경우가 종종 있었다. 그래서 『관자(管子)·내업(內業)』에서는 "무릇 음식은 너무 많이 먹게 되면 내장을 상하게 하고 체형이 보기 좋지 않게 되며, 너무 적게 먹으면 몸이 야위고 혈액이 굳으니, 너무 배부르지도 부족하지도 않게 적당히 먹어야 한다"고 했다. 또한 공자 역시 "군자는 배부르지 않게 먹는다"라고 했다. 그런데 이러한 주장이 나오게 된 것은 다름 아닌 당시 소위 군자라고 하는

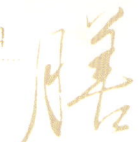

사람들이 음식에 대한 욕망이 끝이 없었기 때문이다. 이는 중국 음식 문화의 오랜 폐단이라 할 수 있는데, 너무 과식을 한 나머지 물리거나 심지어 병이 나기도 했다. 그래서 『여씨춘추(呂氏春秋)·진수(盡數)』에서는 "식사를 때에 맞춰 규칙적으로 하면 몸에 병이 생기지 않는다. 무릇 음식을 먹는 도(道)란 너무 배부르지도 부족하지도 않게 먹어 오장의 안녕을 지키는 것이다."라고 했다. 이러한 견해는 건강에 대한 요구와 매우 부합하며 후대에 끼친 영향이 매우 크다.

　　중국 고대의 사상가는 음식을 절제할 것을 주장하는 동시에 너무 자극적인 음식과 맛있는 음식을 추구하는 것을 반대했다. 『여씨춘추(呂氏春秋)·진수(盡數)』를 보면 "무릇 음식이라고 하는 것은 강한 맛이 없어야 한다. 이는 이른바 질수(疾首)이다."라는 말이 있다. 청대 필원(畢沅)

● 미즈차사오(蜜汁叉燒, 밀즙차소: 양념한 돼지고기를 꼬챙이에 꿰어 구운 요리)

은 질수를 가리켜 '질병을 일으키는 근원'이라고 해석했다. 음식은 다른 모든 사물과 마찬가지로 일정한 한도를 지켜야 하며 이러한 한도를 넘게 되면 필히 부작용을 초래한다. 즉, 맛이 너무 강하면 위장이 상하고 맛에 무뎌지게 된다. 『노자(老子)·도경(道經)』을 보면 "오미(五味)는 사람의 입을 상(爽)하게 한다"라고 하며, 『장자(莊子)·천지(天地)』에서는 "오미(五味)는 입을 탁하게 하며 상(爽)하게 한다"라고 했다.

'상(爽)'이라고 하는 것은 무슨 뜻일까? 『광아석고(廣雅釋詁)』에서는 "상(爽)은 못 쓰게 하다, 망치다"라고 해석한다. 즉 맛이 강렬한 음식은 입맛을 교란시키고 위를 상하게 한다는 것을 알 수 있다. 이는 『여씨춘추(呂氏春秋)·중기(重己)』편에서 말한 "맛은 너무 강하지 않도록 해야 한다……음식의 맛이 강하면 많이 먹게 되어 위가 가득 차고, 위가 가득 차면 배가 답답하고 더부룩하게 되고, 배가 더부룩하면 기혈이 잘 통하지 않게 되니, 이래서 어찌 오래 살기를 바라겠는가?'라는 관점과 일치한다. 이는 모두 강렬한 맛을 가진 음식 섭취를 반대하는 내용으로 매우 과학적인 주장이다.

이밖에 중국 고대의 사상가들은 술과 고기를 적게 먹어야 한다는 주장을 폈다. 『논어』에는 공자의 평소 생활을 기록해 "고기는 아무리 많아도 주식인 곡물보다 많이 먹어서는 안 된다", "술 때문에 곤경을 겪는 일을 하지 않아야 한다"라고 했다. 『여씨춘추(呂氏春秋)·본생(本生)』에서는 "기름진 고기와 강한 술을 많이 먹으면 장을 망치게 된다"라고 했다. 즉 술과 고기를 너무 많이 먹으면 건강을 해치고 불행한 결과를 가져온다.

예를 들어 동진(東晋) 전원시인 도연명(陶淵明), 당대 시선(詩仙) 이백(李白), 시성(詩聖) 두보(杜甫)는 비록 박학다식하고 다재다능하며 후대에 많은 절창과 명편을 남겼지만 그들의 후손은 지극히 평범하고 별

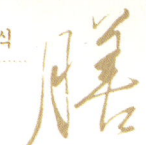

다른 업적이 없다. 말년의 도연명은 그의 아들의 우둔함이 "아마도 배중물(杯中物, 술)의 폐해에서 연유한다"고 깨닫게 되었다. 이 세 명의 시인은 술을 광적으로 좋아해서 항상 고주망태가 되도록 과음을 했다.

지나친 음주가 자신의 자녀에게 예상치 못했던 불행을 가져다주리라고는 미처 생각지 못했던 것이다. 이는 과음이 노인과 성인에게 해가 있을 뿐 아니라 그들의 자녀에게까지 영향을 미친다는 것을 설명한다.

종합적으로 볼 때 "양생의 도는 음식만한 것이 없다"라고 할 수 있다. 음식을 많이 먹고 적게 먹는 것과 좋은 음식을 먹고 나쁜 음식을 먹는 것이 모두 인류의 건강과 직접적으로 관련이 있다. 따라서 과학적인 식생활은 인류가 모색해야 할 중요한 과제이다. 선조들은 이러한 면에서 매우 경험이 풍부하다. 따라서 이러한 귀중한 문화유산을 중시하고 발굴하여 모든 인류가 행복해지는 데 기여하도록 해야겠다.

13

전통적 식습관을 새롭게 계승하자

여러 가지 장점을 널리
받아들이면 필히 발전한다

근대이래로 중국의 음식 문화가 세계 각지로 뻗어나가는 동시에 서학동점(西學東漸)의 영향 아래 중국인들의 식생활이 전통적인 식생활과 괴리를 보이는 경향이 나타났다. 이는 서양 음식 문화가 유례없이 대규모로 중국에 유입되었기 때문이다. 중국과 서양의 음식 문화가 교류, 충돌함으로써 중국인들의 식생활 내용뿐만 아니라 음식 관념도 대대적으로 변화하게 되었다. 어떻게 보면 중국 근현대 사회 습속의 변화는 모두 바로 이러한 원인으로 나타나게 된 것이다.

채식이 주가 되고 육식으로 보충한다 - 전통적인 음식습관

특정 민족의 식습관이 형성하게 된 데에는 사회적, 역사적 근원이 있다. 중국 고대 사회에서는 민족이 다양하고 각자의 역사배경, 지리환경, 사회문화의 발전 정도가 모두 달랐기 때문에 각 민족의 식습관에도 큰 차이가 있었다. 이에 대해 『예기(禮記)·왕제(土制)』에서는 다음과 같이 말한다. "중국과 동, 서, 남, 북의 오랑캐 민족은 각기 그 특성을 지니고 있다. 동쪽 오랑캐를 이(夷)라 한다. 머리를 풀어 헤치고 문신을 했으며 화식(火食)을 하지 않는 자도 있다. 남쪽 오랑캐를 만(蠻)이라 한다. 이마에 단청을 새겨 넣고 양쪽 발가락이 서로 향했으며 화식을 하지 않는 자도 있다. 서쪽 오랑캐를 융(戎)이라 한다. 머리를 풀어 헤치고 가죽옷을 입으며 곡식을 먹지 않는 자도 있다. 북쪽 오랑캐를 적(狄)이라 한다. 새의 깃털로 옷을 만들어 입고 움집에 사는데, 곡식을 먹지 않는 이도 있다. 중국, 이, 만, 융, 적은 모두 거주 형태, 음식, 의복, 도구, 기물이 서로 다르다. 이들 오방(五方)의 백성들은 서로 말이 통하지 않고 기호와 습성도 서로 다르다."

중국 고대 중원 지역의 화하 (華夏)민족은 사회, 경제, 문화의 발전 정도가 모두 소수민족보다 높은 수준에 이르렀기 때문에 식습관도 더욱 성숙하고 다채로웠다. 화하민족의 전통 식습관을 개괄하면 다음과 같다.

첫째, 곡식과 익힌 음식을 위주로 한다.

둘째, 채식이 주가 되고 육식은 이를 보조했다.

셋째, 오미(五味)의 조화를 중시했다.

이는 수천 년 동안 중국인들의 식생활에 영향을 끼쳐왔다. 화하민족은 유제품을 먹지 않으며, 고기와 유제품을 주식으로 하는 서쪽의 유목민족과는 확연히 다른 독자적인 음식 문화권을 형성했다. 즉 동쪽과 서쪽의 민족은 각자의 생태환경에 따라 다른 문화를 창조했고, 이로 말미암아 식습관이 서로 달라진 것이다.

민족의 특성 중 하나인 식습관은 오랜 역사 속에서 형성되었기 때문에 쉽게 변하지 않는 특징을 가지고 있다. 그러나 모든 사물은 언제나

● 서양 음식이 중국의 전통 음식을 대체하게 되진 않겠지만 개인용 접시에 담아 음식을 먹는 등의 음식 습관은 중국의 식생활에 중요한 영향을 끼치게 될 것이다.

끊임없는 변화를 거치게 마련이며, 변하지 않는다는 것은 사실 상대적인 개념일 뿐이다. 따라서 오랜 세월에 걸쳐 형성된 식습관도 느리게 서서히 변화하고 있다. 사람들의 생활 수요에 적합하지 않는 일부 음식은 도태되고, 다른 새로운 음식이 점차 출현하며 보편화된다. 여기서 새로운 음식의 출현은 사회의 발전, 대외 문화의 교류와 밀접한 관련이 있다. 당(唐)대의 음식 문화는 이점을 매우 잘 설명해주고 있다.

● 음식 문화는 끊임없는 교류가 이루어졌기 때문에 풍부하고 다채롭게 발전할 수 있었다.

당대의 외래음식은 대부분 호식(胡食)이었다. 호식은 한나라 사람들의 표현으로 서역(西域)에서 전래된 음식을 일컫는 말이다. 호식은 한나라와 위나라 때 실크로드를 통해 중국으로 전래된 이후 당나라 때 전성기를 구가하여, "귀족과 황제의 음식에는 호식을 가능한 한 많이 준비했다"라는 기록도 있다. 당대의 호식은 종류가 매우 많았는데, 포우주, 비뤄(饆饠, 필라), 후빙(胡餅, 호병)등의 밀가루 음식이 있었다.

당대와 서역의 음식 문화 교류는 순식간에 커다란 파장을 불러일으켜 장안(長安)과 낙양(洛陽) 등 도시에서는 서역의 문화가 매우 유행하게 되었다. 이해 대해 시인 원진(元稹)은 『법곡(法曲)』이란 시에서 다음과 같이 묘사했다. "호기(胡騎, 서역의 말)가 전래된 이후 말의 털과 노린내가 온 낙양에 가득하네. 여인은 호부(胡婦)가 되려고 호장(胡妝, 서역의 화장)을 배우고 기생은 호음(胡音)을 권하고 호악(胡樂)으로 섬기네." 음식, 복식, 음악, 춤 등 모든 미의 표준이 서역을 따르게 되었고, 서역 문화를 숭배하는 일종의 '서역풍'이 불었다. 당시 장안에는 서역 사람들이 연 술집이 매우 많았는데, 아름다운 서역의 기생으로 손님을 끌어 모았다. 이백을 비롯한 문인들이 이러한 술집에 자주 드나들었다고 하며, 서역의 술집과 기생을 묘사한 당시(唐詩)가 많이 전해지고 있다. 외국의 사절들이 전파한 각국의 음식 문화는 중국이라는 바다에 한 줄기 강물처럼 흘러들었다. 이리하여 당대의 음식문화는 그 어떠한 시기에서도 찾아볼 수 없는 다채로운 풍격을 형성하게 되었다.

음식 문화의 개방은 사회의 개방을 촉진하는 역할을 할 수도 있다. 당(唐)대 장안(長安)은 세계 문화의 중심이 되었는데, 이는 한 나라가 선진적인 물질문명과 정신문화를 바탕으로 외래문화를 자기의 것으로 만들면 외래문화에 동화되는 일은 발생하지 않는다는 것을 입증한다.

식기와 음식은 필히 양식이어야 한다 - 근대 식습관의 변화

서양 열강의 침략으로 문호를 개방하면서 중국은 근대화의 길을 걷게 되었고, 세계 여러 나라와 더욱 폭넓은 교류를 하게 되었다. 이때에 중국은 더 이상 강국이나 선진국이 아니었으며, 모든 물질문명이 서양보다 크게 낙후된 약소국가였다. 이러한 배경 속에서 중국인들은 서양의 문화를 맹목적으로 숭배하게 되었고, 서양의 음식도 일종의 유행이 되었다. 이러한 상황은 중국뿐만이 아니라 중국보다 앞서서 근대화의 길을 걸었던 일본에서도 마찬가지였다.

일본에서 서양 음식을 가장 먼저 접해 본 사람들은 일본 막부(幕府) 말년에 유럽에 파견된 특사와 수행원들이었다. 그중 대표적인 인물은 미쓰이물산(三井物産)의 창시자인 마스다 다카시(益田孝)이다. 그는 1860년 견습통역사로 유럽에 갔을 때 한밤중에 동료들과 주방에 매달린 소고기를 칼로 베어 요리하면서 말했다. "소고기가 맛있어서 먹는 것이 결코 아니다. 서양인들은 참으로 위대한데, 아마도 이러한 소고기를 먹기 때문일 것이다. 우리도 서양인들과 똑같은 음식을 먹으면 역시 그들처럼 위대해질 것이다." 마스다 다카시의 이러한 견해는 당시 일본 사회에서 매우 보편적으로 퍼져 있었다. 메이지 정부는 육식을 장려하는 정책을 반포하고, 서양에서 씨소와 씨돼지를 수입했으며, 소고기를 사용한 서양 요리를 먹는 것을 문명개화의 상징으로 여겼다. 메이지 8년(1875년) 서양 요리는 황궁의 정식 요리로 채택되었다. 메이지 16년(1883년) 일본 정부는 서구 양식의 로쿠메이칸(鹿鳴館)을 지어 관방 최대의 사교 연회 장소로 삼았으며, 로쿠메이칸의 서양 요리는 이미 서양 최고의 수준에 달했다. 일본 음식 문화의 서구화는 일본 사회의 개방을 촉진시키는 역할도 했다.

1840년 이후 서양의 음식 문화가 각종 루트를 통해 끊임없이 중국으로 유입되었다. 이는 중국문화의 대외교류사상 유례없이 빠른 속도와 맹렬한 기세였다. 상해의 미국 선교사 크로포드(Crawford)의 부인은 서양의 요리 방법을 중국의 요리사와 주부들에게 체계적으로 전수해주기 위해 『조양반서(造洋飯書)』를 편찬했는데, 동치(同治) 5년 영국

침례회 미화서관(美化書館)이 이를 출판했다. 『조양반서』는 서양 각국
의 요리 방법을 집대성한 것으로 미국과 서유럽 각지의 다양한 문화를
전파하고 있으며, 그 문화적 가치가 일반 요리 서적과는 비교할 수 없
이 높다.

　『조양반서』 등의 서양 음식 문화 지식이 광범위하게 전파되는 동시
에 서양 음식 문화의 집합소라고 할 수 있는 서양 음식점이 중국의 번

● 일본은 한때 서양 음식을
문명개화의 표지로 삼았다.

화한 도시에 잇따라 문
을 열었다. 이에 관해
『청패유초(淸稗類鈔)』에
기록이 남아 있다. "상
해 복주로(福州路)의 일
품향(一品香)은 중국의
서양 음식점의 시초이
다. 일인당 정식은 1원
(元), 차는 7각(角), 간
식은 5각이며 별도로
종업원에게 팁을 주어
야 하고, 담배와 술은
따로 주문해야 했다. 처
음에는 호기심에 한번
와보는 손님이 대부분
이었는데, 나중에는 점
차 손님이 늘어 문전성
시를 이루었다. 이리하
여 해천춘(海天春), 일

가춘(一家春), 강남춘(江南春), 만장춘(萬丈春), 길상춘(吉祥春) 등이 잇따라 문을 열었고, 심지어는 방을 나누어 자리를 만들기도 했다." 북경의 육국반점(六國飯店)도 고급 서양 레스토랑 축에 들었으며, 관료나 귀족들이 돈 자랑을 하고 거드름을 피우는 장소였다.

도시의 서양 요리 산업의 흥성은 새로운 문화를 체험해보고자 하는 중국 상류사회의 욕구를 자극시켰다. 궁정, 왕부(王府), 민국 정부 관리들의 저택에서는 서양 요리 주방을 설치하거나 서양 요리사를 초청하고, 심지어는 '식기와 음식은 필히 양식이어야 한다' 라고 했다. 이로써 중국에서 서양 숭배의 분위기는 점차 짙어만 갔다.

전통을 계승하고 외국 문화의 정수를 널리 받아들이자
– 현대의 음식 문화가 나아가야 할 방향

● 서양 음식은 영양과 담백한 맛을 중시한다.

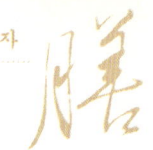

서양 음식 문화의 전래는 중국과 서양간의 경제, 문화 교류의 산물이므로 마땅히 긍정적으로 받아들여야 한다. 서양의 음식 문화는 음식에 관한 중국인들의 의식, 관념, 행위법칙, 생활방식 등에 광범위하고 깊은 영향력을 발휘했다. 이는 다음 세 부분으로 나누어 살펴 볼 수 있다.

첫째, 중국 전통 연회가 개선의 움직임을 보이고 있다. 중국 전통의 연회 방식은 한 자리에서 공동의 음식을 먹는 형식이다. 경사나 축하할 일이 생기면 어김없이 친척과 친구들을 초대하여 연회를 여는데, 그 특징은 식전방장(食前方丈, 한 길 사방에 요리를 차리다)이라는 성어로 개괄할 수 있다. 이와 같이 '침'으로 교류하는 식사 형태는 매우 융성하고 친밀하며 단결되어 보이지만 비위생적이고 낭비가 심하다. 이는 중국 고대 철학 중 '화(和)'의 개념이 민족의 사상에 영향을 주었다는 것을 반영한다. 즉 음식은 일종의 민족 심리의 표현인 것이다. 이러한 배경에서 위생은 자연히 그 다음으로 밀려나게 되는 것이다.

중국과는 달리 서양은 음식을 각자 개인 접시에 담아 먹는 뷔페식 식사 방식이 주를 이룬다. 서양의 이러한 식사방식은 위생과 절약뿐 아니라 사교적인 필요에 의해 형성된 것이다. 예를 들어 뷔페는 개인 간의 정감 교류에 매우 편리하며, 개성을 추구하는 서양인들의 의식을 반영한다.

19세기 중엽 이후 서양 문화의 영향과 뷔페식 식사 방식의 전래로 중국의 지식 계층 사이에서는 연회 방식을 개선하자는 물결이 일었다. 이들은 중국과 서양의 연회 양식을 참고하여 두 가지를 절충한 연회 방식을 설계했다. 이는 여러 차례의 개선을 거쳐 현재 중국 대부분의 정식 모임에서 활용되고 있다. 예를 들어 일부 국빈 연회와 모임에서는 개인 접시를 사용하고 뷔페식으로 식사를 하고 있다. 중국 전통 연회 방식의 개혁은 이미 거꾸로 돌이킬 수 없는 추세가 되었다.

둘째, 과학적인 요리 방법을 더욱 중시하게 되었다. 중국 전통의 요리 방법은 전체적인 요리의 효과를 중시한다. '조화'라는 중국의 철학 개념을 바탕으로 하고, 맛을 최우선 목적으로 삼기 때문에 영양학적 측면에서 정확한 분석을 하기란 어렵다. 중국 요리는 색, 향, 맛, 모양의 아름다움과 조화를 매우 중시하는데, 이 때문에 중국 음식은 다양하고 변화에 능한 특징을 갖추게 되었다.

그러나 서양 요리는 이성적인 각도에서 출발했기 때문에 영양과 위생을 중시하는 반면에 맛은 그다지 신경을 쓰지 않는다. 맛이 비교적 단일하고 영양소의 배합을 중시하는 서양 요리의 특징은 중국과는 확연하게 다른 서양인의 음식 관념을 반영한다.

● 현재 중국에서는 맵고 혀를 얼얼하게 하는 음식이 크게 유행하고 있다

중국과 서양의 문화교류가 빈번해지면서 중국 지식계에서는 서양을 본받아 요리의 원리와 음식의 화학 성분 측면에서 중국 전통의 요리를 이론적으로 분석하기 시작했다. 이리하여 음식 성분과 조리 이론에 관해 연구와 분석을 한 다량의 저작과 논문들이 나오게 되었다. 동서양의 요리 방법은 현재 끊임없이 영향을 주고받으며 상대방의 장점을 취하고 각자의 단점을 보완해 가고 있다.

셋째, 중국의 음식 문화가 다채로워졌다. 한당(漢唐) 시기 서역의 음식이 중원에 전래되어 중국인들의 식생활을 풍부하게 했던 것과 마찬가지로 근현대 서양 음식 문화의 전래는 중국 근현대의 식생활을 변화시켰다. 예를 들어 맥주, 사이다, 밀크티, 케이크 그리고 각종 패스트푸드는 중국인들의 많은 사랑을 받고 있으며, 동시에 중국인들의 생활 리듬을 빠르게 만들고 있다. 이밖에 중국 요리와 서양 요리를 혼합한 퓨전음식도 사람들의 많은 사랑을 받고 있다. 예를 들어 톄파뉴러우(鐵扒牛肉, 철배우육 : 철판 소고기요리), 화양리지(華洋裏脊, 화양리척 : 돼지고기 등심살 요리), 시파다샤(西法大蝦, 서법대하 : 새우요리), 시양야간(西洋鴨肝, 서양압간 : 오리 간 요리) 등은 서양의 요리를 중국식으로 만든 고급 요리로 20세기 초 중국 음식점의 메뉴에 자주 등장했다.

근현대 중국 음식 문화의 발전은 중국과 서양의 음식 문화의 정수를 하나로 합치는 과정에서 이루어진 것이라 할 수 있다. 여기서 중요한 점은 맹목적으로 외국 문화를 배척하지도, 일률적으로 외국 문화를 숭배하지도 말며, 외국 문화의 정수를 널리 받아 들여 중국의 문화를 더욱 흥하게 해야 한다는 것이다. 이것이 바로 중국 음식 문화의 창조 방법이자 발전 방향이다.

중국의 문화적 요리의 향연을 보면서

이천효 (동부산대학 호텔외식조리과 교수)

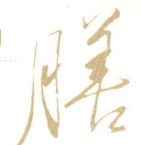
1. 해설적 서평으로 말한다.

일반적으로 소비자인 독자가 서점에 가서 책을 구입할 때 저자의 서문이나 역자의 발문 및 목차 등을 읽어 보는데, 서문에서조차 저자가 독자에게 전달하고자 하는 분명한 메시지가 부족한 경우가 많다. 더욱이 일간신문 신간도서란에 게재되는 기사와 실제 책 내용을 비교해 보면, 괴리가 발생하는 경우를 종종 발견하기도 한다.

현재 우리나라 출판사들이 어려운 여건에서도 내용이 좋은 책을 많이 만들어 내고 있으나, 이러한 양서에 대한 가이드 역할을 하는 서평 활동이 부족하여, 내용이 좋은 책이 세상에 나와도 빛을 보지 못하고 어둠 속에서 사장되는 경우가 비일비재하다. 정말로 안타까운 일이 아닐 수 없다.

지적 호기심이 많은 독자와 내용이 훌륭한 책을 연결해주는 서평의 대중화는 반드시 실현되어야 하는 중요한 일이다. 서평이란 한마디로 지적 호기심으로 가득 찬 독자가 책을 통하여 저자와의 만남이 가능하도록 연결하는 고리 역할을 담당한다. 달리 말하면 서평이란 독자에게 네비게이터와 같은 존재다.

서평은 그 방법에 따라 여러 형태가 있지만 여기에서는 해설적 서평으로 말하고자 한다. 해설적 서평이란 서평자가 비평대상 도서의 내용과 관련하여 저자가 주장하는 내용의 정확한 의미 파악 및 어려운 내용이나 용어를 이해하기 쉬운 형태로 전환하는 것을 의미한다.

2. 훌륭한 중국의 문화적 요리를 말한다.

교양으로 읽는 중국생활문화 『요리의 향연』은 한마디로 그 내용이 문화적으로 훌륭하다는 점이 돋보인다. 이 번역 도서는 문화적 요리의 측면에서 내용이 풍부하고 알차면서, 요리와 관련한 중국 문화의 모습을 재미있게 묘사하는데 성공하고 있다.

작년과 올해에 걸쳐서 서양요리의 문화적 이야기와 관련한 도서가 국내에 여덟 권이나 번역 출판된 것을 보면, 웰빙이라는 시대적, 사회적 요구에 따라 우리나라 사람들의 요리에 대한 높은 문화적 관심을 알 수 있다. 그러나 중국 요리와 관련한 도서가 번역된 것은 최근 10년 사이에 처음 이루어진 것이다.

중국 화중사범대학 역사문화학원 교수인 야오웨이쥔은 중국 전통 음식문화에 대한 저작을 발표, 문화학적인 측면에서 업적을 쌓고 있는 것으로 보인다. 특히 저자는 중국 요리를 통한 인간적 삶의 모습을 정확하게 찾아내고 있어 더 우리의 관심을 끌고 있다. 야오웨이쥔은 요리 즉, 음식을 과학주의적 입장이 아니라, 문화와 역사의 관점에서 조망한다. 그는 중국에 있는 귀중한 문헌에 근거하여 中國人의 문화적 요리의 삶을 언급한다. 이 점은 높이 평가할 만하다. 이러한 저자의 노력은 中國의 과거 요리가 살아 숨쉬면서 현대 요리로 계승되는 까닭이다.

저자는 남을 설득하는 논리적 관점에서 요리에 대한 인식이 뚜렷하므로, 예를 들어 '요리사'와 '전통계승' 등의 정확한 용어를 사용하고자 하는 학문적 노력이 돋보인다. 때문에 우리는 이 책을 통하여 한국 요리의 세계화를 위한 아이디어를 충분히 얻을 수 있다고 본다.

3. 결국 '문화적 요리'로 말을 걸어온다.

저자는 책 전체를 통하여 문화적 요리의 관점에서 중국 요리를 설명한다. 문화적 요리란 그 나라의 문화적 관습과 특성이 충분히 반영된 요리를 말한다. 그런데 여기서 음식과 관련하여 용어 사용상 혼

란이 발생한다. 보통 음식문화사를 얘기하는 도서에서는 '음식문화'란 용어를 사용하는데, 엄밀한 학문적 의미에서는 '문화적 음식'이나 '문화적 요리'란 용어가 더 적절하다. 왜냐하면 문화(文化)란 인간적인 삶의 양식의 총체를 말하기 때문이다. 그러므로 문화적 측면에서는 요리를 통한 인간적인 삶의 향기를 얘기하는 것이 바람직하다. 만일 음식문화사를 통하여 요리에 대한 과학적 사실 위주로 언급한다면, 문화적 요리가 아니라 과학적 요리일 따름이다. 문화적으로 요리를 말해야 하는 이유는 그 나라의 요리에는 반드시 그 나라의 문화적 관습이 그대로 반영되기 때문이다.

요리란 전체 문화 중에서 중요한 부분이므로, 이것을 따로 떼어 생각하는 것은 문화의 본질을 그르친다. 따라서 요리와 관련하여 문화적 의생활과 주생활을 얘기하는 것은 당연하다. 요리는 집이나 건물 안에서 만들어 먹기 때문에 주거 공간인 건축을 생각한다. 이때 주거공간이라고 말하면, 산 자의 집인 양택은 물론 죽은 자의 집인 음택도 생각해야 한다. 이 음택은 제례와 관련되기 때문이다. 또한 우리가 레스토랑에 요리를 먹으러 가기 위해서는 근사한 옷을 입어야 하므로 문화적 의생활에 대한 관심도 중요한 것이다. 이처럼 요리는 모든 문화에 침투한다. 이와 동시에 요리는 모든 문화를 흡수한다. 요리가 문화요, 문화가 요리인 까닭이다.

4. 꽃피우는 중국 요리의 향연

『요리의 향연』은 총 13장으로 구성하여 각 장에서 중국의 여러 가지 문화적 측면에서 음식을 설명하고 있다.

제 1장은 중국 음식이 세계적으로 사랑받고 있는 이유와, 세계 여러

나라의 음식문화, 특히 일본 음식문화에 영향을 준 과정을 설명하고 있다.

제 2장은 중국 사람들의 명절 음식을 이야기한다. 중국 음식은 중국 명절 문화의 핵심이다. 중국 사람들은 용을 좋아한다. 음력 2월 2일에 먹는 음식은 모두 용과 관련이 있는데, 국수는 용의 수염이라는 뜻에서 룽쉬멘(龍鬚麵, 용수면)이라고 하고, 자오쯔는 용의 이빨이라는 뜻에서 룽야(龍牙)라고 부른다. 음력 3월 3일 상이절(上巳節)에 강남 각 지역에서는 삶은 계란을 넣은 냉이탕을 먹는다. 음력 4월 5일은 청명절로 강소성과 절강성 일대에서는 청명절에 보드라운 쑥을 이용한 푸른색 경단 칭퇀쯔(靑團子, 청단자)를 빚어서 제사를 지낸다. 쑥과 냉이를 먹는 중국 음식문화는 우리나라와 거의 동일하다. 단오절에는 쫑쯔(粽子, 종자)를 먹는다.

제 3장에서는 소위 중국의 4대 요리를 말한다. 우리나라에서는 중국 요리를 편의상 북경요리, 상해요리, 사천요리, 광동요리로 구분하고 있으나, 중국의 것과는 차이가 난다. 현재 중국 요리 계통에 대한 의견이 완전히 일치하지는 않고 있으나, 공인된 요리 계통은 사천요리, 산동요리, 광동요리, 소주요리 등이다.

사천요리는 사천성의 성도와 중경이 대표적이며, 일채일격(一菜一格), 백채백미(百菜百味), 즉 요리마다 독특한 조리 방법과 맛이 있다는 명성을 얻고 있다.

광동요리는 광주, 조주 등의 요리인데 무엇보다도 음식 재료가 다양하여 벌레, 쥐, 뱀, 개구리, 날짐승, 길짐승 등 못 먹는 것이 없다. 특히 광동요리사는 창조적 요리 정신이 탁월한데, 뱀을 요리하는 습관은 바로 이러한 특징을 반영한다.

산동요리는 제남과 연대의 요리로부터 발전하였다. 특히 산동 사람

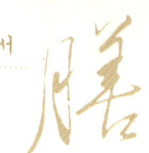

들은 한국 사람과 마찬가지로 생파와 생마늘을 좋아한다. 따라서 파를 이용한 다양한 요리가 발달하였다. 총파위춘(蔥扒魚脣, 총배어순), 즉 파를 넣은 상어 입 주변 연골요리, 총사오하이썬(蔥燒海蔘, 총소해삼), 즉 파를 넣은 해삼 요리 등이 대표적이다.

소주요리는 양주, 소주, 무석(無錫) 등지의 지방 요리가 발전하여 형성되었다. 특징으로는 재료의 본래 맛을 강조하고, 진하지만 느끼하지 않고, 흐물흐물하지만 눌어붙지 않고, 달지도 짜지도 않고, 담백하며 개운하고, 계절별로 특색이 있다.

중국 요리는 유파가 다양하고 각기 계통을 이루고 있지만 그 틀이 고정적인 것은 아니다. 중국의 요리 계통은 분리와 통합을 여러 차례 반복하는 과정에서 새로운 발전을 거듭했다.

제 4장에서는 불교, 도교, 이슬람교 등의 음식문화를 소개한다.

불교 요리는 기술에 조예가 깊고 채소 요리로 고기 요리를 대신한다. 예를 들어, 죽순으로 만든 상어 지느러미 요리는 진위를 분간하기가 힘들 정도이다. 콩으로 만든 닭고기 요리는 잘게 저민 닭고기를 먹는 듯하다. 발채와 연뿌리 전분으로 만든 채소 해삼은 부드럽고 쫄깃쫄깃하여 진짜 해삼과 흡사하다.

도교 음식 습관은 소식과 채식 및 싱겁게 먹기이다. 벽곡(辟穀)의 경지에까지 이르는데 이는 곡식을 먹지 않는 것을 의미한다. 오곡을 멀리하면서, 밤, 참깨, 벌꿀, 영지 등과 같은 음식으로 곡물을 대체한다. 또한 도교에서는 비린내 나는 음식을 꺼린다.

과거 중국에서는 이슬람교를 회교, 회회교, 청진교, 천방교 등으로 불렀다. 아랍 이슬람과 중국 이슬람 요리는 완전히 다르지만, 음식 금기는 일치한다. 중국 이슬람 요리 중 가장 유명한 것은 청대 동치 광서 연간에 유행한 취안양시(全羊席, 전양석)로서 고급 요리의 진수를 보여주는데, 양의 머리, 꼬리, 발굽, 뇌, 눈, 귀 척수, 내장을 재료로 하여 100여 가지의 다양한 맛을 낸다.

제 5장에서는 금기된 음식의 비밀을 밝힌다. 중국인에게 음식 금기는 자주 나타나는 문화적 현상으로, 지역에 따라 음식 금기도 다르다.

제 6장은 술잔이 오가며 분위기가 무르익는 중국 연회 음식을 다룬다. 중국 사람들은 연회를 중요시하므로, 명절, 혼례, 장례 등에서 연회를 베푸는 것을 빼놓을 수가 없다.

연회에서는 요리의 배치와 요리를 상에 올리는 순서도 중요한데 닭 머리, 거위 꼬리, 생선 등뼈를 주빈에게 향하게 해서는 안 된다. 이런 관습은 어장검(魚藏劍)이란 고사에서 유래했다고 한다. 오나라 공자인 희광은 용사 전제와 공모하여 오왕에게 전제가 구운 생선 요리를 맛보라고 청하는데, 오왕이 생선을 먹는 틈을 타서 생선 뱃속에 숨겨놓은 단검을 뽑아 오왕을 죽였다. 전제는 검을 빨리 뽑기 위하여 생선 등을 오왕을 향해 놓았다고 한다.

중국 연회 역사에서 최고봉은 강희 황제 이후 청나라 궁중 연회인 만석(滿席)과 한석(漢席)으로부터 유래한 만한전석이다. 이것은 중국 요리의 집대성이자 중국 제1의 연회이다. 만한전석 요리는 네 가지 특징을 지닌다. 첫째, 요리 재료가 광범위하고 정교하다. 둘째, 요리 종류가 다양하다. 셋째, 만한전석에서는 한족의 요리가 주를 이루고, 만주족의 간식이 중요한 위치를 차지한다. 넷째, 요리 기술이 매우 정밀하며, 명칭이 시적이고 우아하다. 예를 들어, 솬양러우(涮羊肉, 쇄양육) 즉, 양고기가 주재료인 북경식 샤브샤브는 촛불을 비추었을 때 불빛이 통과할 정도로 얇게 썰어야 하고, 여의주를 가지고 노는 용이라는 뜻의 오룡희주(鳥龍戲珠), 봄을 맞는 고목이라는 뜻의 고목봉춘(枯木逢春) 등과 같이 요리 이름이 매우 미학적이다.

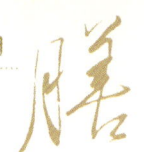

제 7장에서는 혼례음식문화를 묘사한다. 연애와 맞선, 결혼예물, 혼수, 신부맞이, 결혼피로연, 신방, 친정으로 돌아갈 때는 어김없이 풍성한 음식이 등장한다. 중국 각지 혼수음식에는 대추(棗子, 조자), 콩(豆子, 두자), 밤(栗子) 등이 꼭 들어가는데, 공통적으로 자(子)란 글자가 붙는다. 우리나라처럼 남아선호사상이 강한 중국에서 아들을 바라는 마음을 표현하는 것이다.

제 8장에서는 임신, 출산과 관련한 음식문화를 소개하고 있다.

제 9장은 천태만상 각양각색의 소수민족 음식을 말한다. 현재 대표적 중국 요리 중 일부는 각지의 소수민족 음식에서 유래한다.

먼저 중국 북서쪽 변경에 살며 이슬람교를 믿는 위구르족은 밀가루를 주식으로 하면서, 구운 빵의 일종인 낭(饢), 손으로 먹는 볶음밥인 양고기 좌판(抓飯, 조반), 찐빵인 바오즈(包子, 포자), 국수 등을 즐겨 먹는다. 양고기 좌판은 밥과 반찬이 합쳐진 음식으로 기름과 고기를 넣어서 열량이 높아 겨울에 즐겨 먹으며, 통양구이(烤全羊, 고전양)는 고급 연회에서 항상 먹는 전통요리다.

몽고족은 우유로 만든 음식을 백식(白食)이라고 부르고, 즐겨 먹는다. 나이차, 생우유, 요구르트, 젓술 등이 있는데, 몽고차라고도 부르는 나이차(奶茶, 내차)는 초원의 유목민이 가장 선호하는 음료이다. 또한 육식은 홍식(紅食)이라고 부르는데, 이들이 즐겨 먹는 고기는 소고기와 면양고기다.

만주족의 주식 보보(餑餑, 발발)는 만터우(饅頭, 만두), 케이크, 과자, 빵류를 말하는데, 이것이 청대에서는 궁중 요리로 등극한다. 만주족은 돼지 창자를 피로 채운 쉐창(血腸, 혈장)을 먹는 습관이 있는데, 돼지 피에 소금, 생강, 고춧가루 등을 넣고 돼지 소장에 채워서 삶는다. 마치 우리나라 순대 요리와 비슷하다.

중국 소수민족 가운데 인구가 가장 많은 장족(壯族)은 찹쌀과 잉어회를 즐겨 먹는다. 기념일에는 꽃찹쌀밥(花糯米飯, 화나미반)을 먹는데, 휴대하기 좋게 주먹밥 모양으로 빚기도 한다. 또한 우리나라와 마찬가지로 선지를 즐겨 먹는다.

중국 서남과 중남 지역에 분포하고 있는 묘족이 매운 요리를 좋아하면서 개고기를 즐기고, 술을 잘 마시는 것은 음주가무를 즐기는 우리 모습과 거의 동일한 것 같다. 특히 묘족은 완벽한 양주 기술과 관련하여 유구한 역사와 전통이 있는 바, 그 중 가장 유명한 술이 잡주(咂酒)로서 우선 찹쌀, 좁쌀, 밀 등 재료를 솥에서 증류한 후, 온도를 60℃로 유지하면 하루 뒤에 신맛이 단맛으로 변한다.

토가족(土家族)은 호남성, 소북성, 사천성, 귀주성, 중경시가 만나는 곳에 사는데 지세가 높고 한랭 다습한 기후 때문에 붉은 고추를 많이 먹는 음식문화를 가지고 있다. 채식 위주의 토가족은 요리를 할 때 고추를 주재료로 쓰는 점이 특징이다.

제 10장에서는 중국 고대의 여자 전문요리사 주낭에 대한 이야기, 옛날 요리사들의 지위, 정감 넘치고 미학적인 요리 이름, 주나라 천자의 명요리 팔진 등 음식에 얽힌 여러 가지 이야기를 풀어간다.

중국 요리가 세계적 요리로 등장할 수 있는 근본 요인은 장인 정신을 유감없이 발휘한 요리사들의 기술 덕분이다. 고대 요리사들 대부분은 남자였지만 당송 이후에는 여자요리사가 등장한다. 궁정 어선방(御膳房)과 민간 요릿집에는 모두 여자요리사를 두었는데, 황제를 위한 여자요리사를 상식낭자(尚食娘子)라 부르고, 관리와 주점 및 찻집 주방에서 일하는 여자요리사를 주낭(廚娘)이라 불렀다. 당시 주낭은 신분이 낮았지만 돈을 잘 벌기 때문에 매우 인기 있는 직업이었다. 서민 가정에서는 딸을 낳으면 모두 주낭으로 키우고 싶어할 정도였다고 한다.

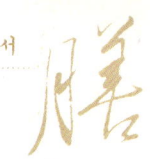

남송 초기 임안(지료 항주)의 송오수(宋五嫂)라는 주낭은 북송 변경 출신으로 싸이셰경(賽蟹羹, 새해갱)이란 생선국을 맛있게 끓여 천하에 명성을 떨쳤는데, 어느 날 송 고종이 싸이셰경을 먹어본 후 감탄하여 많은 상금을 하사하였다. 이후 그 생선국은 송오수위경(魚羹, 어갱)으로 이름이 바뀌어 지금까지도 항주 대표 요리로 전해오고 있다.

요리 이름에 얽힌 이야기도 재미있는 것이 많다. 북송 때 소동파는 헐벗고 굶주린 백성을 위하여 값싼 돼지고기 조림 요리를 만들었는데 너무 맛있어서 백성들이 좋아했다고 한다. 이 요리를 지금도 동포러우(東坡肉, 동파육)라고 부른다.

제 11장에는 요리를 담는 그릇 이야기가 나온다. 중국 음식은 색, 향, 맛, 모양 등의 아름다움뿐만 아니라 식기의 아름다움도 매우 중시한다. 고풍스럽고 우아한 청동 그릇, 아름답고 튼튼한 옻 그릇, 정교함과 화려함의 극치 금은 그릇, 그리고 도자기 등에 대해 설명한다.

제 12장에서 저자는 음식의 배합과 보양에도 법도가 있음을 밝히고 있다.

고대 중국에는 군왕이나 귀족의 곡물, 고기, 음료, 장 등과 같은 음식을 관리하는 식의(食醫)란 전문직업인이 있었다. 식의는 지금의 영양사에 해당하는데 음식의 맛, 반찬의 조화, 사계절에 따른 입맛 등을 종합적으로 고려하여 식단을 짠다. 봄처럼 따뜻한 밥, 여름처럼 뜨거운 국, 가을처럼 시원한 장, 겨울처럼 차가운 음료 등 밥과 반찬의 배합을 가장 중요시하는 것으로 보아 식의는 '음식의 기미'와 음식의 조절 기능인 '음식 궁합' 등을 크게 강조한 것으로 본 비평가는 판단하고 있다.

또한 공자를 비롯한 고대 사상가들의 음식 절제에 얽힌 사상을 소개하면서 중국음식문화의 오랜 폐단이라 할 수 있는 과식에 대해 경고하

281

고 있다.

마지막 제 13장에서는 중국 음식의 전승에 관한 이야기를 하고 있다. 전통 음식을 계승하면서 외국 문화의 정수를 널리 받아들이는 것을 현대 음식문화가 나아가야 할 방향으로 잡고 있다.

5. 중국요리의 문화적 전승은 찬란하다.

원래, 학문적 의미에서 문화란 용어에는 문화적 전통과 문화적 전승의 의미를 포함한다. 요리의 문화적 전승 측면에서 현재의 요리는 새로운 요리의 창조를 전제로 한다. 이 책이 말하고자 하는 중국 요리의 특징은 문화적 전승이 훌륭하다는 점이다. 세계인으로부터 사랑받고 있는 중국 요리가 처음 중국 땅에서 시작하여 명품 요리로 발전하기까지는 인고의 세월이 흘렀으며, 또한 중국인들은 과거 요리에만 만족하는 것이 아니라 거기에 기반하여 요리사들이 독창적인 요리의 혼을 불어 넣어 새로운 요리를 창조하였다. 문화적 전승을 위한 그들의 노력은 정말로 값진 것이다.

중국의 문화적 요리가 종이, 화약, 나침반 발견에 이어 4대 발견으로서 세계적 요리로 등장할 수 있는 문화적 역사적 근거를 들춰내는 것은 음식문화의 얘기에 적합하다고 생각한다.

가장 먼저, 중국 사람들은 요리를 단순히 허기를 채우는 그 무엇이 아니라, 마치 이야기꾼처럼 요리와 관련한 재미있는 이야기(story)를 만들어 냈다. 중국 사람들은 맛있는 요리를 만들고, 여기에 상상력이 풍부한 요리 이름을 붙이고, 이러한 요리를 즐기는 가운데 사람과의 만남을 중요시한다. 특히 중국 요리 이름은 이름만 들어도 입맛을 돋우기에 충분하다. 중국 전통 요리에는 자주 신화나 전설 및 고사가 등장하

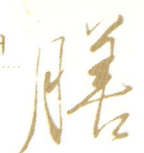

여, 요리를 재미있게 포장, 훌륭한 이야기적 요소를 창조함으로써 먹는 사람을 신비의 세계로 빠져들게 한다.

둘째, 중국의 문화적 요리는 마음을 중요하게 여기는 유심조(唯心造) 사상에 기반한다. 이 책에서 인용하는 중국 문헌은 논어, 맹자, 시경, 예기, 도덕경, 장자, 황제내경, 회남자, 여씨춘추 등으로 여기에는 동양문화의 정수가 담겨있다. 이러한 문헌에는 요임금, 공자, 맹자, 소동파 등의 성현이 등장한다. 이들 문헌을 하나로 가로지르면서 이들 성현들이 언급하는 핵심적 내용이 유심조이다. 요리는 인간이 만든다. 인간에 있어서 마음은 근본이다. 요리도 곧 마음이다. 요리사는 오직 마음에 의하여 요리 기술을 체득해야 한다. 요리에는 요리하는 사람의 마음과 정성이 담겨야 하기 때문이다. 요리를 먹는 사람은 요리사의 정성을 먹는 것이다. 중국 요리가 유심조 사상을 대표하고 있다는 측면에서 철학적 요리라고 부를 수 있을 것 같다. 그러므로 우리가 중국 요리를 근원적으로 이해하기 위해서는 논어, 맹자, 대학, 중용 등의 사서를 탐독하지 않으면 안 된다. 이렇듯이 중국 요리에서는 물질적 요리를 넘어서 정신의 세계도 추구하고 있는 바이다.

셋째, 마침내 중국의 지역 요리가 세계화에 성공한다. 중국은 지역이 광대하다. 같은 요리라고 하더라도 그 지역의 재료에 따라 맛이 달라진다. 지금 중국을 대표하는 요리도 중국 사람들이 각 지방의 유명한 요리의 정수를 받아들이고 끊임없이 새롭게 창조한 결과이다. 중국에서 공인하고 있는 4대 요리인 사천요리, 산동요리, 광동요리, 소주요리도 처음에는 지역을 중심으로 독자적으로 발생한 요리로서, 중국 요리사들이 절차탁마하여 중국 대표 요리로 정착시킨 결과 세계무대에서 명품 요리로 인정받은 것이다.

현재 유명한 중국 요리 중 상당수는 각 지역 소수민족의 요리에서 유래한다. 중국 전역에는 50여 개의 소수민족이 살고 있는데, 특히 위구르족, 몽고족, 만주족, 장족, 묘족, 요족, 토가족 등과 같은 소수민족의 요리를 적극적으로 수용하여 중국 대표적 요리로 발전시킨 것이다. 이와 더불어 중국은 서역이나 외국 요리 문화도 빨리 수용한다. 풍성한 요리를 새로이 일궈낸 파촉 문화가 대표적이다. 이민족과 외지 문화를 받아들인 파촉 문화가 음식 습관과 요리 기술을 공유, 장점을 취하고 단점을 보완하는 과정을 통하여 독특한 사천요리에 영향을 미쳤다. 요즘 유행하는 퓨전 요리가 싹튼 것이다.

넷째, 중국 요리 역사를 통하여 각 시대에 등장하는 창조적 요리사의 역할을 강조하지 않을 수 없다. 당송 이후에 나타난 여자요리사 주낭은 매우 인기 있는 직업이었고, 광동 요리사와 승려 요리사도 유명하다. 창조적 요리사에 의하여 불교 채소 요리, 삼선두피와 같은 명절 요리가 보편적 대중화에 성공하고, 이와 반대로 만주족의 보보 요리는 청대 궁중 요리로 등장한다. 창조적 요리사 덕분에 비로소 중국 요리는 세계화가 가능하였다.

다섯째, 본 비평가는 요리와 관련하여 '동시대 동요리설'을 제의하고자 한다. 역사학자 아놀드 토인비는 상호간 문화적 교류가 없음에도 불구하고 같은 시기에 멀리 떨어진 다른 지역에서 동일한 문명의 발생이 가능하다고 말하였다. 서로 다른 지역 사람들이 같은 물건이나 요리 및 문화를 창조할 수 있는 것이다.

이 책에서 기술하는 중국 소수민족 요리와 한국 요리 사이에는 놀라울 만큼 유사성이 나타난다. 예를 들어, 만주족의 유명한 쉐창(血腸, 혈장) 요리는 한국의 순대 요리와 비슷하며, 장족의 선지 요리와 묘족의 개고기 요리는 한국 요리와 같다. 중국 오지에 흩어져 사는 소수민족 요리와 한국 요리가 공통점을 보이는 것은, 물론 문화적 교류에 의하여 소수민족 요리가 한국에 유입되었거나 한국 요리가 중국 본토를 통해 소수민족에 전달되었을 수도 있지만, 요리란 가장 먼저 지역의 문화적 특성이나 음식 재료에 의하여 결정되는 것이지 고도의 과학이나 기술에 해당하지 않으므로, 서로 다른 지역에서도 필요에 따라 주위의 음식 재료를 활용하여 얼마든지 같은 요리를 만들어 낼 수 있는 것이다. 그래서 본 비평가는 같은 시대 서로 떨어진 지역에서 같은 요리가 창조될 수 있다는 이른바 '동시대 동요리설'을 주장하는 바이다.

여섯째, 저자는 중국의 요리 기술과 요리 예술이 세계적이라고 주장한다. 본 비평가도 이 점은 인정한다. 중국 사람들이 중국 요리의 문화적 가치를 대단한 자부심으로 여기는 것은 당연하다. 다만 세계적인 요리 국가라고 해서 그 나라가 우주의 중심 국가는 아님을 알아야 한다. 지구에 존재하는 어느 국가라도 요리 혹은 요리에 관계없이 우주의 중심 국가로서 존재 가치를 지닌다. 지구촌 어느 국가라도 중국 요리에 버금가는 훌륭한 요리를 창조하고 있는 바, 저자는 이와 관련하여 타민족 타국가의 존재 가치를 인식하는 자세가 무엇보다도 필요할 것이다. 2006년 3월 27일 미국 건강 전문 월간지 '헬스' 인터넷판에 의하면, 세계 5대 건강음식에 한국 김치와 일본 콩 등이 선정되었다. 여기에 비해 중국 음식은 하나도 들어가지 않았다. 이 사실은 어떻게 해석할 것인가? 진실로 중국 요리가 세계 문화에 우뚝 서기 위해서는 세계 시민의 삶의 질을 개선하는데 기여해야 할 것이다. 중국은 문화적 요리로 세계 시민과 함께 세계 평화와 인류 공영에 이바지하는 이른바 복지적 요리를 구현하지 않으면 안 된다. 이를 통하여 중국은 요리 기술, 요리 문화 국가에서 비로소 세계적인 요리 복지 국가로 비상하게 될 것이다.

6. 이 책의 번역 출판이 우리에게 던져주는 시사점

마지막으로 교양으로 읽는 중국생활문화 『부채의 운치』, 『차의 향기』, 『요리의 향연』이 가지는 의미를 짚어 본다면 이 책의 번역출판이 우리에게 던져주는 시사점은 자못 크다고 생각한다.

무엇보다도 이 책이 한국어로 번역되는 과정에서 산지니 출판사가 中國 정부 당국의 지원금을 받았다는 점이다. 중국 정부가 중국 문화의 세계화를 위하여 해외 번역에 지원금 제도를 운영하는 것이 던져주는 메시지는 강력하다고 본다. 중국은 사회주의 국가임에도 불구하고 국가 브랜드를 위해서는 자본주의 논리를 인식하고 적극적으로 실천하고 있는 증거인 것이다. 더욱이 중국 요리의 유구한 역사와, 지구촌 곳곳에 거주하는 화교들에 의한 중국 요리 세계화를 성공시키고 있는 가운데, 중국 정부가 직접 나서서 중국 문화 세계화 전략의 일환으로 중국 이외의 나라에서 중국 문헌 출판에 따른 번역 보조금을 지원하고 있다는 사실은 신선한 충격이라고 아니할 수 없다. 이는 중국이 文化를 통하여 세계 중심 국가로 우뚝 서겠다는 강력한 의지의 표현이다.

다음으로 한국 출판 현실을 들여다보면, 출판 활동 대부분은 서울에서 이루어지고 있고, 지방 출판사의 활동은 미미한 실정이다. 부산에서는 1980년대 말, '망하려면 부산에서 잡지를 만들어라. 더 망하려면 책을 만들어라'는 말이 유행할 지경이었다. 그러나 조선시대로만 거슬러 올라가 보더라도, 당시에는 지금 도청에 해당하는 감영 즉, 관찰사를 중심으로 지방에서도 출판 활동이 활발했음을 역사적 문헌에 의해 확인해 볼 수 있다. 이와 같은 조선 시대의 훌륭한 출판 정신을 되살리면서, 지방에서 문화적 출판 활동을 전개하고 있는 출판사가 있다는 것은 매우 다행스러운 일이다. 앞으로 산지니에 대한 기대는 크다고 하겠다.

요리의 향연 – 교양으로 읽는 중국 생활 문화

첫판 1쇄 펴낸날 2006년 7월 15일

지은이 야오웨이쥔
옮긴이 김남이
펴낸이 강수걸
펴낸곳 산지니
등록 2005년 2월 7일 제14-49호
주소 부산광역시 연제구 거제1동 1493-2 효정빌딩 601호
전화 051-504-7070 | **팩스** 051-507-7543
sanzini@sanzinibook.com
www.sanzinibook.com
편집 권경옥·김은경 | **디자인** 권문경
인쇄 현문인쇄

ISBN 89-956531-9-1 04820
　　　 89-956531-6-7(세트)

값 25,000원

＊ 이 도서는 중국 정부로부터 번역료 일부를 지원받아 제작되었습니다.

이 도서의 국립중앙도서관 출판시도서목록(CIP)은
e-CIP 홈페이지(http://www.nl.go.kr/cip.php)에서
이용하실 수 있습니다.(CIP 제어번호 : CIP 2006001402)